スイレン
SUIREN
可愛らしい幼女？
「一先ず
ここはワシに任せろ」
陸道烈夏
illust
らい
design
杉山絵
とられちゃったよおおおぉ

「尊厳を、
喰い殺す」
番狼《ばんろう》
BANRO
裏社会に突如現れた孤高の人斬り

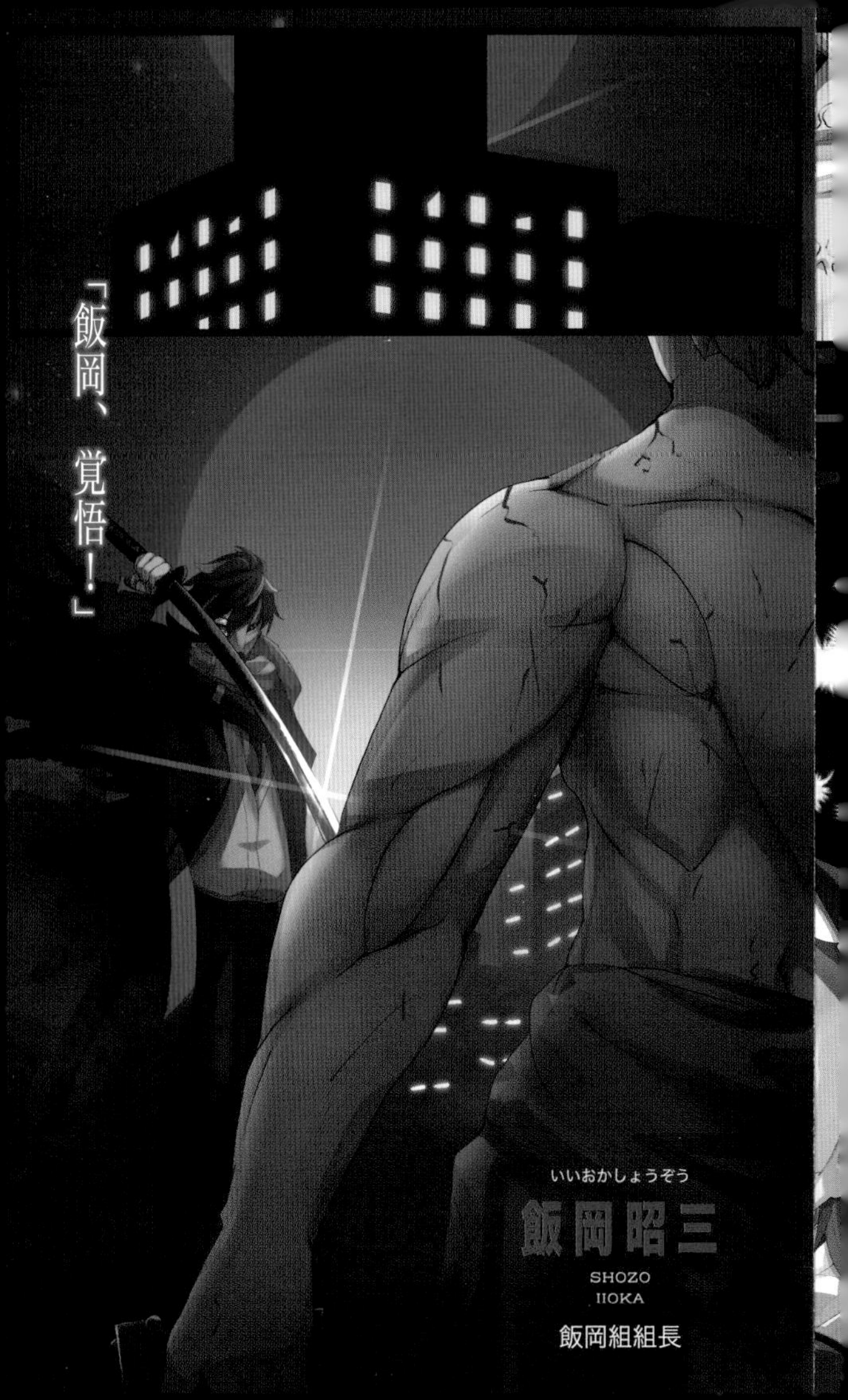
「飯岡、覚悟！」
いいおかしょうぞう
飯岡昭三
SHOZO
IIOKA
飯岡組組長

「お初にお目にかかる。引き金を持たぬ蛮族よ」
ニトロ
NITRO
謎多き武器商人
つちくれ
TSUCHIKURE
髄龍組組長

YAKUZA GIRL

TAMA TORA

AUTHOR: REKKA RIKUDO
ILLUST: RAI

陸道烈夏

illust
らい

タマとられちゃったよおおおぉ

CONTENTS

序章　幼女と人斬り

「高畑《たかはた》さん、小指とバイバイしよか」

冷徹《れいてつ》な声に雑誌記者の高畑《たかはた》は竦《すく》み上《あ》がった。体格のいい男が、高畑《たかはた》を見下ろしている。歳《とし》は五十くらい。岩肌《いわはだ》のように分厚い額。第二関節から先が無い左の小指。ドブのような濁《にご》りの中に鋭《するど》い眼光を灯《とも》す瞳《ひとみ》。髪型《かみがた》はパンチパーマで首には金のネックレス。それは百人が見れば百人が震《ふる》えあがる容姿だ。

飯岡組直参《いいおかぐみじきさん》、渋沢鬼兵《しぶさわおにへい》。人を殺《あや》めた経験も持つ本物のヤクザである。

「な、何故《なぜ》だ、渋沢《しぶさわ》さん」

「何故《なぜ》、ってよう言うわ。高畑《たかはた》さん、ワシが記事にするなって言うたこと記事にしはったやろ？　せやから、な、分かるやろ。痛い思いしてもらわんとケジメつかんのやわ」

荒《あら》っぽく右手を掴《つか》まれ、床《ゆか》の畳《たたみ》に押しつけられた。渋沢《しぶさわ》は腰《こし》から短刀《ドス》を抜《ぬ》くと、高畑《たかはた》の小指に刃《は》を押し当てる。肌《はだ》に冷やりと鉄の感触《かんしょく》がした。

渋沢《しぶさわ》は人懐《ひとなつ》こく笑う。まるで、祖父母が孫をあやすように。

「男同士、これであとくされ無しや。アンタの指がとべば、また仲良しこよし。どや、悪い話やないやろ」

「冗談《じようだん》じゃない！　なんでヤクザでもない俺がそんな事、」

「じゃかあしいわ！」

銃声《じゆうせい》のような怒号《どごう》に高畑《たかはた》は縮み上がった。渋沢《しぶさわ》の眉間《みけん》に皺《しわ》が刻まれ、細い眉毛《まゆげ》がつり上がる。

「文屋の分際でいらん事嗅《か》ぎまわりくさって、殺されへんだけありがたいと思えクソボケ！」

渋沢《しぶさわ》は短刀《ドス》をより強く押し当てる。皮と肉が裂《さ》けて血が滴《したた》った。

「仁義《じんぎ》を通さん奴《やつ》は指を詰《つ》める。それがここの流儀《りゆうぎ》。一般人《カタギ》もヤクザも一緒《いつしよ》や」

刃《は》の重みがごりごりと骨を砕《くだ》いていく。

痛い。だれか、助けてくれ。高畑《たかはた》の目に涙《なみだ》が滲《にじ》む。

——その時奇妙《きみよう》な事が起きた。

今二人がいる畳《たたみ》の大部屋、その東の壁《かべ》には鬼《おに》の墨絵《すみえ》が描《えが》かれている。こちらを睨《にら》む鬼《おに》、その頭から股下《またした》にかけて、縦一文字の銀色が走った。次の瞬間《しゆんかん》、壁《かべ》は鬼《おに》ごとスパッと両断され、音を立てて崩《くず》れ去《さ》る。

奥の暗がりに誰《だれ》かがいる。海のように青く光る大太刀《おおたち》が暗闇《くらやみ》に輪郭《りんかく》を描《えが》いた。

一つ歩み出ると、狼《おおかみ》の面《めん》が現れる。二歩目で畳《たたみ》を踏《ふ》むと、血で赤く濡《ぬ》れた衣服が闇《やみ》に浮《う》かぶ。

三つの歩みを数えると、そこには血まみれの男が立っていた。

その佇《たたず》まいは朝露《あさつゆ》のように凛《りん》としていて、研《と》ぎ澄《す》まされた静の中に灼熱《しやくねつ》の動を宿している。

その存在感。迸《ほとばし》る異質。

なんだ、コイツは……。高畑《たかはた》も渋沢《しぶさわ》も唖然《あぜん》とした。

男は首を傾《かし》がせ関節を鳴らし、二人に向かって滔々《とうとう》と一言。

「斬《き》る」

どっちだ。どっちを斬《き》るんだ⁉　狼狽《うろた》える高畑《たかはた》を捨て置き、渋沢《しぶさわ》は短刀《ドス》を片手に立ち上がる。

「なんや、ワレ。どうやってここまで来た。下の階におった組員はどうした⁉」

牛でも斬《き》れそうな程《ほど》に長い大太刀《おおたち》を、男は渋沢《しぶさわ》に向けた。

「刀《コイツ》に聞けば分かる」

ほーん、渋沢《しぶさわ》は獣《けもの》のように唸《うな》る。荒《あら》っぽく服を脱《ぬ》ぎ捨《す》てると、背中に咲《さ》き誇《ほこ》った桜の刺青《いれずみ》が露《あら》わになった。その後ろ姿は「これぞ極道《ごくどう》」というような、実に立派な風格に満《み》ち溢《あふ》れている。

「その狼《おおかみ》の面《めん》……さてはお前《どれ》やな、このサキシマでヤクザ殺しまくっとるイカれた人斬《ひとき》りは」

「そうだ。このビルにいた奴《やつ》だけで五十は斬《き》った」

「あ？　それがどないしたんや。人殺した数だけ景品と交換《こうかん》でも出来るんか」

男がそれだけの数のヤクザを斬《き》っていると知って尚《なお》、渋沢《しぶさわ》は怯《ひる》まなかった。いや、むしろ好戦的な笑《え》みすら浮《う》かべて、刃《は》に舌を這《は》わせる。

「どのみち、組の畳《たたみ》ィ土足で踏《ふ》んだ時点でお前《どれ》は地獄《じごく》行きや。せやけどタダでは冥途《めいど》に送らん。ちぃとえげつない思いして、三途《さんず》の川《かわ》を渡《わた》ってもらうで」

渋沢《しぶさわ》は短刀《ドス》を握《にぎ》りしめ、男目がけて駆《か》け出した。

「脊髄《せきずい》引きずり出して！　皮剝《かわは》いで！　その惨《むご》たらしい死体、親に送りつけたらぁ！　さあ、死にさらふぇええええええええええええええぇぇん！」

渋沢《しぶさわ》の首は日本刀の一振《ふ》りによって刎《は》ねられた。恐《おそ》ろしげな表情を張りつけたままの頭部が宙を舞《ま》う。夥《おびただ》しい量の血が飛び散ったかと思うと、その体は幼い少女になっていた。

そう。幼女に、なっていた。

服装はゴシックロリータ風の白黒ドレスに変わり、刺青《いれずみ》だらけの体は一メートルほどに縮み、鬼《おに》の如《ごと》き形相《ぎょうそう》は可愛《かわい》らしい小顔になり、パンチパーマは水が流れるような長髪《ちょうはつ》になる。もはや別人と言ってもいい程《ほど》の変貌《へんぼう》ぶりだったが、鋭《するど》い目尻《めじり》にだけかつての面影《おもかげ》を残していた。

幼女となった渋沢《しぶさわ》は耳を劈《つんざ》く大声で泣きわめく。

「タマとられちゃったよおおぉぉ！」

目の前の状況《じょうきょう》に脳が追いつかない高畑《たかはた》は、顎《あご》を開いた。

「な……なんてこった。泣く子も黙《だま》る渋沢鬼兵《しぶさわおにへい》が、ロリロリに、なっちまいやがった……」

どういう原理で、ヤクザがゴスロリ幼女になったのかは分からない。ただ、あってはならないことが起きている。それだけは確かだ。

いつの間にか渋沢《しぶさわ》の血は無数の羽毛《うもう》へと変わり、幼女の周りを音もなく漂《ただよ》っている。

「高畑《たかはた》さぁん！　タマ、とられちゃったよぉおぉ」

幼女は泣きながら腰回《こし》りに抱《だ》き付《つ》いてきた。命《タマ》を取られた、という発言から察するに、やはりこの幼女は、渋沢鬼兵《しぶさわおにへい》の成れの果てなのだろう。高畑《たかはた》は渋沢《しぶさわ》を撫《な》でつつ呆然《ぼうぜん》と男を見やる。

「番狼《バンロウ》……」その名が、ぽかんと開いた口から零《こぼ》れる。

「間違《まちが》いねえ、サキシマの番狼《バンロウ》だ……」

一年前、裏社会に突如《とつじょ》現れた孤高《ここう》の人斬《き》り。ここら一帯の弱小ヤクザをその身一つで壊滅《かいめつ》させ、その組員を可憐《かれん》な幼女に変えてしまったと噂《うわさ》されている。

「人を幼女に変えるなんて、ある訳ないと思っていた。今、この目で見るまではな……」

番狼《バンロウ》は刀を畳《たたみ》に突《つ》き刺《さ》し、高畑《たかはた》の方を向いた。

「指……大丈夫《だいじょうぶ》か？」

突然《とつぜん》話しかけてきたので、高畑《たかはた》はギョッとした。どうやら高畑《たかはた》に危害を加えるつもりはないらしい。戦ってない時は落ち着いた雰囲気《ふんいき》がある。

「あ、ああ。一応、繋《つな》がってはいる」

「それは良かった。一つ聞きたいんだけど、ここは、一体どういう部屋なんだ？」

「こ、ここは組長を決めたりする神聖な部屋だ。雰囲気《ふんいき》を出すため畳《たたみ》敷きにしている」

「なんで、そんなことを知っている？」

「言っておくが俺はヤクザじゃないぞ！　ヤクザ専門の記者で取材のためここにいるんだ」

「取材？　ヤクザ相手に？」

「ヤクザは名前を売ってナンボの商売だ。俺達が連中の記事を出せば、それが連中の知名度アップに繋《つな》がる。俺達記者は雑誌が売れれば飯が食える。持ちつ持たれつの関係ってやつさ」

「……金欲《ほ》しさに、ヤクザの宣伝か」

番狼《バンロウ》は憎々《にくにく》し気に吐《は》き捨《す》てる。高畑《たかはた》も否定はできなかった。

ただこっちもリスクがないわけじゃなく、掲載《けいさい》する情報を間違《まちが》えるとヤクザの逆鱗《げきりん》に触《ふ》れる。さっきの渋沢《しぶさわ》がまさにそれだった。ちなみにその渋沢《しぶさわ》はもう泣《な》き止《や》んで、両手を水平に広げ「任侠飛行機《にんきょうキ》びゅーん」と無邪気《むじゃき》に高畑《たかはた》の周りを走り回っている。

「番狼はどういう事情があって、こんな無茶なことをしてるんだ」

「このサキシマでは、ヤクザの抗争《こうそう》に巻き込まれて何人もの罪なき人が死んでいる。自警団も努力はしているが手に負えていない。なら、誰《だれ》かが代わりにヤクザを倒すべきだ」

「だから弱い人を守るために、一人でヤクザと戦うか。よくやるよ……」

番狼《バンロウ》は畳《たたみ》から刀を抜《ぬ》いて部屋の入り口に顔を向けた。

退出するのかと思いきや、動く気配はない。一体どうしたんだろう。

「記者さん……俺から離《はな》れた方がいい」

「ど、どういうことだ？」

「また戦いになる」

突如《とつじょ》部屋の外から聞こえるけたたましいエンジン音。

「邪魔《じやま》するでぇぇぇ！」

一台のバイクが扉《とびら》を破って突入《とつにゆう》、荒々《あらあら》しいターンを決めた。

遅《おく》れて黒スーツの男達がぞろぞろ参上する。総勢十人の男達は、バイクの左右にずらりと並び立った。土足どころかバイクで畳《たたみ》を踏《ふ》み荒《あ》らす彼等《かれら》に番狼《バンロウ》は首を傾《かし》げた。

「ここは、あんたら飯岡組《いいおかぐみ》にとって神聖な場所じゃないのか？」

バイクに跨《またが》る金髪《きんぱつ》オールバックの男。彼は懐《ふところ》から抜《ぬ》いた拳銃《けんじゆう》を番狼《バンロウ》に向ける。

「知らんな。アイツを組長にした部屋に神聖も糞《くそ》もあるかいな」

男が指を鳴らすと、他の男達も一斉《いつせい》に拳銃《けんじゆう》を抜《ぬ》いた。

「とはいえ、組を荒《あ》らした落とし前はつけてもらうで。どうすんねん、今は命乞《いのちご》いの時間やで？」

「命乞《いのちご》いをするのはお前らヤクザの方だ」

番狼《バンロウ》は平然としている。

まさか、そんな刀一本で真っ向からやり合うつもりか。相手は銃《じゆう》を持っているんだぞ。

巻《ま》き添《ぞ》えを食う訳にはいかないと、高畑《たかはた》は幼女渋沢《しぶさわ》を抱《かか》えて距離《きより》を取る。

バイク男は番狼《バンロウ》をせせら笑った。

「お前、マジで空気よめてへんな。ここはゴメンナサイ、って涙《なみだ》流して謝るとこやろ？　お前、クラスで盛り上がってる時、隅《すみ》っこでマンガとか読んでるタイプか？」

「読んでるタイプだ」

肯定《こうてい》したよ。あまりにも真《ま》っ直《す》ぐな返答に高畑《たかはた》は少し呆《あき》れてしまった。

「じゃあ、お前みたいな陰気《いんき》な野郎《やろう》はここでくたばるべきやな。何か言い残すことは？」

番狼《バンロウ》は腰《こし》を深く落とし、大太刀《おおたち》を肩《かた》に担《かつ》ぎ直す。そこに迷いはない。鋭利《えいり》な眼光で銃口《じゅうこう》を睨《にら》み返し、灼熱《しゃくねつ》の声で一言。

「尊厳《プライド》を、喰《く》い殺す」

迫力《はくりょく》に気圧《けお》されたか、ヤクザ達の額に冷《ひ》や汗《あせ》が一粒《つぶ》流れた。

「……そうか。ほな死んでまえ」

一〇を数える銃口《じゅうこう》が火を吹《ふ》き、けたたましい銃声《じゅうせい》の響《とよ》みが高畑《たかはた》の鼓膜《こまく》を劈《つんざ》いた。

「ちぇりゃあぁぁ！」

番狼《バンロウ》は奇声《きせい》を上げて刀を振《ふ》るう。金属の甲高《かんだか》い悲鳴と瞬《また》く数個の火花。

致命傷《ちめいしょう》はない。頭部と足に新たな出血が見られる程度だ。

な、なんだ。あれほどの銃撃《じゅうげき》を受けて、何故《なぜ》立っていられる。

高畑《たかはた》の目の前に何かが転がってきた。それは真っ二つになった弾頭《だんとう》だ。それを見た瞬間《しゅんかん》、高畑《たかはた》は何が起きたか理解した。

「まさか、あの野郎《やろう》、弾《たま》を斬《き》りやがったのか⁉」

凛然《りんぜん》と立つ番狼《バンロウ》。その仮面から蒸気のように熱い吐息《といき》が漏《も》れる。

「妖刀《ようとう》〈慟哭《どうこく》〉は俺に二つの能力《ちから》を授《さず》けた」

すぅ、と呼吸を沈《しず》めて数瞬《すうしゅん》限りの静を纏《まと》う。

「一つは人間の限界を超《こ》えた身体能力」

顎《あご》が畳《たたみ》に擦《す》れるほどの極端《きょくたん》な前傾《ぜんけい》姿勢で走り出す。

「兄貴、来ました！」「かまわん、レンコンにしろ！」

連なる銃声《じゅうせい》。飛ぶ空薬莢《やっきょう》。だが銃弾《じゅうだん》の悉《ことごと》くは空《くう》を裂《さ》いて畳《たたみ》を穿《うが》つ。

——番狼《バンロウ》がいない。

「どこにいった！」「う、上や！」

荒鷲《あらわし》の如《ごと》く跳躍《ちょうやく》した狼《おおかみ》は、傷から血潮を靡《なび》かせ敵の只中《ただなか》に突入《とつにゅう》する。

「だあありゃあぁッ！」

必殺の一突《ひとつ》きがヤクザの心臓を貫《つらぬ》いた。舞《ま》い散《ち》る羽毛《うもう》に、「うえええええん！」轟《とどろ》く泣き声。

拳銃《けんじゅう》向けるヤクザの首を「ひえええええん！」刎《は》ねたかと思うと、別のヤクザを続く疾風《しっぷう》の一撃《いちげき》で二枚に下ろし、さらにもう二人のヤクザを斬《き》り結ぶ。

その間、僅《わず》か三秒。馬鹿げた量の鮮血《せんけつ》が爆《は》ぜるように舞《ま》い、その悉《ことごと》くが無数の羽根へと変わる。

「「「うえええええんタマ取られちゃったよおおぉぉ」」」

五人のヤクザは瞬《またた》く間《ま》に五人のゴスロリ幼女になってしまう。

「ふんっ！」

刀は鴉《からす》のように翻《ひるがえ》り、傍《かたわ》らのヤクザ二人を一撃《いちげき》の下斬《き》って捨てた。

「こんの糞《くそ》ガキャアアアぁ！　よくも兄弟を幼女にしくさったなあぁ！」

ヤクザの一人がようやく反撃《はんげき》に転じた。

至近距離《きょより》で矢鱈滅多《やたらめった》ら発砲《はっぽう》。迸《ほとばし》る閃火《せんか》、迫《せま》る弾丸《だんがん》。番狼《バンロウ》は首を傾《かし》がせ弾《たま》を回避《かいひ》すると、力任せに大太刀《おおたち》を振《ふ》り回《まわ》した。旋風一陣《せんぷういちじん》と薙《な》がれた刃《やいば》は残る三人のヤクザを斬撃《ざんげき》の嵐《あらし》に招き入れる。

ヤクザ達の体は、まるで寒天の如《ごと》く切り刻まれて肉塊《にくかい》と散った。

然ッ、と番狼《バンロウ》は大太刀《おおたち》を畳《たたみ》に突《つ》き刺《さ》し踵《きびす》を返《かえ》す。その背後で、無数の羽根が舞《ま》い上《あ》がった。

「「「ふぇええええ、めちゃくちゃだよぉオォ」」」

こうして屈強《くっきょう》な男十人は、ものの数秒で心も体もロリに染まった。

「……そしてもう一つ。慟哭《どうこく》は、斬《き》ったヤクザの尊厳《プライド》を喰《く》らい幼女にする」

尊厳《プライド》を喰《く》らう能力。金、カッコよさ、暴力といったヤクザの構成要素をたった一振《ふ》りで奪《うば》われる。それは、彼等《かれら》にとっては死ぬよりも恐《おそ》ろしいことだ。

舞《ま》い散《ち》る羽毛《うもう》の中、刀をくるりと回して肩《かた》に担《かつ》ぎ直す。刃《やいば》の重みに、ずん、と畳《たたみ》が唸《うな》った。

「あんたで最後だ」

バイク男はヤケクソ気味に声を張り上げる。

「クソがぁ！　こちとら族《ぞく》の頭《ヘッド》張ってた時から、肝《きも》っ玉《たま》だけは誰《だれ》にも負けてないんじゃあ！」

アクセルをぶん回して加速、走るバイクの上から拳銃《けんじゅう》を撃ちまくる。その一つが番狼《バンロウ》の肩《かた》を掠《かす》めて肉を僅《わず》かにえぐった。だが、狼《おおかみ》は止まらない。番狼《バンロウ》は何を思ったか大太刀《おおたち》を逆手に持ち替《か》え、槍《やり》のようにぶん投げる。投擲《とうてき》された大太刀《おおたち》は男の胸を貫《つらぬ》いた。

「ぐずぃらふっ！」

男はバイクから連れ去られ、遥《はる》か後方の壁《かべ》に張りつけられる。

「が、はっ、ぐ、あっ、ワイが、っこんな、」

串刺《くしざ》しにされ、踏《ふ》まれた蛙《かえる》のように手足を痙攣《けいれん》させるバイク男。番狼《バンロウ》は彼に歩み寄ると、勢いよく刀を引《ひ》き抜《ぬ》いた。

「げふっ……うあああああん！」

傷口から羽根が渦巻《うずま》いたかと思うと、男はとるにたらないゴスロリ眼鏡幼女となった。

「こわかったよおおおぉ！」

泣きわめく幼女を、番狼《バンロウ》は黙《だま》って見下ろしている。いつの間にか、スイッチを切《き》り替《か》えたように、威圧《いあつ》感は消えていた。

「悪かった。もう、大丈夫《だいじょうぶ》だから」

優《やさ》しい声で幼女を抱《だ》きかかえる。まるで幼稚園《ようちえん》の先生みたいに、子供の扱《あつか》いに慣れていた。

意外に子煩悩《こぼんのう》な性格なのだろうか。

「うっ、ひっ、えっぐ」

幼女は肩《かた》を竦《すく》ませ、泣きじゃっくりを上げた。たくし上げたスカートの裾《すそ》で、涙《なみだ》を一生懸命《いっしょうけんめい》拭《ぬぐ》っている。高畑《たかはた》はその姿を、可愛《かわい》いと思ってしまった。

「よしよし。もう痛い思いも怖《こわ》い思いもしなくてもいいんだよ」

幼女をあやしながら、番狼《バンロウ》は高畑《たかはた》の方を向いた。

「記者さん、組長は上か？」

「あ、ああ。多分、一人だ」

「護衛も無しか。嫌《きら》われてるのか？」

「集団を纏《まと》めるのは苦手な男だからな。だが、それでも他の者が組長になれないのは、あの組長《おとこ》が強いからだ」

「強い？」

「普通《ふつう》ヤクザってのは個別に商売をやって、稼《かせ》いだ金の一部を組長に納めて出世するんだが、」

「ここの組長は違《ちが》うのか？」

「違《ちが》う。奴《やつ》は根っからの殺人鬼《き》だ」

「殺人鬼《き》？」

「組長の飯岡昭三《いいおかしょうぞう》はな、敵対する組織の組員を殺しに殺して出世した。普通《ふつう》、そういう奴《やつ》ってのは、逮捕《パク》られるか、喧嘩《でいり》でくたばるかのどっちかだ。だが飯岡昭三《いいおかしようぞう》は殺されないし、捕《つか》まる隙《すき》も見せない。間違《まちが》いなく奴《やつ》は殺しの天才だ」

そんな彼に付いたあだ名が——千人殺しの昭三《しようぞう》——だった。

「番狼《バンロウ》、彼を殺《と》るなら気を付けた方がいい。手負いの狼《おおかみ》を仕留める力は十分ある」

「ブレーキはもう壊《こわ》れてる。この先に閻魔《えんま》がいても突《つ》き進《すす》むだけだ」

幼女を畳《たたみ》にリリースし、番狼《バンロウ》は部屋の出口へと歩きだす。

「俺の後ろには護《まも》りたいものがある。だから、退くという選択肢《せんたくし》はない」

「サキシマの人々が弾避《たまよ》けになった君に感謝する保証はどこにもないぞ」

「称賛《しようさん》されるために血を流してるわけじゃない」

高畑《たかはた》は遠ざかる番狼《バンロウ》に向けてシャッターを切る。ファインダー越《ご》しに見えた狼《おおかみ》の背中は英雄《えいゆう》とは程遠《ほどとお》く、とても狭《せま》く感じられた。そして、高畑《たかはた》はある事に気が付く。

「……驚《おどろ》いたな。まだ少年《ガキ》じゃねえか」


飯岡組《いいおかぐみ》の事務所は、二五六メートルを誇《ほこ》るタワービルの中にある。その最上階に、最後の敵である飯岡昭三《いいおかしようぞう》がいるという。

屋上のヘリポートへと至る階段。そこに番狼《バンロウ》——笹川惣次《ささがわそうじ》の舌打ちが反響《はんきよう》した。

床に突《つ》き立《た》てた刀に寄りかかり、重い息を吐《は》く。

「痛い……」

歩く度《たび》に傷が悲鳴を上げる。銃弾《じゅうだん》の直撃《ちょくげき》こそなかったものの、必要経費と貰《もら》った数多《あまた》の傷が惣次《そうじ》の命を着実に削《けず》っていた。

妖刀《ようとう》〈慟哭《どうこく》〉を握《にぎ》ったその日から、彼は対ヤクザ専門の人斬《き》りとして生きることを選んだ。自分の故郷からヤクザを一掃《いっそう》するために戦い続ける日々。

「それももう終わる。これで最後だ……」

意識が朦朧《もうろう》とする。死を近くに感じる。この階段の先にあるのは自分の墓場かもしれない。

「もっと、作戦とか考えるべきだったのかも」

深呼吸をして、惣次《そうじ》はヘリポートへの階段を上っていく。

「……そんな器用には立ち回れないか」

階段を上り切って、目の前の扉《とびら》を開けた。冷たい夜風が少年の傍《かたわ》らを走《はし》り抜《ぬ》けていく。

高さ二五六メートルのタワービル。頂のヘリポートからは人工島「サキシマ」の夜景が一望できた。人々の生活が生んだ光は宝石のように散らばり、向こう側にオオサカ湾《わん》が黒々と横たわっている。

そのオオサカ湾《わん》に臨《のぞ》んで胡坐《あぐら》をかく壮年《そうねん》の男。ジーパン一つ、上半身は裸《はだか》で刺青《いれずみ》は見当たらない。巌《いわお》のような筋肉に刻まれた無数の傷痕《きずあと》がその代わりだった。

「飯岡組《いいおかぐみ》組長、飯岡昭三《いいおかしょうぞう》だな？」

男はやおら立ち上がると、こちらを振《ふ》り返《かえ》る。傷痕《きずあと》だらけの顔に獅子《しし》のような鋭《するど》い眼光が漲《みなぎ》っていた。

「なんや、ワレ」

ゾッとする威《い》を含《ふく》んだ、紙やすりのような嗄《か》れ声。よく見れば喉《のど》に横一文字の切り傷がある。おそらく傷《これ》のせいで声が潰《つぶ》れているのだろう。

じわりと、惣次《そうじ》は左目のあたりに熱を感じた。ヤクザを目の前にすると起こる生理現象のようなもので、これをきっかけに惣次《そうじ》は攻撃《こうげき》的になる。

だけどおかしい。今までのヤクザは、見た瞬間《しゅんかん》気が高ぶったのに、この男からはあまりそれを感じない。おかげで、いつもより冷静さを保つことができた。

飯岡昭三《いいおかしょうぞう》は右と左で拳銃《けんじゅう》を一丁ずつ抜《ぬ》いた。右にコルトM1911、左にモーゼルHScの二丁拳銃《けんじゅう》。

「おどれ、ただもんやないな。返答次第《しだい》じゃ銃《コイツ》の世話になるで」

千人殺しの昭三《しょうぞう》。その名に相応《ふさわ》しい殺気だった。他のヤクザとは迫力《はくりょく》が違《ちが》う。

「あれだけ派手に暴れたのに、組長のお前には連絡《れんらく》の一つも行ってないのか」

昭三《しょうぞう》は小首を傾《かし》げた。

「お前、ウチの組員《モン》をどうした」

惣次《そうじ》は静かに言い放つ。

「幼女にした」

「そうか、てことはお前が番狼《バンロウ》か」

意外にも、昭三《しょうぞう》は冷静だった。敵を前にして心を乱さないのは、強者の証《あかし》だ。昭三《しょうぞう》の目が怜悧《れいり》な輝《かがや》きを帯び、惣次《そうじ》へと向かった。

「お前、相当無茶やっとるみたいやな。見た所その刀で戦うようやが」

「それがどうした」

「これだけのヤクザを殺すのは人間には不可能や。恐《おそ》らくその刀、お前の身体能力を相当強化しよるな？」

流石《さすが》の洞察《どうさつ》力。戦うことすらせず、あっさりと妖刀《ようとう》の力を見抜《みぬ》いた。

「そうだ。妖刀《ようとう》には魔力《まりょく》のようなものがある。その潜在《せんざい》能力がどれ程《ほど》のものなのかは分からないが、少なくともお前達ヤクザを斬《き》るのには問題がない」

「大した自信やないか。そういう性格、よう似とるわ」

昭三《しょうぞう》は銃《じゅう》の安全装置をはずし、引き金に指をかける。ズッ、と周囲の空気が重くなった。

「今までワシが殺してきた奴《やつ》らにはな」

遠く、オオサカ湾《わん》の彼方《かなた》から警笛が聞こえてくる。

それが、開戦の合図だった。

「たあぁぁ！」

惣次《そうじ》は大太刀《おおたち》を振《ふ》りかぶり、突風《とっぷう》を貫《つらぬ》きながら昭三《しょうぞう》に殺到《さっとう》する。

「やれやれ、威勢《いせい》だけは一丁前やな」

特に動揺《どうよう》する素振《そぶ》りも見せず、銃口《じゅうこう》を惣次《そうじ》に向ける。

「挨拶《あいさつ》代わりや」

火を吹《ふ》く二丁拳銃《けんじゅう》。迫《せま》る弾丸《だんがん》を刃《やいば》で跳《は》ね飛《と》ばし、あっという間に剣圏《けんけん》に昭三《しょうぞう》を収めた。

「飯岡《いいおか》、覚悟《かくご》！」

その瞬間《しゅんかん》、視界の右から何かが迫《せま》ってくる。

——これは、脚《あし》……？

昭三《しょうぞう》の放った右上段蹴《げ》りが直撃《ちょくげき》した。惣次《そうじ》は失神寸前で踏《ふ》みとどまって、たたらを踏《ふ》む。

その隙《すき》めがけてさらなる銃弾《じゅうだん》が食らいつく。左の脹脛《ふくらはぎ》と左前腕《ぜんわん》が弾丸《だんがん》に貫《つらぬ》かれ、鮮血《せんけつ》が流れた。

「お前、アホやろ」

剣圏外《けんけんがい》に逃《のが》れた昭三《しょうぞう》は、弾《たま》を交換《こうかん》しながらため息をついた。

「初対面の敵に真正面から突《つ》っ込むか？」

傷が燃えるように熱く雷《いかずち》のように痛い。それでも、激痛を根性《こんじょう》で殺して昭三《しょうぞう》を睨《にら》みつける。

「くっ、拳銃《けんじゅう》はブラフで、上段蹴《げ》りが本命か……」

「経験の差や。こっちはお前が生まれる前から殺しで飯食っとるねん」

確かに二人の間にはどうしようもない技量の差があった。撃《う》たれた脚《あし》は小鹿のように震《ふる》え、射《い》たれた左手は握力《あくりょく》を失いつつある。

「だが、まだ、勝てる。勝つまで、命を、燃やし尽《つ》くす」

「どんならんで。お前は今までワシが殺してきた奴の中でも突《つ》き抜《ぬ》けた阿呆《あほう》や」

「阿呆《あほう》でもいい。最後にこっちが立ってれば」

惣次《そうじ》は再び走り出す。その剣気《けんき》を受け止め、昭三《しょうぞう》は深く頷《うなず》いた。

「それだけは同意したるわ」

昭三《しょうぞう》は後退しつつ銃《じゅう》を交互《こうご》に撃《う》つ。迫《せま》る剣閃《けんせん》を髪《かみ》の一重でひらりと躱《かわ》し、その間隙《かんげき》に銃弾《じゅうだん》をねじ込んだ。銃弾《じゅうだん》の一撃《いちげき》が惣次《そうじ》の顔を掠《かす》め、狼《おおかみ》の面《めん》は粉々に打《う》ち砕《くだ》かれた。

――強いッ。

飯岡昭三《いいおかしょうぞう》という男、当たれば絶命の一太刀《ひとたち》を全く恐《おそ》れない。狂気《きょうき》じみた凄《すさ》まじい根性《こんじょう》だ。

射撃《しゃげき》の精度も超人《ちょうじん》的で、こちらの急所を的確に狙《ねら》ってくる。

気が付けば間合いは広がり、昭三《しょうぞう》は離《はな》れたところで余裕綽々《よゆうしゃくしゃく》弾《たま》を補充《ほじゅう》し始めた。

「若いやろとは思ってたけど、仮面割って出てきたのは十五かそこらのガキかいな」

弾《たま》を補充《ほじゅう》し終え、拳銃《けんじゅう》をくるりと指で回した。

「殺す前に一つ聞いといたる。お前、なんでヤクザをそこまで憎《にく》む」

「今更《いまさら》、なんでそんなことを聞く」

「ちょっと興味があるだけや。お前に潰《つぶ》された組は一つや二つやない。ワシの組も恐《おそ》らく壊滅《かいめつ》寸前やろ。ヤクザ嫌《ぎら》いの一念でここまでやれるとは到底《とうてい》思えん。お前のその短い人生で何があった？」

「俺の親はお前らヤクザの抗争《こうそう》に巻き込まれて死んだ。しかも俺の目の前でな」

それは思い出したくもない、鈍色《にびいろ》の記憶《きおく》だ。今でもその時の情景が夢に出てうなされることもある。

「俺だけじゃない。お前らヤクザのせいで、このサキシマでは何人もの孤児《こじ》が生まれた。こんな現実は、俺が終わらせてやる」

「だから、ヤクザを殺す、か」

「お前は、強者に虐《しいた》げられる弱者を見ても何とも思わないのか」

昭三《しょうぞう》は、どこか遠い目で深いため息をつく。

「思えへんな。お前らみたいに人の命を大切にする宗教を信仰《しんこう》した記憶《きおく》はない。誰《だれ》かの命を奪《うば》えば、誰《だれ》かは評価してくれる。それがワシの生きる世界よ」

「そうか。じゃあ、なおのことお前を倒《たお》さなくちゃな」

「なんや、今更《いまさら》ワシを軽蔑《けいべつ》するか？」

「そうじゃない。お前の悲劇に幕を引いてやるって言ってるんだ」

その時ポーカーフェイスだった飯岡《いいおか》の顔が動揺《どうよう》へと転じる。

「飯岡昭三《いいおかしょうぞう》、本当はもう終わりにしたいんだろ？　自分の事を語る時のアンタ、もう疲《つか》れたって顔してた。人を殺すだけの人生に、虚《むな》しさを感じていた。そうじゃないのか？」

否定の言葉は返ってこなかった。昭三《しょうぞう》は切なげな視線を夜風に流し、小さくため息をつく。

「……直情的な馬鹿やと思ってたけど、意外に敏《さと》いな」

もう一度、深いため息をついた。

「無駄話《むだばなし》が過ぎた。次で終《しま》いにしよか」

霞《かすみ》のかかった頭で、惣次《そうじ》は次の一手を考えてみた。

（完全に太刀筋《たちすじ》を見切られてる。俺の攻撃《こうげき》が、単調すぎるんだ）

こんなことなら剣術《けんじゅつ》でも習っておけばと思ったが、今更《いまさら》そんなことを考えても仕方ない。

「正面突破《とっぱ》。いつも手元にはこのカードしかない、か」

血を失いすぎてる。長くは戦えない。次が最後の攻撃《こうげき》だ。

「だからこそ、強く！　力強く！　力強く、跳《と》ぶ！」

惣次《そうじ》は高々と跳躍《ちょうやく》。横殴《よこなぐ》りの風を全身で感じた。見下ろせば、昭三《しょうぞう》が上空二五〇メートルの夜景に囲まれている。

落下。必殺の一撃《いちげき》を振《ふ》り下ろす。

昭三《しょうぞう》はそれすらも回避《かいひ》。惣次《そうじ》の一撃《いちげき》は目標を失い、コンクリートの床《ゆか》を砕《くだ》くに終わった。

「ごくろうさん。ほな、閻魔《えんま》様によろしくな」

引き金に指をかけ乍《なが》ら、死神も慄《おのの》く冷酷《れいこく》な表情で惣次《そうじ》を睨《にら》む。

――避《さ》け、れない！

だが、惣次《そうじ》の攻撃《こうげき》はこれで終わらない。

柄《つか》を握《にぎ》りしめたまま、無茶苦茶な体勢から飯岡《いいおか》の側頭部に右脚《みぎあし》を叩《たた》きつける。その衝撃《しょうげき》で昭三《しょうぞう》の体はよろめき、銃《じゅう》の狙《ねら》いは逸《そ》れ、あらぬ方向を弾丸《だんがん》が駆《か》け抜《ぬ》けた。

「……コイツ、ワシの、使った、戦法を、丸パクリしおったッ」

好機。

惣次《そうじ》は渾身《こんしん》の力を振《ふ》り絞《しぼ》って踏《ふ》み込み、余念を掃《はら》って相手の胸元《むなもと》に刀を突《つ》き通《とお》す。

「これで終わりだ、飯岡昭三《いいおかしょうぞう》」

昭三《しょうぞう》の背中から切っ先が突《つ》き出《で》て、夥《おびただ》しい量の血が吹《ふ》きこぼれた。それは、惣次《そうじ》の体に出来た幾十《いくじゅう》の傷よりも遥《はる》かに重い、たった一つの致命傷《ちめいしょう》だ。

昭三《しょうぞう》の手から拳銃《けんじゅう》が落ちる。

後は昭三《しょうぞう》が幼女になって、大きな泣き声を上げるのを待つだけだ。

だけど、そうはならなかった。

異変は大太刀《おおたち》が蒼《あお》い光を放つところから始まった。妖刀《ようとう》〈慟哭《どうこく》〉は今まで見たことがないくらい強く、強く発光する。

次に知らない男の声が聞こえてきた。

『なんでこんなクソガキ産んだんや』

今度は女性の声が聞こえてくる。

『あたしかて、こんな可愛《かわい》くもないガキ、産みとうなかったわ！　折《お》り畳《たた》み傘《がさ》、股《また》の間突《つ》っ込んで殺したろかおもたけど、勝手に生まれて来たんや！』

視界に、大人から暴行を受ける少年の姿が瞬《また》いた。

なんだ、この光景は。こんなこと今まで一度もなかった。

『あんたなんか産むべきやなかった！』『お前に喰《く》わせる飯なんかあるか！』『君のような生徒はこのクラスには必要ない』『社会のゴミめ。さっさと不登校にでもなればいい』

濁流《だくりゅう》のように押し寄せる声と映像。

その中には常に少年がいた。母親に殺されかけ、父親に殴《なぐ》られ、ゴミ箱を漁《あさ》り、学校で友達もできず、殺しの道に進むしかなかった。誰《だれ》にも優《やさ》しくされない。誰《だれ》も助けてくれない。ずっと孤独《こどく》を背負ってきた少年がいた。

それは、無責任な大人の掌《てのひら》が、一人の人間を形成するまでの過程。いわば「悪」の製造工程だ。飯岡昭三《いいおかしょうぞう》。その男の人生は、あまりにも孤独《こどく》で、そしてあまりにも救いようのないものだ。

全てを見終えた惣次《そうじ》の胸に湧《わ》いたもの。それは同情だった。

一筋。仮面を失った惣次《そうじ》の目から、月を含《ふく》んだ涙《なみだ》が零《こぼ》れる。

「なんで、っ、泣い、と、るんや……」

「お前が、孤独《こどく》だったから」

「お前、趣味《しゅみ》悪いぞ。最後に、覗《のぞ》き見《み》、かい、な……」

「悪い。俺は、お前に、何もしてやることができない」

「ふざけんなや……今更《いまさら》、同情、なんかいらん、わ、アホ」

その瞳《ひとみ》から生の輝《かがや》きが薄《うす》れていく。血は白くなり、羽根となって辺りを漂《ただよ》った。

「ま、一ぺんくらい、お母ちゃんの、飯を食うて……」

そこまで言い終えて、昭三《しょうぞう》の肉体が音もなく消えていった。突風《とっぷう》に渦巻《うずま》く無数の羽根。惣《そう》次《じ》の視界がホワイトアウトする。

真っ白だった。

吹雪《ふぶ》く羽根とその間を滴《したた》り落《お》ちる月の光。まるで、この世の終わりのように美しい光景。

一白《いっぱく》の夜空に、幼女の輪郭《りんかく》が浮《う》かぶ。

流星のように揺蕩《たゆた》う髪《かみ》。清水《せいすい》のように透《す》き通《とお》った肌《はだ》。光彩《こうさい》を幾重《いくえ》にも宿して輝《かがや》く瞳《ひとみ》。そして一糸纏《まと》わぬ体。今までの幼女達は皆《みな》衣服を着ていた。泣き声も上げていた。

だけど、この幼女は違《ちが》う。飯岡昭三《いいおかしょうぞう》は違《ちが》う。

「な、なんだ。服が、ない。それに、その体……」

鎖骨《さこつ》の辺り、滑《すべ》やかな肌《はだ》に描《えが》かれた睡蓮《すいれん》の花と宙を舞《ま》う兎《うさぎ》。それは見るも鮮《あざ》やかで繊細《せんさい》な刺青《いれずみ》だった。刺青《いれずみ》はぼんやりと輝《かがや》きを発した後、音もなく肌《はだ》に染《し》み込んで消えていく。

「ばぶぅ」

幼女になった飯岡昭三《いいおかしようぞう》は言葉を失っていた。まるで、赤《あか》ん坊《ぼう》のようによたよたと歩み寄って来る。

「何が起きてる。妖刀《ようとう》は、一体何を起こしたんだ」

前代未聞《ぜんだいみもん》の事態にただ立ちつくすことしか出来なかった。

「君は、一体」

疲労《ひろう》か失血か、ふらりその場に膝《ひざ》をつく。丁度、幼女昭三《しようぞう》と同じ目線の高さになった。

上空二五六メートル。月光と羽毛《うもう》の中で二人は向かい合う。

「だ……あだ、あだ」

惣次《そうじ》が血まみれの手を差《さ》し伸《の》べると、幼女はその手に頰《ほお》ずりをした。絹のように清廉《せいれん》で白い肌《はだ》を血の紅《くれない》が侵《おか》していく。血の化粧《けしよう》を施《ほどこ》した顔が、無垢《むく》に笑った。

ヤクザを憎《にく》む少年。

ヤクザだった幼女。

ここに二人は出会いを果たした。

この二年後、死の旋風《せんぷうふ》吹き荒《あ》れる激戦に、この二人は身を投じていく事になる。

その意味で、この終わりは、始まりだった。

一章　暖炉的な日常

今年一月、とある動画投稿者《とうこう》が殺された。過激な企画《きかく》が売りの投稿者《とうこう》で、正月に向けた動画作成のため年末にオオサカへ侵入《しんにゅう》。三日後、彼とスタッフの死体が、首のない状態で京都との県境に晒《さら》された。オオサカヤクザの凶暴《きょうぼう》性を世界に知らしめた事件である。


日本列島には三つの国が存在する。

これは日本国民なら誰《だれ》もが習う常識だ。

——一つは日本。東京を首都とする、東アジア屈指《くっし》の経済大国。

——二つ目は「暗黒都市オオサカ」。日本列島にありながら、外務省の渡航《とこう》禁止区域に指定された無法国家。かつては西日本最大の都市だったが、今は犯罪者の楽園と化している。オオサカを支配するのは、法でも独裁者でもなく、ヤクザだった。ヤクザはまるで戦国武将のように独自の縄張りを持ち、時に争い、時に協力しながら日々勢力図を塗《ぬ》り替《か》えている。

——そして最後に第三の都市、「サキシマ」がある。サキシマはオオサカの西側に位置する人工島で、広さは一〇〇〇ヘクタール、分かりやすくいえば東京ドーム二百個分に相当する。現在オオサカとサキシマの道路は全て封鎖《ふうさ》され、二つの国は断絶している。

　サキシマはかつてオオサカの一部だった。しかし二年前、ここに存在したヤクザ数団体が壊《かい》滅《めつ》。以後は自警団によって治安が守られ、「日本でもオオサカでもない第三の場所」になった。

　このヤクザ壊滅《かいめつ》事件をきっかけに、「あの人工島にはヤクザを喰《く》らう狼《おおかみ》が住む」という都市伝説がオオサカヤクザの間で囁《ささや》かれるようになった。

　そうした噂《うわさ》のせいか、長らくサキシマを支配しようとするヤクザは現れず、島の人々は「まるで日本のように」平和な生活を送っていた。

　そんなサキシマの最西端《せいたん》。

　緑濃《こ》く茂《しげ》る人工林の中に、高さ十メートル程《ほど》の風車塔《とう》が建っていた。瀬戸内海《せとないかい》から駆《か》けてきた風を受け、風車はぎしぎしと音をたてて回り続けている。風車塔《とう》の中は五つの階層に区切られていて、四階の寝室《しんしつ》に一人の少年が眠《ねむ》っていた。まだ空に暗さが残る朝の五時半、露《つゆ》が雨どいに落ちる音で、少年はゆっくりと目を覚ます。


「んぁ、もう朝か」

　目を瞬《しばたた》きながら、布団《ふとん》から体を起こす。六畳《じょう》ばかりの丸い部屋の中に勉強机や本棚《ほんだな》がある。他にあるのは、下の階に通じる梯子《はしご》と、上の発電室に繋《つな》がる梯子《はしご》。それと小さな仏壇《ぶつだん》だった。

　少年は仏壇《ぶつだん》の前まで這《は》っていき、ライターで線香《せんこう》に火をつける。それを線香《せんこう》皿に挿《さ》すと、上品な香りが部屋に漂《ただよ》った。

仏壇《ぶつだん》には大人の女性と、大人の男性、それと赤《あか》ん坊《ぼう》が写った一枚の写真がある。

女性は照れくさそうに赤《あか》ん坊《ぼう》を抱《だ》いている。少年の母親だ。銃《じゅう》で腹を二回撃《う》たれて死亡した。

男性は笑いながら女性の肩《かた》に手を回す。少年の父親だ。顔を散弾銃《さんだんじゅう》で撃《う》たれて即死《そくし》した。

赤《あか》ん坊《ぼう》は笑っている。これが少年——笹川惣次《ささがわそうじ》だった。

両親を殺されたのが六年前。

そして「サキシマの番狼《バンロウ》」となったのが三年前だ。

サキシマからヤクザを一掃《いっそう》してから二年が経《た》っている。

「父さん、母さん、俺もう、十六になった」

少し自嘲《じちょう》気味に笑って、左の目を撫《な》でた。両親が殺された時、惣次《そうじ》も刀でここを斬《き》りつけられた。傷は消えているけど、その時の痛みは残り続けている。

「二人を失った時は死にたいくらい辛《つら》かったけど、今はそれなりに幸せだよ」

両親への近況《きんきょう》報告を終えた後、制服に着替《きが》え、充電《じゅうでん》器に繋《つな》いであったスマホを手に取った。

通知は二件。一つは「スイレン」という同居人からのメッセージだ。

『今から新聞配達のバイト。朝飯は冷蔵庫にラップしてる。みそ汁《しる》は鍋《なべ》や』

もう一件は、「ウレハ」という女性からだ。

『今日のお手伝いは七時からお願いします。朝ご飯作って待ってます！』

……。

「朝ご飯被《かぶ》った」

どうする。いや、どうするもこうするもない。

「両方食べよう」

朝ご飯を作ってくれる人が二人もいるのは幸せなことだ。惣次《そうじ》は作ってあった卵焼きとみそ汁《しる》と白米をありがたく平らげてから、「ウレハ」の手伝いに向かった。

サキシマの西端《せいたん》から北部までは歩いて十五分程度。島の北部中央は公園になっていて、潮風に揺《ゆ》れる芝生《しばふ》と木々の中に、ぽつんと佇《たたず》む小さな教会がある。

温かみのある木製の表札には「暖炉荘《だんろそう》」と書かれていた。親を失ったサキシマの子供達が一緒《いっしょ》に生活をする場所。それが暖炉荘《だんろそう》だった。

風と草の囁《ささや》きを耳に揺《ゆ》らしながら、惣次《そうじ》は敷地《しきち》の門をくぐる。敷地《しきち》内の庭園には白く小さな花が風に揺《ゆ》れていた。可憐《かれん》にお辞儀《じぎ》する花々は見ているだけでほっとする。

庭の比較的《ひかくてき》広いところでは小学校低学年くらいの子供たちが掃除《そうじ》をしていた。

一人が惣次《そうじ》に気付いてパッと笑う。

「あ、お兄ちゃんだ！」

少年少女達は、惣次《そうじ》を見るなり集まってきた。

「おはよう！」「おはよー！」「おはようございます！」

「皆《みんな》、おはよう」

惣次《そうじ》は小さい声で挨拶《あいさつ》をすると、控《ひか》えめに笑った。

「お兄ちゃん！　昨日私が言ってた番組見た？」

真面目そうな女の子が話しかけてくる。

「うん。面白《おもしろ》かった。……まさか足関節部門で全員特待生昇格《しょうかく》なんて、凄《すご》い」

「昨日は特にレベル高かったよね！」

女の子との話が一通り終わると今度はヤンチャそうな少年が目を輝《かがや》かせて、

「お兄ちゃん、冥王刃《めいおうやいば》キメライマー見た？」

「全話見たよ。台詞《せりふ》、とってもかっこよかった」

少年との会話が終わると、別の少女が口を開く。

「お兄ちゃん、私スイーツ作れるようになったんだよ。クレープ！」

「材料買って来る。だから、今日食べさせて」

僕も私もと、最近あった出来事を次から次へと話しかけてくる。惣次《そうじ》は控《ひか》えめな性格だったが、孤児《こじ》達の話はどんな小さなことでも真剣《しんけん》に聞くので、彼等《かれら》からの信頼《しんらい》は厚かった。

暖炉荘《ここ》に来たばかりの子供達は、親を失った悲しみで暗い顔をしていた。だけど、惣次《そうじ》達の懸命《けんめい》なサポートで少しずつ笑顔《えがお》を取《と》り戻《もど》していった。こうやって、楽しそうに朝を迎《むか》えてくれることが嬉《うれ》しい。

子供は時に憎《にく》たらしく、時に我儘《わがまま》だ。それでも、こちらの愛情を受け取って成長していく暖《だん》炉《ろ》荘《そう》の皆《みんな》が惣次《そうじ》はたまらなく好きだった。

「あ、そうだ。お母さん、いま教会の掃除《そうじ》してるよー」

惣次《そうじ》は頰《ほお》を赤らめて視線を逸《そ》らす。

「あ、赤くなった！」「照れてる！」「いつものやつだ」「お兄ちゃん、すぐ顔が赤くなるー」

「か、からかわないで……」

ぼそぼそと弱々しい声で反論する。

「ねーねー、デートに誘《さそ》わないのー？」

「で、できないよ。そんな、で、デートだなんて……」

「臆病《おくびょう》だなぁ。そんなんだと、誰《だれ》かにとられちゃうよ？」

「うっ、」

子供の言葉は時としてカミソリのようだ。

「……挨拶《あいさつ》に……行ってくる」

「頑張《がんば》れお兄ちゃん！」「頑張《がんば》れー！」「おたっしゃでー」

挨拶《あいさつ》を頑張《がんば》るって変な話だなぁ、などとぼやきつつ、惣次《そうじ》は教会に向かった。

教会は今現在、礼拝を受け付けていない。ここのシスターは暖炉《だんろ》荘《そう》にかかりきりのため、教会を管理運営する暇《ひま》がないのだ。

「ふう、よし行くか」

惣次《そうじ》は扉《とびら》の前で深呼吸をしてから、中に入った。光差し込むステンドグラスに、飾《かざ》り気《け》のない十字架《じゅうじか》。一人の女性が後ろを向いて立っている。身に着けているのは生地《きじ》が重めの修道服。滑《なめ》らかな質感の生地《きじ》が、やわらかそうな体のラインを流麗《りゅうれい》に描《えが》いている。

唾《つば》を呑《の》みこみ、惣次《そうじ》は声をかけた。

「お、おはようございます」

女性はゆっくりと振《ふ》り返《かえ》る。その顔は少女の可憐《かれん》をやや残しつつ、大人寄りの美人に纏《まと》まっていた。体は顔よりもいくらか大人びていて、特にその胸元《むなもと》には大きな膨《ふく》らみがある。

織凪《おりなぎ》ウレハ。若くして孤児院《こじいん》の責任者になったシスターである。

「あら、惣次《そうじ》君。おはようございます」

ウレハは丁寧《ていねい》にお辞儀《じぎ》をした後、軽い足取りで近寄ってくる。

「髪《かみ》にほこりがついてます」

えいっ、とデコピンで蟀谷《こめかみ》の埃《ほこり》を弾《はじ》いた。その後、惣次《そうじ》の服の裾《すそ》を引っ張って皺《しわ》を伸《の》ばす。

「みーだーしーなーみっ。こういう細かい所、ちゃんとしたほうがいいですよ？」

目の前にウレハの体があったので、惣次《そうじ》は顔を真っ赤にして視線を逸《そ》らした。触《ふ》れたいという欲望もあるにはあったが、奥手の惣次《そうじ》にそんな大それたマネはできない。

（触《さわ》ったらダメ！　耐《た》えろ、耐《た》えろ！　大好きな人に嫌《きら》われたくないだろ、惣次《そうじ》！）

と自分に言い聞かせて目を瞑《つぶ》る。

「よしと。これで大丈夫《だいじょうぶ》です」

目を開けると、一メートル程離《ほどはな》れたところでウレハがニッコリと笑っていた。

「ではでは。私はこれから朝食の準備がありますので、惣次《そうじ》君は子供たちをお願いします」

「う、うん。頑張《がんば》り、ます」

「もー、私と話す時はため口でいいですよ」

「あ……はい。そうでした、じゃない。そうだった」

慌《あわ》てて言い直した惣次《そうじ》に、ウレハはクスッと笑った。

「そういう慌《あわ》てやすいところ、昔から変わらないですね」

しっかり者のウレハは、細かい所にも目が行き届く。年上ということもあって、ついつい敬語で話してしまう。

「ごめん。今度から、気を付ける、よ……」

「ふふふ。素直《すなお》でえらいえらい」

ウレハの手が伸《の》びてきて、惣次《そうじ》の頭を子供のように撫《な》でる。カモミールのような優《やさ》しい香りに包まれながら、惣次《そうじ》は赤くなった顔を下に向けた。

「今日も頑張《がんば》りましょうね」

「う、うん」

女性が苦手な惣次《そうじ》だが、ウレハが相手の場合は特に緊張《きんちょう》が酷《ひど》くなる。出会ったばかりの頃《ころ》はもう少し普通《ふつう》に話せていたのだが、ウレハへの恋心《こいごころ》に反比例して言葉は少なくなっていった。

孤児院《こじいん》「暖炉荘《だんろそう》」の敷地《しきち》内には建物が二つある。教会と、かつてシスターが寝泊《ねと》まりしていた宿舎だ。宿舎は三階建てで広さはその辺のアパートに匹敵《ひってき》する。建物の一階は食堂で、二階三階には孤児《こじ》達の自室が並んでいた。二階の廊下《ろうか》では起床《きしょう》した子供達が元気に走り回っている。

「あー、お兄ちゃんおはよう！」「おはよう」

「おはよう」「おはようさん」

「にーやん、おはやー」「やー」

幼稚園《ようちえん》児から中学生くらいまでの少年少女が挨拶《あいさつ》してくる。みんな惣次《そうじ》より年下だ。

惣次《そうじ》は籠《かご》の載った台車を押しながら皆《みんな》に声をかけていく。

「皆《みんな》、洗濯《せんたく》物ここに入れて。ポケットに変なもの入ってないかチェックするの、忘れないで」

それが終わった後、山盛りになった洗濯《せんたく》物を見下ろして腕《うで》をまくった。

「よし……ここからが本番だ」

まずは籠《かご》をエレベーターで一階まで運び、三つの洗濯機《せんたくき》を使って洗濯《せんたく》、洗濯《せんたく》物が回っている間、二階にいる車いすの孤児《こじ》の部屋まで行って着替《きが》えを手伝い、それが終わると他の私室を回って掃除等《そうじなど》の生活指導を行い、喧嘩《けんか》の仲裁《ちゅうさい》やら宿題の助力をしている間に洗濯《せんたく》物が終わるので、それを庭の物干し竿《ざお》に並べて、ようやく「お手伝い」が終わった。

「しんどかったぁ」

一階食堂。ど真ん中に置かれた大机に、惣次《そうじ》は顔を伏《ふ》せた。

「おっ疲《つか》れさーん」

対面に腰《こし》を下ろしたのは、ブレザー制服を着た少女だ。子供と一緒《いっしょ》に庭の掃除《そうじ》をしていたらしく、スカートの裾《すそ》には落ち葉が引っかかっていた。

「あ、今日……委員長の日か」

委員長。惣次《そうじ》の数少ない友達で、三年前から暖炉荘《だんろそう》のスタッフとして働いている。

「いつも、来てくれてありがとう」

「どういたしまして、と言いたいところだけど、お礼は目をみて言おうぜ笹川君《ささがわ》？」

ドキッとして惣次《そうじ》は委員長の方を向いた。

「ご……ごめん」

「よしよし。笹川君《ささがわ》が気弱で女の子苦手なのは知ってるけど、挨拶《あいさつ》くらいは目を見てやらないと相手に変な誤解させちゃうぞ」

彼女の言う通り、友達といえども相手が女性だと変に緊張《きんちょう》してしまう。

（なんとかしなきゃとは思うんだけどなぁ）

しばらくして子供達がぞろぞろと、ウレハの作った朝食を取るため食堂に集まってくる。時間になると、総勢一七人の孤児《こじ》が大きな机を囲んだ。

「全員集まったね。じゃあ、例の作戦会議を始めましょう」

委員長がパンパンと手を叩《たた》いてなにやら仕切り始めた。

「第八回、笹川《ささがわ》君とウレハさんをくっつかせる会議を行います」

また、始まってしまったか。惣次《そうじ》がウレハのことを好きなのは、ウレハ本人以外には余裕《よゆう》でバレている。で、あまりにも奥手な「お兄ちゃん」にしびれを切らした友人《スタッフ》と孤児《こじ》たちにより、このような支援《しえん》団体が発足《ほっそく》されてしまった。

「まずは敵対勢力の動向についてですが」

車いすの少年が手を上げる。

「肉屋の青年が映画のチケットを使い攻勢《こうせい》を仕掛《しか》けるも、突破《とっぱ》には至らず玉砕《ぎょくさい》。しかしながら戦意喪失《そうしつ》には至っていない模様。主だった案件は以上です」

「これについて、支援《しえん》対象たる笹川惣次《ささがわそうじ》氏の見解を聞きたいと思います」

「え……あ……はい。えっと、いいと思う」

一七人の子供と委員長が一斉《いっせい》にため息をついた。

「いや、もっと危機感持とうよ」「自分も映画に誘《さそ》うとかさぁ」「本当に彼氏《かれし》作っちゃうよ」

心配してくれるのは嬉《うれ》しいが、散々な言われようだ。

「もう思い切って笹川《ささがわ》君から抱《だ》き付《つ》いてキスしたら？」

委員長が強硬策《きようこう》を提案した。ウレハに抱《だ》き付《つ》く自分を想像すると、また顔が赤くなる。

セクハラじゃないか！　と言い返す事すらできず、惣次《そうじ》は顔を伏《ふ》せた。

ウレハへの想《おも》いが強すぎて、思考が働かなくなる笹川惣次《ささがわそうじ》十六歳だった。

「えっと、誰《だれ》か、この膠着《こうちゃく》した状況《じようきよう》を打破する妙案《みようあん》は」

委員長の呼びかけに三つ編みの少女が、すっと手を上げた。

「はい、ツグミちゃん」

「私に秘策があります。名付けて、青春の潮風作戦です」

なにそれ。ただならぬ不穏《ふおん》さを覚えて惣次《そうじ》は真顔になる。

「作戦決行は朝食後の登校時。これなら二人が親密になること間違《まちが》いなし」

そう言って少女は不敵に笑った。


朝食後、惣次《そうじ》は学生カバンを担《かつ》いで門の外に出る。

「あ、来ましたね」

そこにウレハがいた。その傍《かたわ》らに自転車が停《と》めてある。それを見て、なんとなく「青春の潮風作戦」とやらの中身を悟《さと》った。

「ウレハ……、どうしたの？」

「ツグミちゃんから昨日惣次《そうじ》君が足を捻《ひね》ったって聞きましたので」

そんな事実はないのだが、ここで正直に言ってしまってはせっかくの作戦が無駄《むだ》になる。

「ええ……まあ。体育の授業で……ちょっと」

ウレハは自転車に跨《また》がり、後部の荷台をこちらに向けた。

「さあ、乗ってください」

「俺が後ろなの⁉」

ツッコむときは大きな声を出す惣次《そうじ》だった。

「当たり前です。ただでさえ体力がないのに、その上怪我《けが》もしてるんですから」

体力がない訳じゃない。むしろ惣次《そうじ》の身体能力は超人《ちょうじん》的に高い。だけど、自分がサキシマの番狼《バンロウ》である、という素性《すじょう》を隠《かく》すためにあえてそういう事にしていた。

「……じゃあ、お言葉に甘えて」

よっこらせとウレハの後ろに腰《こし》を下ろす。ウレハの肌《はだ》にピッチリと張り付いた滑《すべ》やかな生地《きじ》が、柔《やわ》らかい光沢《こうたく》と細い皺《しわ》を生んでいる。腰《こし》を捩《よじ》る度《たび》に動く皺《しわ》は、どことなく艶《なま》めかしい。

風《ふ》が吹くと、シスターが頭にかぶってる「ひらひらしたやつ」が流れて、汗《あせ》ばんだうなじが露《あら》わになった。優雅《ゆうが》に揺蕩《たゆた》う髪《かみ》の先から甘い香りがする。

「ちゃんと体掴《つか》んでてくださいね」

「え……あ、はい」

言われて肩《かた》を掴《つか》んだ。流石《さすが》に腰《こし》に手を回す度胸はない。

「もう。それだと、振《ふ》り落《お》とされますよ」

ウレハの両手が惣次《そうじ》の腕《うで》を摑《つか》んで、彼女の胸とお腹《なか》の間ぐらいに手を固定させた。体を引っ張られたせいで頰《ほお》がウレハの背中に当たる。そして腕《うで》には胸の柔《やわ》らかい感触《かんしょく》。彼女の香りも温《ぬく》もりも一層強くなる。惣次《そうじ》の顔は、また真っ赤になっていた。

「よーし、レッツゴーです」

ウレハはペダルを強く踏《ふ》み込んだ。自転車が、潮風を押しのけるように進む。さっぱりとした木々の間を抜《ぬ》けると、青々と波打つ海が見えた。そこから左に曲がって海沿いの遊歩道を疾走《しっそう》する。向かい風が肌《はだ》に心地《ここち》いい。

「こうやって惣次《そうじ》君と二人だけで外に出るのって久しぶりですねー！」

横顔を覗《のぞ》くと、燦々《さんさん》と輝《かがや》く太陽にウレハの笑顔《えがお》が重なって見えた。子供の前では落ち着いた態度を崩《くず》さないウレハだが、惣次《そうじ》の前だと無邪気《むじゃき》に素の自分を曝《さら》け出《だ》す。そんな時間は、一九歳の彼女にとって貴重なのかもしれない。

「ウレハ……大丈夫《だいじょうぶ》？　その、疲《つか》れてない？」

「大丈夫《だいじょうぶ》ですよ……と言いつつ、いつの間にか惣次《そうじ》君がすごく重くなってて、ちょっとびっくりしてます。昔はもっと、楽に、二人乗り、っ、できたんですが」

体が熱《ほて》ってきたのか、修道服の上からでもウレハの体が温かく感じられた。

「ウレハと出会ったの、もう六年も前だもんね」

「暖炉荘《だんろそう》ができた時は二人だけだったのに、今は随分《ずいぶん》と賑《にぎ》やかになりましたね～」

孤児《こじ》への支援《しえん》なんかなかった頃《ころ》のサキシマでは、親を失った子供は簡単に死んだ。

惣次《そうじ》だって例外じゃない。ヤクザに両親を殺され家も奪《うば》われた惣次《そうじ》は、屋外で雨風に晒《さら》されながらゆっくりと衰弱《すいじゃく》していった。生きる気力もなく、ただ死を待つ彼の前に一人の女性が手を差《さ》し伸《の》べる。それがウレハだった。

悲しみに暮れる惣次《そうじ》と教会に一人残されたウレハ。二人で協力しながら、わずかばかりの寄付と内職で資金を貯《た》めて、「これ以上不幸な子供を出さないために」と暖炉荘《だんろそう》を開設した。

「皆《みんな》、惣次《そうじ》君に怒《おこ》られて、優《やさ》しくされて、成長してきました。私はお母さんって呼ばれてますけど、皆《みんな》にとって本当のお母さんは惣次《そうじ》君なんですよ」

「いや、お母さんはウレハだよ……。俺、今、暖炉荘《だんろそう》に住めてないし」

ウレハは俯《うつむ》き加減で声の調子を落とした。

「今でもよく覚えてます。三年前、惣次《そうじ》君が一人暮らしをするって言い出した時は驚《おどろ》きました」

暖炉荘《だんろそう》に危険が及《およ》ぶのを避《さ》けるため一人で暮らす……それがヤクザ狩《が》りを始めた惣次《そうじ》の決断である。子供達の涙《なみだ》とウレハの悲しげな表情がとても辛《つら》かった。

「でも、遅《おそ》かれ早《はや》かれ巣立ちの時期がやってくるのは仕方ありません。惣次《そうじ》君にもいつか、一つ屋根の下で女性と暮らす日がくるのでしょう」

日暮れの潮騒《しおさい》のような愁《うれ》いが、ウレハの顔を覆《おお》っていた。

「えっと……もう住んでるけど」

「ふぇっ⁉」

途端《とたん》にハンドリングが乱れて二人は自転車ごと遊歩道脇《わき》の草むらに突《つ》っ込んだ。惣次《そうじ》はとっさの機転でウレハの下に体を滑《すべ》り込ませる。腰《こし》に跨《また》る格好になったウレハが顔を近づけてきた。

「惣次《そうじ》が女の人と暮らしてるって本当なの⁉」

いつの間にか敬語をどっかにやって、あわあわしている。

「いいい、いや、妹の事だよ」

吐息《といき》がかかるほどウレハの顔が近い。ウレハの温《ぬく》もりと重さを腰《こし》で感じる。惣次《そうじ》の体はウレハの熱を受け取ったように温かくなった。

「なんだぁ、スイレンちゃんかぁ」

安心しきったように、ふにゃあと脱力《だつりょく》して惣次《そうじ》の体から下りた。三十秒くらい深呼吸をした後、ウレハはキリと表情を引《ひ》き締《し》め、いつもの大人びた雰囲気《ふんいき》に戻《もど》った。

「スイレンちゃんって、妹なのに叔父《おじ》さんの所にいたんですよね」

「うん」

今まで妹と一緒《いっしょ》に住んでいた叔父《おじ》が病で倒《たお》れた。だから、病気が治るまで惣次《そうじ》が妹の面倒《めんどう》を見る——という建前だった。

「二年前、スイレンが俺の所に来た時は、本当にびっくりしたよ」

惣次《そうじ》は青空に聳《そび》えるタワービルを見上げた。

高さ二五六メートルの摩天楼《まてんろう》が、今日もサキシマの人々を見下ろしている。

ヤクザの根城だったあの場所は、かつて暴力の象徴《しょうちょう》だった。そしてヤクザが一掃《いっそう》された今は、島民の為《ため》の役所が入り、平穏《へいおん》の象徴《しょうちょう》へと変わった。

——言えないよなぁ。二年前、あそこでその妹と殺し合ってたなんて。


「到《とう》、着《ちゃく》！」

ウレハは荒々《あらあら》しめのハンドル捌《さば》きで校門近くの塀《へい》に自転車を止めた。

「ありがとう、ウレハ。本当に、助かったよ」

「いえいえ、困った時はお互《たが》い様ですよ。ではでは～」

自転車の上で腰《こし》を左右に揺《ゆ》らし、ウレハが遠ざかっていく。緊張《きんちょう》から解放されて少しホッとしたのと、ウレハと二人きりの時間が終わった寂《さび》しさが入り混じっていた。

校門の前では自警団が二人、笑顔《えがお》で生徒達に声をかけている。自警団はサキシマの治安を守る唯一《ゆいいつ》の組織で、青いシャツと波が描《えが》かれた肩のエンブレムが彼等《かれら》のシンボルだった。

「おはようございます」

惣次《そうじ》が礼をすると、自警団は「おはよう」とにこやかに笑った。

門をくぐる生徒たちは皆《みんな》、人懐《ひとなつ》こい笑顔《えがお》で自警団に挨拶《あいさつ》をしていた。そこに、彼等《かれら》に対する島民の信頼《しんらい》が見て取れる。それを優《やさ》しく見守りながら、惣次《そうじ》は教室に向かった。

二年三組の教室は今日も賑《にぎ》やかだ。皆《みんな》いい感じに制服を着崩《きくず》していたが、惣次《そうじ》はボタンを上まで全てとめている。まるで学校案内のポスターに出てくるモデルのようだ。

——地味で気弱な真面目少年。それは、惣次《そうじ》が持つ表の顔である。

……とはいえ、素の性格が人見知りなので別に演技してるわけではないのだが。

教室後ろの窓際《まどぎわ》の席。惣次《そうじ》は机に鞄《かばん》を置いて椅子《いす》に座る。

「うぃーす」

気だるい挨拶《あいさつ》で目の前の席に腰《こし》を下ろしたのは、制服をラフに着こなし、髪《かみ》を茶色に染めたチャラい感じの男子学生だった。

「あ、雁屋《かりや》」

雁屋雅彦《かりやまさひこ》。惣次《そうじ》の幼馴染《おさななじみ》で、両親を失う前からの知り合いだ。惣次《そうじ》は幼少期から人見知りが激しかったので、幼馴染《おさななじみ》は彼を含《ふく》めて二人しかいない。

「見てたぞ。朝からウレハさんと二人乗りとはいい度胸じゃねえか。俺にあの場所譲《ゆず》れ」

「彼女に聞かれたらどうするの？」

雁屋《かりや》は彼女持ちで、バレンタインにもそれなりにチョコを貰《もら》う陽の人だ。内気で人見知りの惣次《そうじ》とは真反対の性格だけど、何故《なぜ》か昔からウマが合う。

雁屋《かりや》と雑談をしていると、二人の女子が近づいてきた。

「さっきぶりー」「おは」

委員長とツインテールの「アキ」だ。三人は暖炉荘《だんろそう》のスタッフで、学校ではこの四人でいることが多い。因《ちな》みに、女性が苦手な惣次《そうじ》が委員長やアキと仲良くなれたのは、雁屋《かりや》のおかげだったりする。

机に手をつきつつ、委員長が口を開いた。

「ねえねえ、明日暖炉荘《だんろそう》の手伝い行くのって雁屋《かりや》だっけ」

「正解。俺だ」

「雁屋《かりや》、ハヤテ君失恋《しつれん》したらしいから、慰《なぐさ》めてあげて」

「おう、任せとけ。恋愛《れんあい》マスターの俺が恋《こい》する少年の傷を癒《いや》してやろう」

雁屋《かりや》が親指を立てる。彼が「恋愛《れんあい》マスター」なのはまあまあガチだ。

惣次《そうじ》は三人に向かってペコリと頭を下げた。

「……いつも、色々細かいところまで見てくれてありがとう」

「礼には及《およ》ばねえって。俺は嬉《うれ》しいよ。問題を一人で抱《かか》えがちのお前が俺達を頼《たよ》ってくれるのがさ」

「……あの時は本当に、人手が、足りなかったから……」

「中一か中二の時だよな。しばらく児童養護施設に顔出せないから助けてくれって」

ぐいと委員長が身を乗り出す。その分惣次《そうじ》は上体を引いた。

「学校も休みがちだったよね。あれなんだったの？」

「ちょっと、妹の事で、色々と忙《いそが》しくてさ」

日本刀をぶん回してサキシマ中のヤクザを幼女にしていた、とは言えない。

もし仮に、番狼《バンロウ》の正体が惣次《そうじ》だと知れれば必ず暖炉荘《だんろそう》の皆《みな》が危険に晒《さら》される。人質《ひとじち》や脅迫《きょうはく》ならまだマシで、最悪の場合は危害を加えることも考えられた。

だから、正体がバレた時に備えて暖炉荘《だんろそう》から距離《きょり》を置き学校にもあまり行かないようにした。けれども、ウレハ一人に運営を任せると、彼女は確実に過労で倒《たお》れてしまう。そんなウレハの負担を少しでも軽くするため、三人に頭を下げて彼女を手伝ってもらった。

「ま、暖炉荘《だんろそう》で働くのは楽しいから、むしろこっちから礼を言いたいくらいだけどな」

「子供達、本当可愛《かわい》いもんねー」

アキもこくこくと頷《うなず》いて委員長に同意する。

「俺この画像ずっと待ち受けにしてるんだぜ」

雁屋《かりや》はスマホを見せてきた。そこに、ウレハや子供達に混じってピースをする三人が写っている。兄弟のように馴染《なじ》む三人が微笑《ほほえ》ましい。

「あ、そうだ、」

スマホをポケットにしまいながら雁屋《かりや》は話題を変える。

「お前、スキンヘッドの先輩《せんぱい》知ってる？」

「知ってる……先週、いろいろあった」

というかカツアゲされた。惣次《そうじ》は自分が強く見えるような行動は控《ひか》えている。弱々しい学生を徹底《てってい》して演じれば、番狼《バンロウ》だと疑われることも少なくなる筈《はず》だから。

そういう考えの下、カツアゲされれば金を出すし、パンを買いに行けと言われれば買いに行く。もしかしたら、他の人にはいじめられっ子と思われているかもしれない。

「いや、さっきさ、その先輩《せんぱい》に惣次《オマエ》の事聞かれてさ」

「……勿論《もちろん》、知らないって言ったよね？」

「つい、この教室にいるって喋《しゃべ》っちゃった」

――喋《しゃべ》っちゃったか。

「おい、笹川《ささがわ》いるか」

威圧《いあつ》的な声に教室の空気が凍《こお》り付《つ》く。教室の入り口には、だぼついたパーカーを着た、ガラの悪い丸刈《まるが》りの男が立っていた。歩けば悪評の立つ問題児で、学校の内外で揉《も》め事《ごと》を起こしている。名前は分からないので、惣次《そうじ》は頭のなかで「スキンヘッド」と呼んでいた。

「ちょっと頼みがあるんだけどよ」

さっ、と惣次《そうじ》の周りから人が引いた。委員長とアキはその場に残ろうとしたが、他の女子生徒に腕《うで》を引っ張られて距離《きょり》を取らされる。唯一《ゆいいつ》雁屋《かりや》だけは根性《こんじょう》を見せて、惣次《そうじ》の近くに座っていた。根っからの怖《こわ》がりなので、足を震《ふる》わせて視線を泳がせてるが。

「えっと……その……どうかしましたか、先輩《せんぱい》」

スキンヘッドはポケットに手を突《つ》っ込み肩《かた》をいからせ、蟹股《がにまた》で近寄って来る。

「悪《わり》ぃ、また金貸してくれや」

返す気なんかない癖《くせ》に、と思いつつ鞄《かばん》の中をまさぐった。

「あ……」

しまった、暖炉荘《だんろそう》に財布《さいふ》置き忘れてきた。

「す、すいません。いま持ち合わせないです」

「んだとゴラぁ！」

舐《な》められたと勘違《かんちが》いしたのか、スキンヘッドは急にキレて机を蹴《け》り上げた。教室の空気がさらに凍《こお》りつく。中には泣き出す者もいた。本物のヤクザに比べれば大したことはないのだが、ここでがら空きの股間《こかん》に膝《ひざ》を叩《たた》き込みでもしたら、頑張《がんば》って作り上げてきた弱者のイメージが崩《くず》れてしまう。なので、ここは堪《た》えるしかない。

「明日渡《わた》しっ、」

胸《むな》ぐらを摑《つか》まれ強引《ごういん》に立たされた。スキンヘッドは額に血管を浮《う》き立《た》たせ、拳《こぶし》を振《ふ》りかぶる。

「お前は俺の奴隷《どれい》だ。言う事を聞かない奴隷《どれい》は殴《なぐ》られる。ＯＫ？」

どこの暴君だ。虐《いじ》められるのが他の生徒じゃなくて良かった。

「歯ぁ食いしばれ、奴隷《どれい》」

惣次《そうじ》は目を閉じる。銃《じゅう》で撃《う》たれるよりは痛くない筈《はず》だ。

「外道《げどう》の時間終了《しゅうりょう》っ！」

大きな声に皆《みな》が肩《かた》を竦《すく》める。教室の入り口に立っていたのは三〇代半ばの女性だった。長身で、背丈《せたけ》は男子学生とそう変わらない。黒のレディースジャケットとスキニーがすらりとした体型に良く似合っていた。

吉岡湖水《よしおかこすい》。社会科の女教師で、このクラスの担任である。

「私の生徒にちょっかい出してるのは何処《どこ》の悪戯《いたずら》っ子かな？」

スキンヘッドに一切《いっさい》ひるむことなく、吉岡《よしおか》はこちらに近づいてくる。

「んだよ、ダチから金借りてるだけだろうが！」

スキンヘッドの威嚇《いかく》にも全く動じず、キッと睨《にら》み返す。腕組《うでぐ》みをして仁王立《におうだ》ちするその姿には、教師らしからぬ迫力《はくりょく》があった。

「悪いけど恫喝《どうかつ》にしか見えない。胸《むな》ぐら摑《つか》んで金をせびるなんて、友達にする事じゃないよ」

「んだと……コラ」

迫力負《はくりょくま》けしたスキンヘッドから勢いがなくなっていく。何をしても吉岡《よしおか》が動じないのをスキンヘッドも分かっているらしい。

吉岡《よしおか》はカッと目を見開き、鋭《するど》い語気で相手の胸を射抜《いぬ》く。

「さっさとここから出ていきなさい！　もうすぐホームルームが始まります」

「……くそが」

勝負ありだった。スキンヘッドは舌打ちをして扉《とびら》の方に向かう。

「また来るからな」

そう言い残して立ち去った。

「あの先輩《せんぱい》超怖《ちょうこわ》ぇぇ」「笹川《ささがわ》君可哀想《かわいそう》」「アイツ、笹川《ささがわ》君がおとなしいからあんなにイキるんだよ」「ほんと、弱い人をいじめる人ってサイテー」「吉岡《よしおか》先生バリかっこよかった」

教室はしばらくざわついていた。

「はいはい。あと二分でホームルーム始めるよー、席について」

吉岡《よしおか》は何事もなかったかのように教卓《きょうたく》の方に歩いていく。

「あ、あの……先生、ありがとうございました」

吉岡《よしおか》は惣次《そうじ》に背中を向けたまま親指を立てた。

「生徒の盾《たて》になるのも教師の仕事だよん。礼にはおよばないナイ」

こういう時の先生は惚《ほ》れてしまいそうになるほどカッコいい。

教室の空気もすっかり落ち着き、ホームルームが始まった。まず目を引いたのは教卓《きょうたく》に置いてある箱だ。形状は平たく、側面には戦車の絵。

吉岡《よしおか》のツッコミ役に強制就任した委員長が仕方なさそうに尋《たず》ねる。

「先生、それなんですか」

「よくぞ聞いてくれたね、委員長！　これは、三五分の一シュトゥルムティガーだよ！」

「プラモデルじゃないですか」

「そうそう、職員室の机にこれ置いといたら教頭に怒《おこ》られちゃってさぁ。だからこっちに持ってきた」

「先生、教室は私物置き場じゃないですよ」

「知ってる」

なら置くな。

「……先生戦車好きなんですか」

「いやあんまり。でも乗りたい。家のガレージに欲《ほ》しい。仕事サボってずーっと見るの」

それを好きと言うのでは⁉　クラス一同のツッコミが聞こえた気がした。

「もういいんで、ホームルーム始めてください」

「ほいほーい。職朝で生徒指導の先生から最近風紀が乱れてるから皆《みんな》校則を守るようにって注意があったよ。皆《みんな》守ってねーっと」

軽い。生徒指導の先生が可哀想《かわいそう》になってくる。

「特に最近授業中に携帯《けいたい》電話の……」

『エスプラーゥトゥーザパンツァー♪』

突然《とつぜん》、教室に鳴《な》り響《ひび》いた着信音。生徒達の間に緊張《きんちょう》が走った。授業中、ホームルーム中はスマホの電源を切るのが決まりだ。守らなければスマホは没収《ぼっしゅう》となる。

「はい、もしもし」

電話に出たのは吉岡《よしおか》だった。そのままホームルームをほったらかして廊下《ろうか》に出る。

「はーい。後でかけ直しまーす」

そして何事も無かったかのように教室に戻《もど》って来《く》る。

「えっと、どこまで話したっけ。あ、そうだ。特に授業中は携帯《けいたい》電話の電源を切ること」

お前だ!!　また皆《みんな》のツッコミが聞こえた気がした。

「せ、先生って変わってますよね」と委員長。

「そうかな？　普通《ふつう》な大人のお姉さんだと思ってるんだけど」

「普通《ふつう》ではないです。授業中に堂々と電話に出る教師なんて聞いた事ないです」

「たしかにねー。おかげで学年会議じゃ針のむしろでさー」

「当たり前でしょ」

「それはそうと委員長、教室のどっかに完成させたプラモを飾《かざ》れる場所ない？」

「ありません。自宅でどうぞ」

「自宅におけるスペースがあったらこんなことは頼《たの》みません！」

「梅雨《つゆ》が明けたように清々《すがすが》しい逆ギレ！　ダメなものはダメです！」

「そこをなんとかぁ……自宅はもう戦車まみれで湾岸戦争《わんがんせんそう》みたいになってるんだよー」

「ダーメーでーす！　公私混同しないでください！」

完膚《かんぷ》なきまでに論破されてしゅんと首《こうべ》をたれる吉岡《よしおか》。どっちが教師なんだか。

「じゃあ、ホームルームを続けます……」

捨てられた猫《ねこ》みたいにしょんぼりしながら、生徒の名前を呼び始める。

こういう奔放《ほんぽう》な性格だが、授業は面白《おもしろ》いし、生徒がピンチの時はしっかり守ってくれるので人気は高い。惣次《そうじ》も他のクラスメイトも、彼女のことが一人の教師として好きだった。

委員長との漫才《まんざい》が終わって、ようやく真面目な教師モードのスイッチが入る。

「さて、皆《みな》さん。来週から家庭訪問です。ご家庭の事情でまだ希望出せてない人は再度調整するので、後で私のところまで来てください」

一応、惣次《そうじ》の保護者はウレハなので、家庭訪問の場所は風車塔《とう》ではなく暖炉荘《だんろそう》となる。

「笹川《ささがわ》君のところには、明日土曜日の朝に行くからね」

「あ……本当、ご迷惑《めいわく》おかけします」

惣次《そうじ》は深々と頭を下げる。平日昼一時からの暖炉荘《だんろそう》は非常に慌《あわ》ただしい。

ウレハは小学校低学年の児童が帰宅する十四時に合わせておやつをつくり、帰宅後は子供達の連絡帳《れんらくちょう》や配布物に目を通し、息つく暇《ひま》もなく洗濯《せんたく》と夕飯の支度《したく》に取《と》り掛《か》からなければならない。なので、今まで家庭訪問は平日の午前に担任が出張で行く事が多かった。だけど吉岡《よしおか》は

「惣次《そうじ》がいた方がいい」という事で土曜日に訪問してくれている。

「……えっと、評価よくしてもらえるよう、教頭先生に言っときます」

惣次《そうじ》の言葉に吉岡《よしおか》は爆笑《ばくしょう》する。

「あっはっは、私が学年会議でドヤれるよう、よろしく頼《たの》むよ！」

思わず惣次《そうじ》の顔からも笑《え》みがこぼれる。暖炉《だんろ》荘《そう》の皆《みんな》と朝ご飯を食べ、友達と馬鹿な冗談《じょうだん》を言って笑う。そんな尊い日常が、今日もまた穏《おだ》やかに流れていく。


放課後。惣次《そうじ》が一階トイレの近くを通りかかった時だった。

「なあ、あれ」「馬鹿、見なかったことにしろ」

二人の男子生徒が、まるで幽霊《ゆうれい》でも見たかのようにトイレから出てきて足早に去っていく。

……？　惣次《そうじ》は不思議に思いつつトイレに入る。そして足を止め、顔を引きつらせた。

「よっと」

幼女だ。可愛《かわい》らしい幼女だ。男子トイレに、幼女がいた。

ほわほわニットのシャツに身を包み、腰《こし》にはパーカーをまきまき、腰《こし》に差《さ》さったウサギさんのぬいぐるみが、てろりんと辞儀《じぎ》している。大きな耳当てのついたウサギさんの帽子《ぼうし》からは、美しい金色のツインテールが太腿《ふともも》の辺りにかけて緩《ゆる》やかな螺旋《らせん》を描《えが》いていた。

「かぁ～っ」

幼女は痰《たん》を吐《は》く予備動作と同時に、短パンを下ろそうとする。

「ちょっと来い」

惣次《そうじ》は幼女の首根っこを摑《つか》む。

そのままトイレから走り去り、たまたま人のいなかった生徒指導室に連れ込んだ。

扉《とびら》をばたんと閉め、幼女と向かい合う。

「なにやってるの？」

「しょーべん。あと、痰吐《たんは》き」

「男子トイレでするな！」

珍《めずら》しく声を荒《あら》げて惣次《そうじ》はツッコミモードになる。

「ワシはこっちのほうがしっくりくるもん！」

「他の人がしっくりこないの！　少しでいいから世間体《せけんてい》を気にしてくれ」

「たよーせーのそんちょーや！　幼女が男子トイレで小便をしてこそ日本の夜明けが来るって坂本龍馬《さかもとりょうま》や長岡謙吉《ながおかけんきち》が言うとるのをアニキは知らんのか」

「言うか！　海援隊《かいえんたい》を何だと思ってる！　あとアニキって呼ぶの止めてくれ！」

幼女は愕然《がくぜん》として後ずさる。

「ぜ、絶縁《ぜつえん》された？」

「兄弟の契《ちぎ》りを破ったんじゃない！　呼び方を改めろと言ってるの！」

「アニキの何がアカンねん！」

「……ヤクザみたいで嫌《いや》なんだよ。お兄ちゃんって呼んでくれ」

「いややッ。そんな如何《いか》わしいゲームみたいな呼び方」

「世の中の健全な妹は傍系《ぼうけい》二親等の年長の男性をお兄ちゃんって呼ぶんだよ」

「なんや、フリー辞書のテキストをコピーして貼《は》り付《つ》けたようなこと言いおって！」

幼女はふにふにに机をたたいて抗議《こうぎ》を始める。

——笹川《ささがわ》スイレン。それがこの幼女の名前だ。表向き、惣次《そうじ》の妹とされている。

彼女は早朝から昼まではバイトで汗《あせ》を流し、午後は家で寝転《ねころ》びながら野球の二軍中継《ちゅうけい》や釣《つ》り番組を見ていた。こうやって学校に顔を見せるのは珍《めずら》しい。

「で、スイレン、俺に何の用なの？」

「せやせや、渡《わた》すもんがあるんや」

言いながらスイレンは肩《かた》にかけていたペンギンさんのポーチを、お腹《なか》の前まで持ってくる。

「そのポーチ……使ってくれてるんだね」

「本当は使いたくないけどな。ほんま、人の事を舐《な》めくさったデザインしおってからに！」

「じゃあ返して」

やっ！　スイレンは惣次《そうじ》から遠ざけるようにポーチをぎゅーと抱《だ》きしめる。

本当は可愛《かわい》いのが大好きなくせに。惣次《そうじ》はぷいと口を尖《とが》らせた。

「んで、今日はこれを渡《わた》しに来たんや」

机に置かれたのは家庭訪問のプリントだ。希望日の欄《らん》には書道八段級の達筆で日付が記入されている。

「ほんまに惣次《そうじ》は忘れんぼさんやなぁ〜。こんな大事なもん、はよ渡《わた》さなあかんで」

えっへん、と何故《なぜ》か得意気に胸を張るスイレン。

「やっぱりお前もまだまだ子供やな。ワシがしっかりしてなかったら今頃《いまごろ》どうなってたか」

ピンとこずに、惣次《そうじ》は首を傾《かし》げた。

「えっと……な、何が？」

「だって家庭訪問の希望日の提出期限、今日やろ？」

「そうだけど、俺の保護者はウレハだし、日にちもとっくに決まってるよ？」

惣次《そうじ》が何を言ってるか分からなかったのか、スイレンはポカンと口を開けていた。

「え？　いや、あれ？　じゃあ、なんで、このプリント」

「ああ、ウレハとは先生が電話で直接日程調整を済ませたんだよ。てゆうか、スイレンは表向き俺の妹で通ってるんだから面談はできないよ」

「あっ………ほんまやん……やん……うゅ……」

無表情でプリントをペンギンさんのポーチに回収した。俯《うつむ》いたまま、ちょっとだけ頬《ほお》を赤くする。あれだけドヤっていた手前、勘違《かんちが》いしたのが恥《は》ずかしいのだろう。

「ま、まあ、俺の為《ため》に頑張《がんば》ろうとしてくれたのは嬉《うれ》しいよ。だから、あんま落ち込まないで」

スイレンは涙目《なみだめ》になりながら「むゅ～」と呻《うめ》いている。

「用件はこれで終わり？」

「いや、実はもう一個ある」

急にキッと引《ひ》き締《し》まった顔になった。

「ただ、此処《ここ》では話せん」

「てことは家で話す？」

「うん。それがええ」

「でも、この後、暖炉荘《だんろそう》で子供の作ったクレープ食べるって約束しちゃった」

「じゃあ夜やな。夕飯でも食いながら話そう」

「分かった。八時には帰るようにする」

「絶対やぞ。九時になったら眠《ねむ》たくなるんやから」

「あ、そういえば、この前ハムスターの可愛《かわい》いパジャマ見つけたんだけど」

「お前、趣味《しゅみ》悪いぞ！　買ってきたらしばくからな」

ぷんすかしながらスイレンは部屋から出て行こうとする。その様子を惣次《そうじ》は見守っていた。

（趣味《しゅみ》悪いぞ、か。あの日もそんなこと言ってた気がするなぁ）

スイレンの後ろ姿が、ほんの一瞬《いっしゅん》だけ、飯岡昭三《いいおかしょうぞう》のごつい背中に見えたような気がした。

夜の八時丁度に、惣次《そうじ》は風車塔《とう》へ帰宅した。

一階の狭《せま》い居間には、テレビやパソコン、もう使わなくなった知育玩具《がんぐ》がある。壁《かべ》には大太刀《おおたち》が飾《かざ》られているが、これはバイト先の工場長が作った練習用の模造刀だ。本物は床下《ゆかした》の地下室に隠《かく》してある。惣次《そうじ》は、何となく、小物入れの上の写真に目をやった。

木製のフレームに囲まれてこちらを睨《にら》むのは、サキシマを支配していた飯岡組《いいおかぐみ》の組長、飯岡《いいおか》昭三《しょうぞう》である。それはスイレンが幼女になる前の姿だ。未練があるのか、過去への戒《いまし》めなのか、スイレンはこの写真を今も大事に飾《かざ》っていた。

「スイレン、帰ったぞ」

「今《いま》飯作ってるからもうちょっと待っといて」

風車塔《とう》に併設《へいせつ》された炊事場《すいじ》、その奥からスイレンの声が聞こえてきた。豚肉《ぶたにく》の焼ける香りがする。今日は生姜《しょうが》焼きだろうか。

しばらくテレビを見ていると、炊事《すいじ》場からラッコのエプロンを着けたスイレンが料理を持って現れる。写真の男がこの可愛《かわい》い幼女になったと思うと、毎度不思議な気分になった。

「今日は、豚《ぶた》の生姜《しょうが》焼きとめかぶのみそ汁《しる》や」

こんがりと焼けた豚肉《ぶたにく》の上でパチパチと油が弾《はじ》けていた。

「美味《おい》しそう！」「まだ食うなよ」

配膳《はいぜん》をすませ、エプロンをはずしてスイレンが座る。二人は両手を合わせて、

「「いただきます」」

言うなり惣次《そうじ》は豚肉《ぶたにく》を白米にのせて、口にかちこんだ。

「美味《おい》しい！」「せやろ！」

スイレンはヤクザ時代、即《すなわ》ち飯岡昭三《いいおかしょうぞう》だった頃《ころ》に料理を習得したらしい。「部屋住み」といって、若いヤクザは親分の家に寝泊《ねと》まりして、親分の身の回りの世話をするのだとか。飯岡《いいおか》昭三《しょうぞう》も殺しの練習ばかりしていたわけではなく、それなりに生活力も鍛《きた》えられていたようだった。

食事を終えた惣次《そうじ》は、満足げにお腹《なか》をさする。

「ごちそうさま」

「ほい。空いた食器貸せ。洗《あろ》といたる」

食事の片づけが終わった後、改まってスイレンと惣次《そうじ》は向かい合って座った。

「で、俺に話したいことってなんなの？」

スイレンの表情はいつになく硬い。その引き締《ひし》まった表情は幼女のそれではなく、かつての飯岡昭三《いいおかしょうぞう》を彷彿《ほうふつ》とさせた。これは何か深刻な案件だ。

「どっかの組がサキシマを狙《ねら》っとる」

惣次《そうじ》は扉《とびら》と窓を開けて周囲を確認《かくにん》、家の周りに誰《だれ》もいない事が分かってから扉と窓を閉め、声を潜《ひそ》めて会話を続ける。

「可能性は」

「五分五分ってとこや」

惣次《そうじ》の鼓動《こどう》が早鐘《はやがね》を打つ。今でも、サキシマヤクザの残党が悪さをする事はある。だけど、巨大《きょだい》な組織がサキシマに進出した事は無い。もし仮に、大きな組がサキシマで商売をしているならば、長らく続いたサキシマの平和が終わりを告げることになるかもしれない。

「……まずは詳《くわ》しい話を聞きたい」

「うむ。ちょっとニトロちゃんから気になる案件をもらってな」

ニトロ、とは惣次《そうじ》のバイト先の雇《やと》い主《ぬし》だ。

「ちょっと待っとれ」

スイレンは炊事《すいじ》場の方に一旦《いったん》姿を消した。

「んしょ、よいしょ」

奥から70センチはあろうかという銃《じゅう》を引きずってくる。身長的に持ち運びが難しいらしく、長らく「うにゃうにゃ」言いながら苦戦していた。

「よっこらしょっと」

机の上にズンと置かれたのは、一丁の黒い自動小銃《しょうじゅう》だった。ゲームでもよく見る種類の銃《じゅう》で、惣次《そうじ》も相手にしたことがある。

「アサルトライフル。一体、これがどうしたの？」

「ニトロちゃん曰《いわ》く、これがサキシマの港から出てたらしい」

サキシマの？　この人工島は日本国と同じで、一般人《いっぱんじん》が銃《じゅう》を所持するのは禁止されている。サキシマで銃《じゅう》の流通を管理しているのはニトロだけだ。

「ニトロさんのルートじゃないの？」

「違《ちが》う。ワシ等の知らん誰《だれ》かが、このサキシマから銃《じゅう》を輸出してる。その数大凡《おおよそ》百丁」

「百丁……多いね。とても個人が扱《あつか》える数じゃない」

「せや。もしかしたら、デカい組織が関わってるのかもしれん」

スイレンは二本の指を立てる。

「これに関して考えられるパターンは二つ。一つはどっかの武器商人が勝手に商売してた場合。これは交渉《こうしょうし》次第《だい》でどうにでもなるパターンや。ただ、面倒《めんどう》なのはもう一つのパターン」

「ヤクザが関わっていた場合……か」

「うむ。これが組織ぐるみの商売《シノギ》やった場合、少々厄介《やっかい》なことになる。簡単に言うと、ここから始まるのはショバ争いや」

ショバ争い。縄張りを巡《めぐ》って繰《く》り広《ひろ》げられる血の抗争《こうそう》。

「ヤクザの金に対する執着《しゅうちゃく》は異常や。仮にサキシマが銃《じゅう》の売買に重要な場所やと思われてた場合、簡単には退《ひ》かん」

「そうなれば、ほぼ間違《まちが》いなく揉《も》めるよね。いや、自分達の商売を守るため、暴力でこちらを排除《はいじょ》するかもしれない」

「向こうが実力行使に訴《うった》えかけた場合、最悪三年前を超《こ》えるデカい抗争《こうそう》になる。ワシの組の奴《やつ》らより凶暴《きょうぼう》な連中はオオサカに五万とおるからな」

日本国はオオサカとの県境に自衛隊を駐屯《ちゅうとん》させている。それは、オオサカヤクザが自衛隊の火力をもってようやく太刀《たち》打《う》ちできる相手ということを示唆《しさ》していた。

つまりそれだけ、オオサカヤクザは強いのだ。

暴力の権化《ごんげ》ともいえる彼等《かれら》から、サキシマの治安を守れる勢力は二つ。自警団と、そしてスイレン、惣次《そうじ》の二人だ。チンピラ風情《ふぜい》なら自警団でどうにでもなるが、オオサカのヤクザが出てくれば狼《おおかみ》が戦うよりほかない。

オオサカヤクザ。暗黒都市に住む、暴力の運び手。

じわじわと、虫が這《は》うように痛みが目の辺りに広がった。脳裏《のうり》に、死んだ二人の両親の姿が浮《う》かぶ。

「……サキシマに手出しはさせないからな」

「落ち着け、出とるぞ」

言われて惣次《そうじ》は左の目に手を当てた。

「まだ、ヤクザが関わってると決まったわけやないやろ」

スイレンに諭《さと》され、惣次《そうじ》の熱は冷却《れいきやく》されていく。

「ええか。まず相手がオオサカヤクザか武器商人かどうかを突《つ》き止《と》めるのが先決や」

「ど、どうやって？」

「これだけの大取引、絶対に銃《じゆう》を保管する場所を持ってる筈《はず》や」

「そうか、保管場所なら取引の情報がきっとある」

「せや。書類でもなんでもええ。保管場所を管理してる奴《やつ》が誰《だれ》か分かる物《もん》が欲《ほ》しい」

保管場所を突《つ》き止《と》めて、書類を見つける。惣次《そうじ》は要点を頭の中に書き留める。

「突《つ》き止《と》めた後はどうするの？」

「それはワシが考える。もし相手がオオサカヤクザでも抗争《こうそう》に発展する事態はなるべく避《さ》けたい。仲裁《ちゆうさい》の文化が薄《うす》い奴《やつ》らは、戦争になったら徹底的《てつていてき》に相手を滅《ほろ》ぼそうとするからの」

そうなれば、必ず犠牲《ぎせい》者が出るだろう。確かにそれは極力避《さ》けるべきだ。

「ええか、サキシマを守りたいのはワシも同じや。でもな、何度も言うように平穏《へいおん》平和が一番よ。もし仮にヤクザに出くわしても、殺されそうにならん限りは、穏便《おんびん》に、済ませるよう、努力してくれ」

ヤクザの組長に平和の大切さを教えられるのも変な話だ。だけど、生まれてからずっと殺しに明け暮れていたからこそ、その良さが分かるのかもしれない。

「ええか。お前は、ふぁぁ……、慎重《しんちょう》に、動くんやで」

スイレンの体がふらふらと揺《ゆ》れ始めた。瞼《まぶた》をぱちぱち、むにゃむにゃ言いながら「ふみ～」とあくびをする。

「ふぁあぁ。むゃ……」

ぽてーんと後ろに倒《たお》れると、すやすやと寝息《ねいき》を立てはじめた。

スイレンは夜の九時になるとお休みモードに入ってしまう。こういったところは幼女っぽい。

「ったく、移動させる方の身にもなってくれ」

惣次《そうじ》はウサギさんの靴下《くつした》を脱《ぬ》がせた後、体を抱《だ》きかかえて三階に運んだ。

彼女の部屋には、小難しい本が並んだ本棚《ほんだな》と、たくさんのぬいぐるみが置いてある。

「ふぁ、ふゆ……」

布団《ふとん》に横たえると、寂《さび》しそうに涙《なみだ》を浮《う》かべた。虐待《ぎゃくたい》を受けていたスイレンは、夜になると少年時代を思い出して怖《こわ》くなるらしい。傍《そば》に屈《かが》み込むと、その足にギュッとしがみ付いてくる。

「おかあちゃん……おなかへった」

その表情は幼く、それでいて寂《さび》しそうだった。

「ほら、ウサギさんだよ」

ウサギのぬいぐるみを渡《わた》すと、それをギュッと抱《だ》きしめて顔を埋《うず》める。

「にゅっ」

屈《かが》み込んで背中を摩《さす》ってやると、心地良《ここちよ》さそうに身を捩《よじ》って笑顔《えがお》になった。

飯岡昭三《いいおかしょうぞう》はかつての敵だ。だけど、幼女になった彼女と接するうちに惣次《そうじ》の敵意もすっかり風化してしまった。

「ほんと、こんなにかわいくなって」

ほっぺをつつくと、「うにゃにゃ……」ネコのように頭をぷるぷると振《ふ》る。

この可愛《かわい》らしい寝顔《ねがお》を見ていると、かつての遺恨《いこん》なんか奇麗《きれい》さっぱり忘れてしまう。

「今は家族みたいなもんだもんなぁ」

スイレンも幼女になって暫《しばら》くの間は暖炉荘《だんろそう》で過ごした。だから家族だ。

「でもスイレンは、なんで俺の事をこんなに心配してくれるんだろう……」

スイレンにとって自分の組を壊滅《かいめつ》させた惣次《そうじ》は殺したい相手の筈《はず》だ。

なのに、彼女は家庭訪問に出ようとしてくれるし、毎日ご飯も作ってくれる。まるで保護者だ。この二年間、惣次《そうじ》との生活の中で何か心境の変化があったのだろうか。

自分はスイレンを家族だと思っている。

でも、スイレンがそう思っている保証はどこにもない。

サキシマを守る。少なくともこの目的は一致《いっち》している。

だけど、彼女が何故《なぜ》サキシマを守ろうとするのか、彼女の口から語られたことは一度もない。

単にサキシマが好きだから？

それとも、自分の縄張りだと思っているから？

「むにゃむにゃ、むに～」

この無垢《むく》な顔の裏側に、何か別の思いがあるのだろうか。

「どちらにせよ、戦いになったら肩《かた》を並べて戦うしかない。俺が頼《たよ》れるのは、スイレンしかいないんだからな」

東側の窓から外を見ると、オオサカの夜空に山が聳《そび》えている。それは巨大《きょだい》なビルの連なりで、中心部は五〇〇メートルを超《こ》えると言われていた。あそこに何が住むのか、惣次《そうじ》は知らない。

ただ、日常の中でふと、あのビル山が目に入ると、言いしれない不安を感じるのだ。

二章　ヤクザ再び

サキシマで銃《じゅう》を売買している連中は何者か。それを調査することになった。

……のだが、その前にやる事が一つだけある。暖炉荘《だんろそう》での家庭訪問だ。

土曜の朝、惣次《そうじ》は暖炉荘《だんろそう》に足を運んでいた。先生を招くのだから、庭を奇麗《きれい》にしなくちゃいけない。ということでウレハと惣次《そうじ》で庭の掃除《そうじ》をしていた……のだがウレハの様子がおかしい。

「むむっ」

箒《ほうき》を持ったまま後ろに下に左右にと気を配っている。

「ど、どうか……したの？」

「いえ、なんでも、ないです」

ウレハは、むっ、と忍者《にんじゃ》のように周囲を警戒《けいかい》する。

「えっと、まさか、また……もきょもきょ？」

「ひぃっ！」

もきょもきょ。その名を口にした瞬間《しゅんかん》、ウレハは体をピンと伸《の》ばす。

「惣次《そうじ》くぅん、いきなりもきょもきょは勘弁《かんべん》してくださいー」

はひー、とあわあわするウレハ。その名を口に出されるのも嫌《いや》なようだ。

「ドコにもいないじゃないですか〜。いじわるはだめですよぉ〜」

へなへなになりながらも、惣次《そうじ》の胸を両手でぽかぽか叩《たた》いてくる。

──いや、そもそも、もきょもきょって何⁉

もうそれに尽《つ》きた。ウレハの恐《おそ》れる「もきょもきょ」なるものを見た者は暖炉荘《だんろそう》には誰一人《だれひとり》としていないし、ウレハの口から詳細《しょうさい》を語られることもない。なので、惣次《そうじ》の中で「もきょもきょ」はサキシマに存在する謎《なぞ》の概念《がいねん》になっていた。スイレンは最初幻覚《げんかく》を疑っていたが、どうもそういう類のものでもなく、ちゃんと実在はするらしい。

「ん？」

その時、教会の陰《かげ》から複数の視線を感じた。見れば雁屋《かりや》と数人の子供達が縦に顔を並べている。雁屋《かりや》は身振《みぶ》り手振《てぶ》りで指令を通達。

──いまだ！　抱《だ》きしめろ！

（できるかあぁ！）

エアツッコミを遠くに飛ばす惣次《そうじ》を、ウレハは上目遣《うわめづか》いで下からのぞき込む。

「もう突発的《とっぱつ》もきょもきょは、めっ、ですよ」

よく考えたらウレハの顔が至近距離《きょり》にあるので、頭が沸騰《ふっとう》しそうになる。なんて声をかければいいのだろうか。そうだ何かで穴埋《あなう》めをしなければ。そういえば、ウレハは一番年下の子がお風呂《ふろ》を嫌《いや》がるから困ると言っていた気がする。そうだ、お風呂《ふろ》だ。

「ここここ、今度、お風呂《ふろ》一緒《いっしょ》、入るから……それで許して」

「はい?」「え」

ウレハの顔が赤くなって、惣次《そうじ》の顔も赤くなる。

「ち、違《ちが》う! 子供の、お風呂《ふろ》、手伝うって意味! ななな、何言ってんだ俺!」

「そそそ、そうですよね!」

ウレハの後ろで子供と雁屋《かりや》が爆笑《ばくしょう》していた。完全に人の恋愛《れんあい》をエンタメとして楽しんでいる。

惣次《そうじ》があたふたしていると、門の方から声が聞こえてくる。

「すいませーん!」

見れば吉岡《よしおか》が立っていた。

「あ……もう家庭訪問の時間だね」

「すっかり忘れていました……はーい。どうぞいらしてくださーい」

どもども、と吉岡《よしおか》がやってくる。

「惣次《そうじ》君、私はお茶を淹《い》れてくるので先生を食堂の方に案内していただけますか?」

「わかりました」

ウレハが立ち去った後、吉岡《よしおか》はにやにやしながら惣次《そうじ》の肩《かた》に腕《うで》を回してくる。

「な、なんですか、先生」

「いや、別に。学校じゃおとなしい笹川惣次《ささがわそうじ》十六歳が、ちゃーんと青春らしい青春を送ってたことが一教師として喜ばしいんだよ」

惣次《そうじ》は照れて俯《うつむ》いた。先生にもウレハを好きなのがバレてしまったようだ。

「私の見立てだと、脈はありそうだよ」

「え、は？　嘘《うそ》だ」

「本当だよ。ま、女の子が苦手な君には試練になるだろうがね」

吉岡《よしおか》はポンと背中を叩《たた》く。

「がんばれ少年！　私は職務に戻《もど》らせてもらうよ」

そのまま食堂に行くのかと思いきや、足を止めて教会の方を睨《にら》む。

「雁屋《かりや》、試験の成績最悪だったから来週は補習な」

教会の陰《かげ》で人の恋路《こいじ》を楽しんでいた雁屋《かりや》の顔が、見る見るうちに青ざめていった。


食堂には朝食の残《のこ》り香《が》が薄《うつす》らと漂《ただよ》っていた。惣次《そうじ》とウレハは二人並んで座り、机を挟《はさ》んだ対面に吉岡《よしおか》が腰《こし》を下ろしている。

「惣次《そうじ》君は学校ではよく頑張《がんば》っています。テストの成績もいいですし、問題行動も特にありません。仲のいいお友達といつも楽しそうにしていますよ」

「委員長さん達ですね。本当にあの三人にはいつもお世話になっています」

「まだ高校生なのに子供たちのために働く。担任としても喜ばしい限りです」

「この子、優《やさ》しいんですけど、引っ込み思案《じあん》なところがあるから、仲のいいお友達がいるのは助かります。逆に高校を卒業したら、新しいお友達を作れるかが心配で」

こ、この子。

惣次《そうじ》は誰《だれ》にも分からないよう小さくため息をついた。ウレハは完全に惣次《そうじ》を子供として扱《あつか》っている。少なくとも恋愛《れんあい》をするような間柄《あいだがら》とは思ってない。先生は脈アリと言ってくれたけど、現状はどう見ても厳しい。

吉岡《よしおか》は落ち込む惣次《そうじ》を一瞥《いちべつ》し、会話を続けた。

「織凪《おりなぎ》さんがご心配されるのも分かります。でも、惣次《そうじ》君はもう立派な大人です。進むべき道も、恋人《こいびと》も、自分で決められる歳《とし》ごろなんです」

「恋人《こいびと》、も……」

「だから、子供ではなく大人として付き合ってあげると、惣次《そうじ》君自身の成長にも繋《つな》がります」

それは吉岡《よしおか》なりの援護《えんご》射撃《しゃげき》だ。ありがたい反面、恋人《こいびと》や大人という単語が照れくさい。

一瞬《いっしゅん》ウレハと目が合って、二人は同時に視線を伏《ふ》せた。心なしか、ウレハも少し照れているように見える。どういう感情でいるのか、気になって仕方がない。

その後暫《しばら》く、成績や進路について話し合った後、「生徒の前じゃ色々と話しづらいこともある」と言われて惣次《そうじ》は席を外すことになった。

庭で掃除《そうじ》道具の片づけをしていると、男の子が一人やってきた。名前はハヤテといって、父子家庭で育ち、小五の頃《ころ》に父親がヤクザに殺されて暖炉荘《だんろそう》に来た。中学二年生になった今は、元気に学生生活を送っている……筈《はず》なのだが、好きな子にフラれてここの所元気が無い。

「あ、ハヤテ。もう立ち直れた？」

「……まだちょっと引きずってるけど。でも、もう平気」

「そっか。ハヤテは、優《やさ》しいし頼《たよ》りがいがあるから、その良さを分かってくれる素敵《すてき》な人がきっと現れるよ。何かあれば、俺も、相談にのるから、遠慮《えんりょ》せず何でも言って」

「うん。いつもありがとうな、お兄ちゃん」

「それに、勇気を出して、告白したのは偉《えら》いよ。俺には……無理だ」

「いや、兄ちゃんこそ頑張《がんば》れよ！　ほんとこっちの心配してくれるのはありがたいけど、ちょっとは自分の恋愛《れんあい》も気にかけてくれ」

「だって、ウレハ、俺のことを子供としか見てないし」

しゅんと首《こうべ》を垂れ五秒後さらに小さくなって膝《ひざ》を抱《かか》える。

「そのうち彼氏《かれし》とかできたりするのかな……」

ウレハが誰《だれ》かと一緒《いっしょ》に歩いてる姿を想像すると胸が痛い。奥手の恋《こい》は儚《はかな》く、そしてほろ苦い。

「だから攻《せ》めが足りないんだって。まずガツーンとかまして意識してもらわないと！」

「オラオラするのは、難しいなぁ。うちの学校のヤンキーはそういうの上手《うま》いけど」

本当に彼らの押しの強さが羨《うらや》ましい、と思う惣次《そうじ》だった。

「あ、ヤンキーで思い出したけど、さっき外で人相の悪い不良を見たよ。なんかガタイよくて頭スキンヘッドでさ」

あ、そいつ知り合いです。

「で、その人、なんか怖《こわ》い男の人ともめててさ。今にも喧嘩《けんか》になりそうだった」

「怖《こわ》い、男の人？」

「うん。なんか、さ、その男の人の雰囲気《ふんいき》、似てたんだ」

「誰《だれ》に？」


「俺の父ちゃんを殺した奴《やつ》に」


じわ、と傷が疼《うず》いて目元を押さえた。背中に微《かす》かな戦慄《せんりつ》が走る。

「ハヤテ、そいつら、どこにいた？」

「えっと、中華《ちゅうか》料理屋近くの十字路」

「十字路、だね」

「ちょ、いきなりどうしたんだよ。兄ちゃん、顔怖《こわ》いよ」

鼓動《こどう》が高鳴り、左の目が痛みを発する。

ハヤテ少年が引き留める間もなく、門をくぐって敷地《しきち》の外に飛び出した。

「まさか、オオサカヤクザか？　それなら、必ず尻尾《しっぽ》を掴《つか》んでやる」

スキンヘッドと男が揉《も》めているという十字路に来たが、それらしき人はいない。

街路樹の近くに誰《だれ》かが倒《たお》れていたので、近寄って体を起こす。

それはスキンヘッドだった。前歯の何本かは折れ、口から血を流している。

「大丈夫《だいじょうぶ》ですか⁉」

「あ、あああ、うああ」

顎《あご》が割られている。きっと恐《おそ》ろしく硬《かた》いもので殴《なぐ》られたのだろう。辺りを見渡《みわた》すと、街路樹を囲うレンガの一つが抜《ぬ》き取《と》られ、血の付いた状態で転がっていた。

「これが凶器《きょうき》か。先輩《せんぱい》をやった相手はどこですか？」

「う、あ、」

スキンヘッドは震《ふる》える手で、東を指し示す。見れば百メートルほど先に、遠ざかる男の背中が見えた。

「アイツか……よし」

惣次《そうじ》はスマートフォンで救急車を呼んだ。

「五分で助けが来ます。そこで、じっとしててください」

スキンヘッドは「うぅ」と呻《うめ》きながら、弱々しく首を縦に振《ふ》った。

一般人《いっぱんじん》をレンガでぶん殴《なぐ》るなんて、まともな人間のやり方じゃない。胸《むね》の奥で怒《いか》りの煮《に》えたぎる音を聞いた。

落ち着け、惣次《そうじ》。落ち着け。今ここで喧嘩《けんか》をふっかけたら、抗争《こうそう》になるかもしれないんだぞ。

そう自分に言い聞かせ、惣次《そうじ》は男の後を追う。

男は黒のスラックスと白のシャツを着ていた。一見サラリーマンのように見えるが、体幹はしっかりした印象がある。周囲への警戒《けいかい》はこなれていて、惣次《そうじ》でなければすぐさま尾行《びこう》に気付かれていただろう。

惣次《そうじ》は相手に気付かれない距離《きょり》を保ちながら男の後をつける。東に行くにつれて人通りは少なくなり、視界も開けて不気味に聳《そび》えるオオサカの「ビル山」が見えてきた。

サキシマの東は殆《ほとん》どが空き地で、錆《さ》びたコンテナがまばらに積まれている。そんな殺風景な場所に、持ち主がいなくなって久しい廃《はい》ビルが建っていた。窓ガラスは所々割れ、壁面《へきめん》には蔦《つた》が絡《から》みついている。この幽霊《ゆうれい》でも出そうなビルに、男は辺りを警戒《けいかい》しながら入っていった。

——この廃《はい》ビルに何かあるのか？

近くの街路樹によじ登って、木の葉の間から監視《かんし》する。

しばらくすると、男は手下らしき人間を数人連れて出てきた。

　耳を澄《す》ませると、男達の会話が聞こえてくる。

「こんな監視《かんし》カメラもないとこ置いといたら、いつかブツ取られてまうわ」

「せや思て、新しい保管場所のめぼし付けました。ここには監視《かんし》二人つけとくんで、いっぺん部屋来てもうてええですか」

「分かった。場所がよかったら今日にでも移すで」

　男達は立ち去った。どうやら今日中に何か大事な物を移動させるようだ。

　——一体何を移動させるんだろう？　……一旦《いったん》スイレンに連絡《れんらく》入れておくか。

　電話をかけようとするも、お昼寝《ひるね》中なのか繋《つな》がらない。取りあえず辺りの風景を撮影《さつえい》し、事情を説明したメッセージに画像を添付《てんぷ》して送った。

　——取りあえず仮に奴《やつ》らがヤクザだとして、ブツとやらを移されたら面倒《めんどう》だ。監視《かんし》が来るまでの間に、中に何があるか確かめておこう。

　音もなく木から飛び降り、ネコのような身のこなしでビルの中に入った。

　入り口から廊下《ろうか》を通り、突《つ》き当《あ》たりの階段を下りていく。

　部屋を一つ抜《ぬ》けた先に広がる、暗く冷たい地下室。照明を入れて、惣次《そうじ》は確信した。

「当たりだ」

　地下室の棚《たな》にずらり並んでいたのは、大量の銃《じゅう》だった。スイレンが見せてくれたのと同じものもあれば、違《ちが》うものもある。

「凄《すご》いな。まるでテロリストじゃないか」

その数大凡《おおよそ》二〇〇。銃《じゅう》にはタグが付けられ、その輸出先は主にロシアと北米だ。辺りを探すと、机の引き出しから書類の束を発見した。そして、書類の一つに気になるものがあった。

その書類の隅《すみ》に描《えが》かれていたもの。それは白骨化《スカル》した龍《ドラゴン》のマークだ。鮮《あざ》やかな金色で描《えが》かれた龍《りゅう》は、どことなく不気味な印象を惣次《そうじ》に与《あた》えた。

「これは、代紋《だいもん》？」

代紋《だいもん》。いわゆるヤクザが名前を広め、威《い》を示すためのエンブレム。書類をめくっていくと、受注の欄に「髄龍組《ずいりゅうぐみ》」の文字を見つけた。

髄龍組《ずいりゅうぐみ》。これが、この場所で商売をしていた組織の名前。組、という文言と白骨龍《スカルドラゴン》の代紋《だいもん》。もう、疑う余地はない。さっきの連中はヤクザだ。惣次《そうじ》の恐《おそ》れたことが現実に起きている。そう考えると、寒気を感じた。

書類を撮影《さつえい》し、踵《きびす》を返《かえ》す。これで裏は取れた。後はスイレンが色々と知恵《ちえ》を貸してくれるだろう。場合によっては自警団に情報を流して取《と》り締《し》まってもらう必要もでてくる。

「一先《ひとま》ず監視《かんし》が来るまでにここを出よう」

フードを深くかぶり、一階に移動する。

一階まで来ると、エントランスの方から足音が聞こえてきた。

くそ、遅《おそ》かったか。どこかに隠《かく》れる場所は——ない。

かつ、かつ、と足音を立て、何者かがこっちへ向かってくる。まずい。予想以上に歩くスピードが速い。まるで、誰《だれ》かが中にいるのを知っているかのようだ。

もう間に合わない。惣次《そうじ》は覚悟《かくご》を決めて拳《こぶし》を構えた。

「「あ」」

互《たが》いに素《す》っ頓狂《とんきょう》な声が出た。

「せ……先生」

むっすと頬《ほお》を膨《ふく》らませて腕《うで》を組む吉岡《よしおか》先生がいた。

「不法侵入《しんにゅう》！　君は優等生だと思っていたんだけどなー」

「ど、どうして……ここに？」

「家庭訪問が終わって帰る途中《とちゅう》、君を見つけたの。めちゃくちゃ怪《あや》しかったから後をつけてみたら堂々と中に入っていくんだもん」

「すいません。ここに、えっと、幽霊《ゆうれい》が出るって、噂《うわさ》を聞いたから」

「幽霊《ゆうれい》よりも他人の敷地《しきち》に入る方が怖《こわ》いことだと思うんだけどなー。さ、ここから出るよ」

吉岡《よしおか》は惣次《そうじ》をエントランスまで引っ張っていく。ここに留まるつもりはなかったので、惣次《そうじ》も彼女の指示に従った。

「やっぱり中に人がいたか」

外から声が聞こえてくる。数秒後、エントランスに入ってきたのは、波のエンブレムがついた青いシャツに身を包む二人の男だった。

(自警団？　もしかして先生が呼んだのか)

下校途中《とちゅう》に見た事がある顔だったので、本物の自警団なのは間違《まちが》いない。

自警団の二人は、惣次《そうじ》と吉岡《よしおか》を発見した後、顔を見合わせる。

「民間人ですね。先輩《せんぱい》、どうします？」

「どうするもこうするもない。甘い汁《しる》を吸いたきゃ樹木に誰《だれ》も寄せ付けるな。誰《だれ》かに見つかった場合は、無かった事にしろ。ってのが上の命令だぞ」

「そういえばそうでしたね……まったく、人使いが荒《あら》い」

一体何の話をしているのだろう。自警団の片割れが、ホルスターから拳銃《けんじゅう》を抜《ぬ》いた。

「君達、ご苦労だったな。悪いが、ここで死んでくれ」

銃声《じゅうせい》。吉岡《よしおか》の脇腹《わきばら》が血の華《はな》を咲《さ》かせた。

血の華《はな》がしおれるより早く、吉岡《よしおか》は膝《ひざ》をつき、ゆっくりと後ろに倒《たお》れていく。

「先生！」

惣次《そうじ》は吉岡《よしおか》の体を抱《だ》き留めながら、叫《さけ》んだ。

「先生！　先生！　大丈夫《だいじょうぶ》ですか！」

吉岡《よしおか》は額を脂汗《あぶらあせ》で濡《ぬ》らしながら、苦痛に顔をゆがめていた。

「痛っ……、この、馬鹿っ、あっ」

血は見る見るうちに吉岡《よしおか》の服に広がっていく。早く医者に見せないと、死ぬかもしれない。

「悪いな少年。君達の知らない所で正義は世代交代を果たした」

自警団は涼《すず》しい顔で惣次《そうじ》にも銃《じゅう》を向けた。それを惣次《そうじ》は睨《にら》み返す。

こいつら、今一体何をした？　いや、見ての通りだ。市民《よしおか》を撃《う》った。躊躇《ちゅうちょ》なく。殺すつもりで撃《う》った。なんだ。何が起きている？　市民の安全を守るのがあんたらの仕事だろ？

とにかく、吉岡《よしおか》を医者に見せるには、ここで自警団を倒《たお》さなくてはならない。惣次《そうじ》は戦うために拳《こぶし》を握《にぎ》る。その時、ビルの外から複数の足音が聞こえてきた。

「おい、どこのダァホや！　真っ昼間から銃《チャカ》ハジいたんは！」

怒鳴《どな》り声一つ、数人の男が中に入ってくる。先頭に立つのは、スキンヘッドを半殺しにしたあの男だ。胸元《むなもと》までボタンがはずれた白いシャツと、そこに光る金色のネックレス。

彼に従う男達の服装に統一感はなく、パーカーやジャージ、スーツをラフに着こなした者もいる。皆《みな》、その瞳《ひとみ》に濁《にご》りがあった。裏社会に生きるものだけが持つ、燻《くすぶ》る炎《ほのお》のような濁《にご》り。

ヤクザだ。

あの、オオサカヤクザが目の前に現れた。惣次《そうじ》の左目が人知れず痛みを持つ。

ヤクザの一人がすぐさま、血まみれで横たわる吉岡《よしおか》に気付いた。

「あ、あ、アニキ、あれ見てください」「あ？」

負傷した吉岡《よしおか》を見たヤクザ達の顔から血の気が引いていく。

「何をッッ、勝手な事、さらしとるんや、この糞《くそ》ボケぇ！」

一人のヤクザが怒号《どごう》を浴びせながら、自警団の一人をぶん殴《なぐ》り、髪《かみ》を掴《つか》んで床《ゆか》に叩《たた》き付《つ》ける。

「す、すいませんでした！　すいませんでしたあぁ！」

二人の団員は自ら土下座して額を床《ゆか》に擦《こす》りつけた。

「サキシマのボンクラは気骨無いのう！　見とるだけで腹の底から反吐《へど》が出るわ。もうえぇ、上に話しつけてこの落とし前はきっちりつけてもらう！　消ええい！」

「は、はいいぃ！」

団員達はよたよたと何処《どこ》かへ走り去る。惣次《そうじ》は彼等《かれら》の後ろ姿を唖然《あぜん》と見送った。

自警団がヤクザの言いなりだ。そして、上に話をつけるとはどういうことか。

まさか、自警団全体がヤクザの言いなりになっているのか。もしそうなら、サキシマで商売するとかそんなレベルじゃない。サキシマがヤクザに支配されようとしている。

事はスイレンと惣次《そうじ》が想定していたよりも遥《はる》かに深刻だった。

「おい車呼んどけ」「分かりました、アニキ。三分で間に合わせます」

そんな会話の後、若い男が一人、建物の外に駆《か》けていった。

「さてと」

ヤクザ達の視線は惣次《そうじ》に向かう。

「人の家勝手に入った代償《だいしょう》は高《たこ》つくで。気前よう地獄《じごく》落ちてくれや」

男は拳《こぶし》を鳴らす。腰《こし》に見えている拳銃《けんじゅう》を抜《ぬ》く気配はない。銃声《じゅうせい》を出したくないのか、もしくは憂《う》さ晴《ば》らしで一思いに殴《なぐ》りたいのか。

どちらにせよ、状況《じょうきょう》は悪くなる一方だ。

惣次《そうじ》は吉岡《よしおか》を一瞥《いちべつ》した。すでに気を失っていて、血はじわじわと服に広がり続けている。

早く助けてあげたい。だけど武器は持っていない。一人であれば、逃《に》げ切《き》れる自信があった。

だけど、吉岡《よしおか》が撃《う》たれた今、彼女を置き去りにして逃《に》げる事は出来ない。

どうする。どうすればいい。

「何をよそ見しとんじゃ！」

次の瞬間《しゅんかん》、革靴《かわぐつ》が鳩尾《みぞおち》に飛び込んでくる。刃物《はもの》で刺《さ》されたかのような痛みが腹から背中を貫《つらぬ》いた。

「かはっ」

「昼間から銃《チャカ》使うと誰《だれ》かに知られる可能性があるんや。せやから、お前は殴《なぐ》り殺《ころ》す。景気よう血ぃ吐《は》いてくれや」

髪《かみ》を掴《つか》まれたかと思うと、膝蹴《ひざげ》りが顔面に飛んできた。鼻への圧迫《あっぱく》感と、鼻腔《びこう》に広がる鉄の臭《にお》い、そして衝撃《しょうげき》に等しい痛み。

痛みのノイズの中に、あの日の光景が再生された。

なんの前触《まえぶ》れもなく銃《じゅう》で撃《う》ち殺《ころ》された両親。そして母親の腹にいた弟。自分も殺されるはずだった。逃《に》げようとする時、ヤクザの一人が振《ふ》り下ろした刀が惣次《そうじ》の左眼《ひだりめ》を切った。

ヤクザを前にして極度の興奮状態に陥《おちい》ると、その時の痛みが悲鳴を上げる。

あの日のように。いや、あの日の悲劇を起こさぬようにと。

じわりと、左目が細く血の涙《なみだ》を流し、焔《ほのお》のような色の傷が縦に伸《の》びていく。

左目の傷、そして背筋も凍《こお》るような殺意の眼差《まなざ》し。

それは惣次《そうじ》が持つ裏の顔だ。心優《やさ》しく気弱な少年は、攻撃《こうげき》的な猛獣《もうじゅう》を心の中に飼っていた。

普段《ふだん》は理性の鎖《くさり》でそれを抑《おさ》えているが、ヤクザを目の前にすると、こうして心の底から這《は》い出《だ》してくる。そう、まるで狼《おおかみ》のように。

「調子に乗るなよ、ヤクザ共」

惣次《そうじ》は自分を暴行していたヤクザの顔面に、拳《こぶし》をぶち込んだ。

「がはっ！」

ヤクザは鼻から血を出してしりもちをつく。

「や、やりおったなコイツ。酒に酔《よ》うて吐《は》くのはゲロ、自分に酔《よ》うて吐《は》くのは血反吐《ちへど》やぞ！」

爆発《ばくはつ》じみた怒声《どせい》にビルの外で鴉《からす》が一斉《いっせい》に飛んでいく。殴《なぐ》られた男は怒《いか》りに目を血走らせ、腰《こし》から拳銃《けんじゅう》を抜《ぬ》いて叫《さけ》んだ。

「覚悟《かくご》せえ！　コイツで閻魔《えんま》に差し出すケツの穴、増やしたらぁ！」

その時、さっき外に出ていった男が戻《もど》ってきた。

「アニキ、運搬用《うんぱん》の車が到着《とうちゃく》しやした」

「よ、ようやった。さっさとこのガキぶち殺してずらかるで」

男は血を拭《ぬぐ》い、拳銃《けんじゅう》をこちらへと向け、人差し指を引き金へとかける。

その時、さっと風が吹《ふ》いた。風の出所を辿《たど》ると、通路の窓が一つ開いていた。窓の淵《ふち》に、一人の幼女が座っている。


――ほれ見てみい、やっぱり血流しとる。


スイレンだ。いつもは腰《こし》に巻いているパーカーに袖《そで》を通し、右手に銃《じゅう》を握《にぎ》りしめていた。その銃口《じゅうこう》は、惣次《そうじ》と会話をしていた男の頭に射線を据《す》えている。

「惣次《オマエ》が流した血の匂《にお》いは、どこにおっても香る。急いで正解や」

「な、なんやこのガキっ⁉」

「動きなはんな。動けば脳味噌《のうみそ》がサンバ踊《おど》りまっせ」

スイレンは血まみれで横たわる吉岡《よしおか》を一瞥《いちべつ》する。

「一先《ひとま》ずここはワシに任せろ」

そう言いながらも、スイレンは引き金から指を離さない。

「自己紹介《しょうかい》が遅《おく》れた。ワシは番狼《バンロウ》の使いのモンや」

なに、サキシマの番狼《バンロウ》の使い⁉　ヤクザ達の間に動揺《どうよう》が走った。

「こっちは争い事にはしたくない。せやから、いっぺん銃《じゅう》下ろして話し合いしまへんか」

優《やさ》しい口調。穏便《おんびん》な提案。なのに、男は激怒《げきど》し、咆哮《ほうこう》のように怒《ど》鳴《な》り散《ち》らした。

「サキシマの番狼《バンロウ》がナンボのもんじゃ、この腐《くさ》れ小童《こわっぱ》！　ワシ等脅《おど》すなら戦車の一つでも持って来いやド阿呆《あほう》！」

なんて凶暴《きょうぼう》な連中なんだ。銃《じゅう》を突《つ》きつけられてるのに、息を吐《は》く様に恫喝《どうかつ》してくる。

「もっぺん言うけど、ワシ等番狼《バンロウ》側に争うつもりはない。ただ、話をしたいんや」

「話なんか必要あるかい！　このサキシマはワシ等《ら》のもんや。この計画を邪魔《じゃま》する奴《やつ》はぶち殺す。邪魔《じゃま》せんでもぶち殺す。お前も、そこのガキも、この場でぶち殺す！　サキシマ人は髄《ずい》龍組《りゅうぐみ》の名の下に皆殺《みなごろ》しや！」

スイレンの雰囲気《ふんいき》が変わった。彼女は、争いを好まない。だが、引き金を引くことに躊躇《ちゅうちょ》もない。戦うしかない、と分かった時、スイレンは惣次《そうじ》でもゾッとするような冷酷《れいこく》さを見せる。

「成程《なるほど》のう。こいつ、初めからワシ等サキシマの人間を人とは思っとらんわ。殺して当たり前。話し合いの余地など皆無《かいむ》。そういう態度やったら、こっちも銃に頼《たよ》るしかおまへんな」

「じゃかあしいわ！　先にこのガキぶち殺したるっ！　クソッタレがあぁ！」

ヤクザは死期を悟《さと》ったか、銃口《じゅうこう》を突《つ》きつけられているにも関わらず惣次《そうじ》を撃《う》とうとした。

「させる訳ないやろ」

スイレンの弾丸《だんがん》が男を掣肘《せいちゅう》、あまつさえ脳天を撃《う》ち抜《ぬ》いた。

「ぐはっっっぇぇぇえええええぇぇぇん！　タマ、とられちゃったよおおぉぉ」

厳《いか》つい偉丈夫《いじょうふ》が見る影《かげ》もなくチャイナドレスの幼女へと果てる。

他のヤクザ達は驚愕《きょうがく》で目を丸く張った。

「あ、アニキが幼女に⁉」「まさか、このガキが番狼《バンロウ》なんか！」「刀使いちゃうんか！」

慟哭《どうこく》には三つの能力《ちから》がある。持ち主を強化する第一の能力、相手を幼女にする第二の能力、そしてこれら二つの力を「特別な幼女」に与《あた》える第三の能力だ。

「幼女《アニキ》に気を取られるな！　今は、肝《きも》っ玉《たま》に鉄流し込んで戦え！」

ヤクザ達が動揺《どうよう》したのは一瞬《いっしゅん》。人が幼女になる、という現象を目の当《ま》たりにしてもすぐに気持《き》ちを切《か》り替え、すぐさま銃《じゅう》を抜《ぬ》いた。やはりコイツらは手練《てだ》れだ。

「ええか！　味方とアネゴに当てるなや！」

射線が集まる寸前、スイレンは跳躍《ちょうやく》し惣次《そうじ》に向かって叫《さけ》んだ。

「戦うなって言うたけど撤回《てっかい》や。思う存分暴れてええわ。受け取れ！」

投げ寄越《よこ》されたのは慟哭《どうこく》の入った袋《ふくろ》、それとコートと狼《おおかみ》の面《めん》だった。

惣次《そうじ》は素早《すばや》くコートに袖《そで》を通し、仮面で顔を覆《おお》った。コートの裾《すそ》が剣気《けんき》にはためき、仮面は蒼《あお》き光をその目に灯《とも》す。

「分かった。徹底的《てっていてき》に暴れてやる」

勢いよく刀を抜《ぬ》いた。美しい刃《やいば》が、蒼々《あおあお》と輝《かがや》きを放つ。

「なんやこのガキ、刃物抜《ヤッパぬ》きおったで！」「おかしなことされる前に撃《う》ち殺《ころ》せ」

惣次《そうじ》は鞘《さや》を脇《わき》に投げ捨て、呼吸を静《せい》に沈《しず》めていく。

──刀が血を欲《ほっ》してる。ヤクザの血を欲《ほっ》している。

その渇望《かつぼう》に、ありったけの闘争心《とうそう》で応えた。

「このサキシマに貴様らヤクザの踏《ふ》む畳《たたみ》は存在しないっ！」

俺は、ウレハのいる暖炉荘《だんろそう》の盾《たて》となり、剣《けん》となる。

ずん、と腰《こし》を落として刀の切っ先を前に向ける。左足を引き、体を半身《はんみ》に。それは、力任せに大太刀《おおたち》を振《ふ》り回《まわ》していた二年前とは異なる洗練された構え。来るべき死線に備え、惣次《そうじ》は牙《きば》を研《と》いできた。遥《はる》か明治の頃《ころ》より編み出された対近代兵器特化剣術《けんじゅつ》。その名も──

「流派、斬撃王《ざんげきおう》の孤独《こどく》」

それは、銃弾飛《じゅうだんと》び交《か》う戦場での闘争《とうそう》を目的とする超人《ちょうじん》の業《わざ》である。

「疾風《しっぷう》の五番──人喰燕《ひとくいつばめ》──」

だん、と床《ゆか》を蹴《け》る。仮面に灯《とも》る蒼《あお》が細く尾《お》を引き、惣次《そうじ》は瞬《また》く間《ま》に接近を果たした。

「尊厳《プライド》を、喰《く》い殺すッ」

氷柱《つらら》よりも冷たい一鳴きと共に、神速の斬撃《ざんげき》が音の壁《かべ》を切《き》り裂《さ》いた。

寸。

狼《おおかみ》の放つ刃《やいば》は瞬《また》く間《ま》にヤクザ三人の首を斬《き》り落とす。残った胴体《どうたい》から鮮烈《せんれつ》の血潮が吹《ふ》いたかと思うと、一秒の後にそれは羽毛《うもう》に変わり、幼女が三人手をとりあって泣いていた。

「うえええええ、速すぎるよぉおおぉ」「見えなかったよぉ」

ヤクザ達は目を剝《む》いて驚《おどろ》いた。幼女になった事じゃない。その圧倒的《あっとうてき》な剣速《けんそく》にだ。

妖刀《ようとう》によって極限まで高まった身体能力。そしてそこから放たれる必殺の剣技《けんぎ》。我、常人の域に留まらず、人外の邪道《じゃどう》を突《つ》き進《すす》む――それ即《すなわ》ち斬撃王《ざんげきおう》の孤独《こどく》也《なり》。

「その首、このサキシマの番狼《バンロウ》が貰《もら》い受《う》ける」

「こいつも幼女にできるんか！　どないなっとるねん、番狼《バンロウ》は二人おったんか！」

叫《さけ》んだ男の後頭部に、スイレンが銃口《じゅうこう》を突《つ》きつけた。そして、冷徹《れいてつ》に宣告する。

「よそ見運転。判決は一発死刑《しけい》や」

後頭部を撃《う》ち抜《ぬ》くと、倒《たお》れゆくその背中を蹴《け》って跳躍《ちょうやく》、二人三人とヤクザを仕留めていく。

「スイレン、先生を医者に見せたい」「ほな、さっさと蹴散《けち》らすで」

スイレンはその身を宙に躍《おど》らせながら発砲《はっぽう》。鉛《なまり》の弾頭《だんとう》は二人の眉間《みけん》に喰《く》らいつく――追いすがるように、惣次《そうじ》は駆《か》け出すと他のヤクザを一撃《いちげき》の下に斬《き》って捨てた。

残る最後の一人。幼女と散りゆく仲間を目の当《ま》たり《あ》にしても、凶暴性《きょうぼうせい》の赴《おもむ》くまま、裂帛《れっぱく》の奇声《きせい》を放って突進《とっしん》してきた。

「きえええええぇ死に晒《さら》せえええぇ！」

「悪いが」「そら無理な相談や」

弾丸《だんがん》と刃《やいば》の一対《つい》が、男の命を貫《つらぬ》いた。男は勢いそのままスイレンと惣次《そうじ》の間を駆《か》け抜《ぬ》けると、膝《ひざ》をついた状態で滑《すべ》りながら幼女に成り果てる。

「ふにゃあああぁ、えげつなかったよおぉぉ！」

背中で幼女達の泣き声を聞きながら二人は堂々と並び立つ。

蒼《あお》の狼《おおかみ》と、紅《あか》の幼女。我等はサキシマの守護者だと、その佇《たたず》まいが静々と語っていた。


敵がいなくなったのを確認《かくにん》し、スイレンが銃《ラドム》のマガジンを交換《こうかん》する。

「あええええ、すっごい、つおーいね」

泣《な》き止《や》んだ幼女達がスイレンと惣次《そうじ》の周りに集まってくる。

「おにーやん、さっきは蹴《け》ってごめーやい」

幼女の一人がぺこりと頭を下げた。どうやら、惣次《そうじ》を暴行した「アニキ」らしい。

「はいはい……もう怒《おこ》ってないからいいよ」

「にぱぱのぱぱぱー」

幼女は両手を広げて天真爛漫《てんしんらんまん》な笑顔《えがお》を見せた。その素振《そぶ》りがほんと無意味に可愛《かわい》い。

一応幼女達は生前の記憶《きおく》を二割程度残している。幼女達の行動パターンは毎回同じで、斬《き》られた瞬間《しゅんかん》は泣き、落ち着きを取《と》り戻《もど》すと興味の赴《おもむ》くままその辺をほっつき歩く。それに飽《あ》きると、サキシマ西側のとある収容施設《しせつ》へと自ら向かった。

「ほんまとんでもない光景やな。まあええわ。早《は》よ、先生さんを病院に連れて――」

突如《とつじょ》、窓ガラスを突《つ》き破《やぶ》って円柱状の物体が投げ込まれた。

一秒と経《た》たず、煙《けむり》が室内に充満《じゅうまん》する。

「発煙弾《はつえんだん》か！」

惣次《そうじ》は吉岡《よしおか》を保護しようと煙《けむり》を突《つ》っ切《き》った。

だが、吉岡《よしおか》は姿を消し、彼女のいた場所から血糊《ちのり》が別の入り口の方に伸《の》びている。それを辿《たど》って外に出ると、今まさに軽トラックが遠ざかっていった。

「先生を連れていかれた！」

「こらいかんな。見せしめに殺すつもりかもしれん」

「外にバイクが停《と》めてある。それで追いかけよう」


あのヤクザ達は相当焦《あせ》っていたのだろう。複数あったバイクのいくつかは、全てキーが挿《さ》しっぱなしになっていた。バイクの一つに惣次《そうじ》が跨《また》がり、刀を預かったスイレンが背中にぺったんこと張り付いた。ハンドルを握《にぎ》り、ガソリンのメーターを確かめる。

「CBX400Fか。いい趣味《しゅみ》してるな……」

「えへへ。でしょー」駐車場《ちゅうしゃじょう》にわらわら群がってきた幼女の一人が得意気に笑う。

「運転できるんか？」

「ニトロさんに教えてもらった」

アクセルを回すと排気筒《はいきとう》が雄々《おお》しく吠《ほ》え、エンジンの高鳴りに空気が震《ふる》えた。

「しっかり摑《つか》まっといてくれ」

バイクは瞬《また》く間《ま》に風と一つになった。道路脇《わき》の街路樹が正面から視界の外に流れていく。

「おったで！」

眼前のトラックははるか遠く、T字路を左に曲がったところだった。

「あいつ等、どこに行くつもりだ」

「南からサキシマの外に出るつもりや！」

「外に出てどうする……」

「お前のセンコーをオオサカの組事務所に持っていくつもりかもしれん！」

「させるか。追いつくぞ」

惣次《そうじ》はT字路を暴力的なターンで強引《ごういん》に曲がり切った。アスファルトの金切り声が耳にけたたましい。

「減速しろや！　死にたいんか！」

「この期に及《およ》んでブレーキなんか踏《ふ》んでられない！」

「お前は普段《ふだん》おとなしいけど、荒事《あらごと》になったら無鉄砲《むてっぽう》すぎる！」

「だって躊躇《ちゅうちょ》なんかしてたら追いつけないだろ！」

「あー、もう好きにせえ。最悪ワシがブレーキになったるわ」

なおもバイクは加速を続け、トラックとの距離《きょり》をじわじわと詰《つ》めていく。

サキシマからオオサカに渡《わた》る経路は三つ。その一つが南方のルートで、茜《あかね》波打つ湾《わん》に大きな橋が跨《またが》っていた。かつては鉄道や高速道路を使って多くの人がサキシマを訪《おとず》れていたらしいが、今は完全に封鎖《ふうさ》されている。トラックは道路を遮《さえぎ》るバリケードをぶっちぎってサキシマから脱出《だっしゅつ》。砕《くだ》かれたバリケードの破片《はへん》を避《さ》けつつ惣次《そうじ》も後を追う。

「連中の組事務所ってどこにあるんだ」

「恐《おそ》らく天王山《てんのうざん》や」

「天王山《てんのうざん》？」

「オオサカの中心部にでっかいビルの山が見えるやろ。あれを天王山《てんのうざん》言うんや」

「ずっと気になってたけど、あの中には何があるの？」

「ワシもあんまり行ったことないから詳《くわ》しい事は知らん。ただ、あそこがこの世界の無頼《ぶらい》を集めた唯一無二《ゆいいつむに》の場所ってことは分かっとる」

初めて見るオオサカの街並みは、一見サキシマとあまり変わらないように見える。倉庫があって、コンテナを背負ったトラックが行きかう典型的な港だ。だが、時折路上に横たわる人間が目についた。

「なあ、さっきから路上で寝《ね》てる人を見るんだが」

「寝《ね》てるんやない。あら死んどるんや」

……は？

「そんな、この路上に横たわってる人がみんな死体だっていうのか⁉」

「ここじゃ貧乏《びんぼう》は餓死《がし》への直通特急なんや。死生観の衣替《ころもが》えをするには最適の場所やろ」

餓死《がし》者はサキシマでも時折見たが、ここまでの数じゃなかった。

「連中に支配されればサキシマもこうなるのか」

「そうかもしれん。でも今は先生さんを助けることに専念するんや」

トラックは進路を東へと変えた。スイレンの言った通り、天王山《てんのうざん》へと向かっている。惣次《そうじ》達も東に進路を変えて後を追った。バイクとトラックとの距離《きょり》は少し縮まっている。

「この距離《きょり》なら届く。スイレン、投げるぞ」

「しゃーないな、ストライク送球で頼《たの》むで」

スイレンの腕《うで》を摑《つか》むと、

「いっけえええええええぇ！」

トラック目がけてぶん投げる。鋭《するど》い軌道《きどう》で飛んだスイレンは、くるりと身を翻《ひるがえ》してトラックの荷台に下り立った。

ダン、ダン、ダンと三発の銃声《じゅうせい》がした後、「ふぇぇ」幼女の声が聞こえてトラックは止まった。

停止したトラックの荷台にバイクを乗り上げる。幼女は荷台に二人、運転席に一人いた。

「先生は」

「助手席《こっち》におる！」

吉岡《よしおか》は丁寧《ていねい》にもシートベルトが着用された状態でぐったりとしている。衣服は腹の辺りが一部破られ、露出《ろしゅつ》した傷口には白い粉がかかっていた。

「これは……止血剤《ざい》か」

治療《ちりょう》をしたのか。何のために？　いや、今はそれよりも、

「呼吸が浅い。早く引き返して病院に連れていこう」

「そう簡単にはいかせてくれんみたいやな……」

背中に感じた強い殺気と鼓膜《こまく》を揺《ゆ》るがすエンジン音。振《ふ》り返《かえ》ればトラックが一台、こちらに接近しつつあった。その前面に描《えが》かれているのは白骨龍《スカルドラゴン》の代紋《だいもん》だ。

「追っ手や。このまま逃《に》げるで」「俺、車は運転できないぞ！」「ワシに任せろ」

スイレンは運転席に立ちながら「んーッ、んーッ」と足を伸ばしてアクセルを踏《ふ》んだ。

「んしょっと。銃《じゅう》に対する防御《ぼうぎょ》はお前の方が上や。頼《たの》むぞ」

重苦しい唸《うな》りを伴《ともな》いトラックは発進した。

「どこに行くつもりだ！」

「ユメシマに腕《うで》のええ闇《やみ》医者がおる！」

ユメシマ。サキシマの北に浮《う》かぶ別の人工島だ。

「このまま高速乗って天王山《てんのうざん》の西側を突《つ》っ切《き》る。それまでに追っ手をどないかせい」

「分かった」

天王山《てんのうざん》か。惣次《そうじ》は目を眇《すが》めた。北には曇天突《どんてんつ》き刺《さ》す摩天楼《まてんろう》が、風の悲鳴を湛《たた》えて聳《そび》えている。

恐怖《きょうふ》にも似た微《かす》かな戦慄《せんりつ》が、そっと背筋を撫《な》でた。

「天王山《てんのうざん》も気になるが、まずは……」

柄《つか》を握《にぎ》りしめ、後方を向く。迫《せま》りくるトラック、まずはこれを退けねばなるまい。

先手を打ったのは髄龍組《ずいりゅうぐみ》のヤクザだった。敵トラックの荷台からバイクが飛び出し、瞬《また》く間《ま》に距離《きょり》を詰《つ》めてくる。バイクを足蹴《あしげ》にして荷台に飛び乗ってきたのは、日本刀《ポントウ》を携《たずさ》えた四十半ばの男だった。日本刀の根元には引き金がついていて、それを引くと刀身に炎《ほのお》が揺《ゆ》らいだ。

突風《とっぷう》の只中《ただなか》、上段に構えた炎刀《えんとう》が激しく靡《なび》く。

こちらも立ち合いに応じるべく、刀を横一文字に構えた。

「貴公、どのような剣術《けんじゅつ》を使う」

男が低い声で問うてきた。

「流派、斬撃王《ざんげきおう》の孤独《こどく》」

「聞かぬ名だ。恐《おそ》らくこれで聞き終《じま》い。記憶《きおく》に留《とど》めるのは控《ひか》えおこう」

走るトラックの荷台で、二人は時間が止まったかのように向かい合う。

動いたのは日本刀の男だった。鋭《するど》い一突《ひと》きがこちらの喉元《のどもと》目がけて放たれる。

――速いっ！

僅《わず》かに体を傾《かし》がせ回避《かいひ》。

「よけた！」「すごーい！」

両脇《りようわき》の幼女が空気も読まずに褒《ほ》めたたえる。

「よくぞ避《よ》けた。寿命《じゆみよう》が三秒伸《の》びたな」

片笑《かたえ》み一つを頬《ほお》に浮《う》かべ、男は刀を素早《すばや》く引いた。

「まだまだ行くぞ！」

男は斜《しや》に刀を振《ふ》り下ろす。惣次《そうじ》は身体能力に物を言わせた跳躍《ちようやく》で回避《かいひ》。刀は勢いそのまま傍《かたわ》らの幼女目がけて一思いに振《ふ》り抜《ぬ》かれた。

「はええぇ」間抜《まぬ》けな声とともに、幼女の体が両断される。切り口から無数の羽根が舞《ま》い散《ち》ったかと思うと、幼女の体は何事もなかったかのように接着した。

「なんともないの？」「えへへ、だいじょうぶだよ」

などとヤクザ幼女は緊張《きんちよう》感もなく笑っている。対照的に日本刀《ポントウ》の男は口を開けていた。

「幼女《こやつ》ら、不死身かっ」

「その通りだ。その子達は銃《じゅう》で撃《う》っても刀で斬《き》られても死なない」

惣次《そうじ》は大太刀《おおたち》を一刀両断と振《ふ》り下ろす。

「若造が、なかなかやりおああああああん、殺し合いで負けちゃったよオオォ」

男の体は羽根となって空《くう》に散り、羽根の中からチャイナ服の幼女が現れた。

「もー一回！　もー一回なの！」

幼女化した日本刀の男は、人差し指を立ててぴょんぴょん飛《と》び跳《は》ねる。

はいはい、暇《ひま》なときにな。と幼女をあしらいつつ後方を確認《かくにん》する。

「追撃《ついげき》は……」

後ろから追いかけてきたトラックは、次第《しだい》に減速して見えなくなる。

「ないか。意外とあっさり退くんだな」

刀を鞘《さや》に叩《たた》き入れて、火花を散らせた。その足元で三人の幼女が「あたし、かたな」「あたし、おハジキで頭うちぬかえちゃった」などと死亡談義に花を咲《さ》かせている。

荷台から運転席のほうを覗《のぞ》く。助手席に座る吉岡《よしおか》の呼吸は依然《いぜん》浅い。

「もう少し我慢《がまん》しててください。可能な限り早く医者の所に連れていきます」

「惣次《そうじ》、いよいよ高速に乗るで」

視線を前に向ける。

聳《そび》え立《た》つ高層ビルの一群が、まるで大蛇《だいじゃ》のように惣次《そうじ》の視界を呑《の》み込んだ。

「これが、天王山《てんのうざん》……」

道路の両脇《りょうわき》に並び立つビルが渓谷《けいこく》のようにトラックを見下ろしながら、遥《はる》か彼方《かなた》まで延々と続いている。ビルの高さ故《ゆえ》に太陽の光は届かず、中央分離帯《ちゅうおうぶんりたい》の道路照明は今が夜であるかのように橙色《だいだいいろ》の光を並べていた。

桜。桃色《ももいろ》の花弁《はなびら》が大仰《おおぎょう》に舞《ま》う。手で触《さわ》ってみても感触《かんしょく》はない。

「なんだこれ、実物じゃない」

一面百花——見上げれば桜の木や、代紋《だいもん》の立体映像が毒々しいまでの光を放ちながら頭上を彩《いろど》っていた。

「3DのCG……まるで近未来じゃないか」

立体広告は拳銃《けんじゅう》、刺青《いれずみ》、闇金《やみきん》、殺しの代行など見慣れない業種が大半を占《し》めた。その無秩序《むちつじょ》な映像はまさに色彩《しきさい》の暴力。見ているだけで眩暈《めまい》がする。

『今日も、神農様に、感謝の気持ちを捧《ささ》げましょう』

喧《やかま》しくも勇壮《ゆうそう》な軍歌のメロディと音声広告が鼓膜《こまく》を蹂躙《じゅうりん》する。

『子供、子供。優秀《ゆうしゅう》で、従順な、子供。子供はいらんかねー』

なんのことだ？　目を向けるとビルのスクリーンに、まだ十にも満たない少年少女の姿が映し出されていた。画面の右下には、一体五〇〇〇〇〇円、と値段がつけられている。さらに、画面上に「基礎《きそ》学力」「従順度」「鉄砲玉《てっぽうだま》適性値」などのカタログスペックまで記載《きさい》されていた。

「スイレン、あれはなんの冗談《じょうだん》だ」

「見ての通り奴隷《どれい》の広告や。親亡《な》くしたり、弱体化したヤクザの縄張りからガキをパクって、それを売っとる業者がおるねん」

奴隷《どれい》業者の広告は一つや二つじゃない。

「三つ、四つ、五つ……一体いくつあるんだ」

よくよく見れば、業者ごとに得意とする「商品」がある。暖炉荘《だんろそう》にいるような幼い子供だけを扱《あつか》う業者もいれば、雁屋《かりや》や委員長のように成人間近の少年少女を専門にした業者もいる。

「……子供が、菓子《かし》や化粧《けしょう》品みたいに投げ売りされてる」

筆舌《ひつぜつ》に尽《つ》くしがたい不快感。いつも遊んでいる暖炉荘《だんろそう》の子供達がこうやって売られてしまったら。そんな事を考えると、吐《は》き気《け》すら覚えた。

「法律が無ければ、この世のありとあらゆるもんが商品になるのがこの世界の鉄則や。子供だって例外やないねん」

そう言ったスイレンも、不機嫌《ふきげん》そうな顔をしていた。この世の理不尽《りふじん》に運命を変えられてしまった少年少女に、飯岡昭三《いいおかしょうぞう》の少年時代を重ねているのかもしれない。

「どうにかしてこの子達を救えないのか」

「無理や。助けたい気持ちは分からんでもないけど、今は先生を連れ戻《もど》すことに集中し」

「分かってる……分かってる」

俺達は、こんなに狂《くる》った世界の住人と戦っているのか。戦いに負ければ、自分の大切な人達もああなってしまうのか。ある種の恐怖《きょうふ》に、惣次《そうじ》は拳《こぶし》を握《にぎ》りしめた。

「スイレン……闇《やみ》医者の所までは」

「多分、十五分くらいや」

「なら多分間に合うか……」

静寂《せいじゃく》は突如《とつじょ》として破られる。

高速道路の右側に並んだビルの一つ。その壁《かべ》が爆発《ばくはつ》したように崩壊《ほうかい》。粉砕《ふんさい》されて極彩色《ごくさいしき》に煌《きら》めく幾千《いくせん》ものガラス片《へん》。アスベストと鉄筋をまき散らし、巨大《きょだい》な車が飛び出してきた。

戦車のような履帯《キャタピラ》に、櫓《やぐら》のような荷台のついた威容《いよう》。

「なんだあの走る神社みたいなのは！」

「殺人山車《さつじんだんじり》や！」

「何その無意味に獰猛《どうもう》すぎるコンセプト！」

殺人山車《さつじんだんじり》はトラックに並走《へいそう》し、アンカーを射出。楔《くさび》が荷台を撃《う》ち抜《ぬ》き、山車《だんじり》と荷台はワイヤーで繋《つな》がった。

「逃《に》げられないようにする腹積もりか。次はどう出る」

山車《だんじり》の上から、屈強《くっきょう》な男たちがこちらを見下ろしていた。その中の、隊長と思《おぼ》しき男が声を荒《あら》げる。

「目標は番狼《バンロウ》ただ一人や！　弾《たま》を込《こ》めろ！　握把《あくは》を摑《つか》んで前を向け！」

すると、自動小銃《しょうじゅう》よりも一回り大きな銃器《じゅうき》が二つ、こちらに照準を定めた。

「軍隊用の機関銃《じゅう》。あんなもんまで持ってるのか」

アレを斉射《せいしゃ》されれば、人間など一秒と持たず塵《ちり》になるだろう。

それを知りつつ、惣次《そうじ》は逃《に》げようとも隠《かく》れようともしない。風に臨《のぞ》む絶壁《ぜっぺき》のように泰然《たいぜん》と背筋を伸《の》ばし、一呼吸の後鯉口《のちこいぐち》を切る。鞘《さや》から瞬《また》く銀色に牙剝《きばむ》く狼《おおかみ》の面《めん》が映った。

山車《だし》よりも遥《はる》かに小さいはずの背中は、その存在感において敵方を上回る。

「スイレン、あれの弾薬《だんやく》と発射速度は」

「えーっとたしか、7・62ミリ弾《だん》。発射速度は、だいたい毎分一〇〇〇発や」

「てことは二つ合わせて一秒三〇ってとこか。……やってやる」

「おい、何をするつもりや！　やめとけ！　弾《たま》めっちゃ速いぞ！」

惣次《そうじ》は鞘《さや》を投げ捨て、耳内の雑音を全て消した。

全身から無駄《むだ》な力みを抜《ぬ》く。まるで清水《せいすい》のように肉も腱《けん》もしなやかに脱力《だつりょく》した。

流派、斬撃王《ざんげきおう》の孤独《こどく》。それは現在に至るまで生存を許された希少剣術《けんじゅつ》。生存。それ即《すなわ》ち、剣《けん》術《じゅつ》の本分たる実戦での使用に他ならない。銃器《じゅうき》が一般《いっぱん》的になった現在まで、斬撃王《ざんげきおう》の孤独《こどく》は生き続けた。旅順で、沖縄で、そして裏社会で。ある時は、単騎《たんき》で敵陣《てきじん》に斬《き》り込み砲撃《ほうげき》の代役を果たした。ある時は、殿《しんがり》を引き受け、味方の撤退《てったい》を助けた。そして、ある時は――

「流派斬撃王《ざんげきおう》の孤独《こどく》、銀壁《ぎんぺき》の六番──骸鵯《むくろひよどり》──」

──機関銃《じゅう》の前に立ちはだかり、負傷した仲間の盾《たて》となった。

「撃《う》ち殺《ころ》せ！　番狼《バンロウ》を挽肉《ひきにく》にしたれ！」

ヤクザ達は機関銃《じゅう》を掃射《そうしゃ》した。凶暴《きょうぼう》な銃声《じゅうせい》が空間を揺《ゆ》るがし、銃弾《じゅうだん》が惣次《そうじ》に襲《おそ》い掛《か》かる。

大気を突き破《やぶ》るごとに微妙《びみょう》に軌道《きどう》が変わる弾丸《だんがん》。わずかな反動で、あらぬ方向に飛んでいく弾丸《だんがん》。眼前にばら撒《ま》かれた弾丸《だんがん》のうち、己《おのれ》に直撃《ちょくげき》するであろうものを標的と定めた。同時に、弾丸《だんがん》を撃墜《げきつい》する太刀筋《たちすじ》を目算。必然、刃《やいば》は解き放たれる。それは現象だった。

──剣先《けんさき》は人間が知覚しうる領域の圏外《けんがい》まで加速、弾《たま》を斬《き》り裂《さ》き夥《おびただ》しい量の火花を咲《さ》かせた。

そして驚《おどろ》くべきはその音。甲高《かんだか》い剣《けん》の嘶《いなな》き、エレキギターのような高音がビルの間を反響《はんきょう》する。

ビルの住人が聞きなれぬ音に窓を開け、誰《だれ》もがその光景に声すら失い唖然《あぜん》とした。

……人が弾《たま》を喰《く》ってる。


「うおおおおおおおおおおお！」

緩《ゆる》めるな。一切手を緩《ゆる》めるな！　己《おのれ》の精神に不変の鉄則を刻み、惣次《そうじ》は弾丸《だんがん》を喰《く》らう斬撃《ざんげき》の嵐《あらし》となる。

腕《うで》が痛い。神経が擦《す》り切《き》れそうだ。息が苦しい。

「知ったことかあぁぁ！」

人間の限界を超《こ》えた破壊《はかい》的な運動量が、常軌《じょうき》を逸《いっ》した負荷《ふか》を全身に強《し》いた。だが――

「まだまだあああああぁ！」

剣閃《けんせん》は全く衰《おとろ》えない。衰《おとろ》えさせない。この弾《たま》を喰《く》らい切るまでは、絶対に。

二つの機関銃《じゅう》は弾《たま》を吐《は》きつくし、遂《つい》に沈黙《ちんもく》した。

山車《だし》の射手は、「弾《たま》を全部防ぎ切りやがった」と狐《きつね》につままれたように唖然《あぜん》とする。

「はぁぁぁぁぁ」熱い息を吐《は》き出《だ》しながら惣次《そうじ》は片膝《かたひざ》をつく。疲労《ひろう》がどっと押し寄せ、顔から汗《あせ》が滝《たき》のように流れた。

「惣次《そうじ》、ちょっとした緊急《きんきゅう》事態や」

「どうした？」

「車に被弾《ひだん》した。ハンドルが利《き》かん」

「なら殺人山車《アレ》を奪《うば》おう。先生を連れて荷台《こっち》まで来てくれ」

「しゃあないな。お前ら、この車やるわ。しばらくアクセル踏《ふ》んどれ」「「はーい！」」

幼女がアクセルを踏《ふ》んでる間、スイレンは吉岡《よしおか》を連れて荷台まで移動する。

「跳《と》べるか？」

「こうなったら跳《と》ぶしかないやろ。しっかり摑《つか》まっとれ」

彼女は「特別な幼女」だ。以前の記憶《きおく》を完全に引《ひ》き継《つ》ぎ、そして戦うための能力《ちから》を妖刀《ようとう》から授《さず》かっている。

「勢い余って天国まで行かんようにせんとな。いくぞ」

吉岡《よしおか》を惣次《そうじ》に預け、スイレンは深く膝《ひざ》を折る。その瞳《ひとみ》に睡蓮《すいれん》の華《はな》が蒼《あお》く光った。周囲の空気が一段と重くなったような、そんな圧を感じる。

——閃光脱兎《ジャンピングフラッシュ》！

全身に強烈《きょうれつ》な重力がのしかかる。気が付けば、スイレンは惣次《そうじ》を連れて二十メートルの高さまで跳躍《ちょうやく》していた。内臓に独特な浮遊《ふゆう》感。眼下の車は小さく見えた。

「下りるぞ惣次《そうじ》！」

そして二人は、超常《ちょうじょう》的な速度で落下した。下から突《つ》き上《あ》げる猛風と見る見る内に近くなる地面。自分がミサイルになったかのような疾走《しっそう》感。

着地。そして衝撃《しょうげき》。ずん、という重い音と共に二人は山車《だし》に降り立った。

閃光脱兎《ジャンピングフラッシュ》。爆発《ばくはつ》的な跳躍《ちょうやく》力に次ぐ、時速二百キロの急降下と着地時の衝撃緩和《しょうげきかんわ》。その速さは稲光《いなびかり》のようで、常人は目で追う事すら許されない。

「な、何や、隕石《いんせき》かお前ら」「ビビるな、鴨《かも》がネギ背負って来たようなもんや！」

その場にいたヤクザ達が、一斉《いっせい》に上着を脱《ぬ》ぎ捨《す》て、胸に刻まれし白骨龍《スカルドラゴン》の刺青《いれずみ》を露《あら》わにした。

惣次《そうじ》は吉岡《よしおか》を横たえ、スイレンが二人を守るように立ちはだかる。

「ここはワシがやる。お前は先生を護れ」

「一人で大丈夫《だいじょうぶ》か」

「誰《だれ》に言うとるねん。ヤクザ殺しとおつかいは一人で出来るわい」

スイレンはさっと中腰《ちゅうごし》になると、突風《とっぷう》に服の裾《すそ》を翻《ひるがえ》す。めくれ上がった服の下から、太腿《ふともも》に収まったもう一丁の拳銃《HSc》がネオンの光を反射させた。

千人殺し——狙《ねら》った獲物《えもの》を冥府《めいふ》の淵《ふち》まで追《お》い詰《つ》めて殺し、己《おのれ》を狙《ねら》う獲物《えもの》を冥土《めいど》に叩《たた》き落《お》とし、サキシマの裏社会を恐怖《きょうふ》の泥濘《ぬかるみ》に引きずり込んだ死の運び手。砂漠《さばく》の夜の如《ごと》き冷気を過去より呼び覚まし、今宵《こよい》鉄火場《てつかば》に仕《つかまつ》る。

「去《い》ね、三下《さんした》。神輿《みこし》に乗るならもっと格上げて来い」

情の無い殺気が微風《そよかぜ》となって熱と袂《たもと》を分かつ。その殺気に気圧《けお》されながらも、ヤクザ達は勢いよく啖呵《たんか》を切った。

「来いやクソチビ！　オメコ潜《くぐ》ってシャバ出て来たこと、後悔《こうかい》さしたらぁ！」

「嬲《なぶ》るな。後悔《こうかい》なんぞ前の人生に置いてきたわ」

罵倒《ばとう》などどこ吹《ふ》く風のスイレンが、素早《すばや》く銃《じゅう》を抜《ぬ》く。

閃光脱兎《ジャンピングフラッシュ》——スイレンは真上に飛び上がったかと思うと、瞬《まばた》く間もなく敵の只中《ただなか》に降り立った。

二つの銃口《じゅうこう》が、左右の男を撃《う》ち抜《ぬ》き幼女に変える。

「うええええええん！」

羽根が舞《ま》い散《ち》るのも束《つか》の間《ま》、スイレンは雷光《らいこう》の如《ごと》く跳躍《ちょうやく》する。迷子防止用の赤い蛍光《けいこう》色がオオサカのネオンに溶《と》け込んだかと思うと、赤い稲妻《いなずま》と化して襲《おそ》い掛《か》かる。稲妻《スイレン》は着地と同時に標的を背後から狙撃《そげき》——さらに別の頭を一撃《いちげき》で仕留め、男達の間を縫《ぬ》うように駆《か》け巡《めぐ》って心の臓を的確に撃《う》ち抜《ぬ》いていく。そして、

「「「あやあああぁぁぁ」」」隊長格のヤクザを残し、男達は幼女に変わった。

その間僅《わず》か三秒。その速さたるや、惣次《そうじ》の目を持ってしても朧《おぼろ》げにしか捉《とら》えられなかった。

「な、何をしたんや、このガキ……」

隊長格のヤクザは四方を幼女に囲まれ呆然《ぼうぜん》と立《た》ち尽《つ》くす。

「ほら、お前で最後やぞ」

スイレンがとん、と背中に銃口《じゆうこう》を当てた。ぞわ、とヤクザの顔から冷《ひ》や汗《あせ》が溢《あふ》れ出《だ》す。

「死《し》に際《ぎわ》の、魂《たましい》分かつ、鉛弾《なまりだま》。辞世の句や、もってけ」

ヤクザの心臓を、黒光りする銃《ラドム》が淡々《たんたん》と撃《う》ち抜《ぬ》いた。戦いの終わりを告げる潔白の羽根。金色に輝《かがや》く空薬莢《やっきょう》が、硝煙《しょうえん》の中に弧《こ》を描《えが》き、甲高《かんだか》い音を立てて幼女の足元に転がる。

「こんなの反則だよおぉぉ」

舞《ま》い散《ち》る羽根と幼女の向こう側に、冷たい笑《え》みを浮《う》かべるスイレンが立っていた。

これが、千人殺し。華《はな》のように可憐《かれん》で、凍土《とうど》のように冷たく、悪鬼《あっき》のように恐《おそ》ろしい。

「邪魔《じやま》するで」

言いながらスイレンは荷台《コシマワリ》の床《ゆか》にあったハッチを蹴《け》り開ける。

「ひっ、ひいっ」

悲鳴を上げる運転手。それを躊躇《ちゆうちよ》なく撃《う》ち幼女《ころ》す。スイレンの引き金には容赦《ようしや》がない。普《ふ》段《だん》の彼女を知っていても、寒気を覚えるほどだ。

「スイレン、運転できそうか」

「多分大丈夫《だいじようぶ》や。分からんかったらお前が教えろ」

「あいー」

中から幼女の声が聞こえた。それを聞いて惣次《そうじ》は一息つく。

「追っ手も来ないようだし、後は先生を医者に見せるだけだな」

惣次《そうじ》とスイレンを乗せた山車《だし》は天王山《てんのうざん》から脱出《だつしゆつ》した後、西に進路を変えてユメシマに入島した。ユメシマの敷地《しきち》面積はサキシマの半分程度で、サキシマほど人はいないが集合住宅《マンション》らしき建物はあるし、商店や市場も目についた。

それなりに餓《が》死《し》者をよく見るので、ここもサキシマほどマトモじゃない。やはり、ユメシマも「暗黒都市オオサカ」の一部に違《ちが》いないということだろう。

けれども視界が広がって青空が戻《もど》ると、少しだけ心も晴れたような気になる。傷も消え、ヤクザ相手に見せていた攻撃性《こうげき》も鳴りを潜《ひそ》めていた。

　惣次《そうじ》は運転席のスイレンに声をかける。

「もうすぐ？」

「おう。お前も傷は消えたか」

「うん……一つ聞きたいんだけど、このユメシマもヤクザが仕切ってるんだよね？　たしか、しかのめ組？　だっけ」

「鹿野目《かやも》組や。組長時代はそれなりに交流もあった。まあこっちが手出さん限りは襲《おそ》って来るような連中やないから安心せい」

　一分後、島の西端《せいたん》に広がる草原で山車《だし》は停《と》まった。

　辺りには膝丈《ひざたけ》ほどの野草が潮風に揺《ゆ》れている。日は少し傾《かたむ》いて、空に琥珀《こはく》色が溶《と》け始めていた。スイレンが山車《だし》から地面に降り立つと、草の先から蛾《が》やバッタが舞《ま》う。

「んしょっと。こっちや、ついてき」

　ててて、とスイレンは海に向かって走っていった。惣次《そうじ》は吉岡《よしおか》を抱《だ》きかかえて後に続く。

「「「いってらっしゃー」」」と幼女達が山車《だし》の上から手をぶんぶん振《ふ》って見送ってくれた。

　草原の海沿いに、ボンネットバスが風に晒《さら》されている。車体に、「蛇薬診療所《しんりょう》」の文字が錆《さび》と戯《たわむ》れていた。

「へび、ぐすり？」

「マキスイ、読むヨ」

　車両の奥から声がして扉《とびら》が開く。

　現れたのは、背の低い大人の女性だった。丸いレンズの眼鏡をかけ、血で黒く汚《よご》れた白衣を羽織っている。顔はやつれていて、目の下には深いクマがあった。あまりにも不健康そうな見た目なので少し心配になる。そんな彼女の肩《かた》の上から白い蛇《へび》がチロチロと舌を出していた。

「蛇薬《マキスイ》、闇医者《ウチ》の屋号ネ。大昔は蛇《へび》で客を集めて薬売《う》テたヨ。ちなみに私は八代目」

　言いながら肩《かた》の蛇《へび》と一緒《いっしょ》に「シャー」と威嚇《いかく》する。全然怖《こわ》くない。

「ムラサキ、久しぶりやな」

　いかにも顔見知りな感じでスイレンが声をかけた。幼女となった彼女の姿を見ても、闇医者《ムラサキ》は動じることなく返事をする。

「おー、飯岡《いいおか》。ひさしぶりヨロシ。てことは、君が笹川惣次《ささがわそうじ》ネ？」

　肯定《こうてい》していいの？　と惣次《そうじ》はスイレンを見る。「大丈夫《だいじょうぶ》だ」と首肯《しゅこう》が返ってきた。どうやらこのムラサキという女性は、こっちの事情を把握《はあく》しているらしい。用意周到《しゅうとう》なスイレンのことだ、いざという時の為《ため》に話を通していたのだろう。

「──はい。先生が危ないんです。急患《きゅうかん》を頼《たの》めますか」

「地獄《じごく》の沙汰《さた》も二束三文ネ。金寄越《よこ》すヨカ？」

「なんとかします」

「ヤクザの後払《あとばら》い、信用できないネ。ヤクザ、平気で金踏《ふ》み倒《たお》すジョウシキヨ。でも、飯岡《いいおか》のがま口は嘘《うそ》つかないネ。患者《かんじゃ》カモーン、こっちヨロシ」

何円請求《せいきゅう》されるか分かったものではないが、惣次《そうじ》は躊躇《ちゅうちょ》なく吉岡《よしおか》をムラサキに預けた。

安心するヨ、命に別条ないネ。その言葉に全ての苦労は報《むく》われる。敵の追撃《ついげき》もなく、ようやくコートと仮面を脱《ぬ》いで一息つくことができた。

ムラサキが吉岡《よしおか》を治療《ちりょう》している間、スイレンと惣次《そうじ》は草原のはずれから海を眺《なが》めていた。

スイレンはどこに隠《かく》し持《も》っていたのか、ネコさんのちっちゃい水筒《すいとう》からジュースを飲んでいる。ごきゅごきゅと中のジュースを飲み干し、喉《のど》の奥から歓喜《かんき》の声を出す。

「ぷはーっ、裏切らへんわぁ～！」

ＣＭよろしくジュースを飲み終え、水筒《すいとう》はなんか服の中にしまった。

「これからどうするつもりや、惣次《そうじ》。抗争《こうそう》が避《さ》けられへんにしてもやり方ってもんがあるで」

「相手の事務所に、殴《なぐ》り込みをかけたい。組織を潰《つぶ》す時は、いつも、そうしてきたし」

「奇襲《きしゅう》はお前の得意分野やしな。問題は、連中の事務所がどこにあるのかやな」

「スイレンは、髄龍組《ずいりゅうぐみ》について、何か知らないの？」

「名前を聞いたことあるくらいやな。組員に直接会ったことは一度もない」

「なら、まずは情報収集だね」

とはいえ、インターネットで検索《けんさく》しても出てくるわけがないので、ヤクザに詳《くわ》しい人間に尋《たず》ねるしかない。幸い、惣次《そうじ》にはヤクザに精通した雑誌記者の知り合いが一人いる。

「サキシマに紛《まぎ》れ込んでる奴《やつ》を尋問《じんもん》するって手もあるで」

「紛《まぎ》れ込んでる、ってどういうこと？」

「そら、あそこで蹴《け》散《ち》らした奴《やつ》ら以外にヤクザがおっても不思議やないやろ」

「確かに……自警団も上層部まで買収されてるみたいだったし、どこに誰《だれ》がいても、」

「はあぁ⁉」

スイレンが大きい声を出したので草の間から虫が飛んでいった。

「はよ言え！　自警団が組織ぐるみで掌握《しょうあく》されてるってお前、サキシマ丸裸《まるはだか》やないか」

「俺だって驚《おどろ》いたよ。あの人たちは、一応サキシマを守る側だと思ってたし」

「連中が買収されてるってことは、幹部クラスがサキシマに来《こ》とる可《っ》能《ち》性が高いぞ。そういうデカい交渉《こうしょう》は普通《ふ》三《つう》下《さんした》には任せへんからな」

「てことは、近くに髄龍組《ずいりゅうぐみ》のお偉《えら》いさんが潜《ひそ》んでるってこと⁉　なんかそういう、裏社会の人を見分ける方法とかないの？」

スイレンは難しい顔になって、「むぬぅー」と首を傾《かし》げた。

「うーん。ヤクザを見分ける方法なぁ。例えば、そうやな、携帯《けいたい》の着信音が大きいとか」

「着信音が大きい？」

「ヤクザにとって連絡《れんらく》はサラリーマンの一万倍重要やねん。うっかり組長からの連絡《れんらく》とか聞《き》き逃《のが》したら、最悪指ツメることになりかねへん。だから電話には極力出る」

「嫌《いや》な世界だ……」

「とにかく、カタギに上手《うま》く溶《と》け込んでたとしても、絶対に何かボロは出してるとは思うで」

狭《せま》いサキシマだ。何処《どこ》かですれ違《ちが》っていてもおかしくはない。

「どんな時でも電話に出る……か。そんな変わった人、見たことないなぁ」

いや、待て。

「……俺はどこかで、そんな人に、会ったような……気がする」

惣次《そうじ》は空を見上げた。空は、肌寒《はださむ》い大気を湛《たた》えて血のような夕陽《ゆうひ》を流し続けていた。草の緑を時間が拭《ぬぐ》い去《さ》り、一面の赤が不気味に囁《ささや》いている。

……はて、どこ、だったか。呑気《のんき》な思念が黄昏《たそがれ》の紅霞《こうか》に消えていく。

「そういや治療《ちりょう》、まだ、終わらないのかな……」

「そろそろちゃうか。デカい手術がいる感じちゃうかったし」

丁度、ボンネットバスの扉《とびら》がギィと開いた。吉岡《よしおか》がムラサキの肩《かた》を借りて出てくる。

「先生！」

吉岡《よしおか》は下着姿で、自分の着ていたジャケットを肩《かた》から羽織っていた。

スイレンは足取り軽く二人に走り寄り、声をかけた。

「ムラサキ、手術は成功したんやな？」

「あー、結論から言うと成功したネ。ついでに、治療費《ちりょう》、タダにしてやるネ」

「む。どういう風の吹《ふ》き回しや？」

「タダにする代わりに、こうなった事を許してほしいネ」

スイレンの額に銃口《じゅうこう》があてがわれた。銃《じゅう》を向けているのは、ムラサキじゃない。

吉岡《よしおか》の体がスッとムラサキから離《はな》れた。彼女は真っ赤な草原を踏《ふ》みしめ、スイレンに銃《じゅう》を突《つ》きつけている。

「脅《おど》されてやったことヨ。悪気、ないネ」

一際強《ひときわ》い風が吹《ふ》いて、吉岡《よしおか》の羽織っていたジャケットを血のような赤い空へと
連れ去っていった。

下着姿で拳銃《けんじゅう》を持つ吉岡《よしおか》。その背中に描《えが》かれた白骨龍《スカルドラゴン》の刺青《いれずみ》が、夕日からにじみ出た紅《くれない》を浴びている。何故《なぜ》、髄龍組《ずいりゅうぐみ》のヤクザがつけていた刺青《いれずみ》が、吉岡《よしおか》の背中にあるのか。

それは、吉岡《よしおか》がヤクザだからだ。


——たしかに彼女は、どんな時でも電話に出た。それが授業中であっても。

吉岡《よしおか》は、いつもより少し低くて、怖《こわ》さのある声で惣次《そうじ》に語り掛《か》ける。

「驚《おどろ》いたよ。まさかクラスで一番温厚《おんこう》な笹川《キミ》が番狼《バンロウ》だったなんて」

首を左右に振《ふ》りながら、力のない声を惣次《そうじ》は零《こぼ》す。

「先生……？」

「さ、相方を殺されたくなかったら、刀を捨てな」

「そんな——」「——捨てろっつってんだろ！」

惣次《そうじ》は言われるがまま妖刀《ようとう》を遠くに投げ捨てる。

目の前の状況《じょうきょう》に混乱しつつ、スイレンを死なせたくない一心で命令に従っていた。

震《ふる》える手で、左目に触《ふ》れる。

——傷が浮《う》いてこない。この人はヤクザではなく、教師だと、俺の心がそう信じたがっているんだ。

休日を使ってまで家庭訪問をしてくれた。自分の恋《こい》を応援《おうえん》してくれた。

誰《だれ》が？　目の前に立つ、この女性がだ。そんな人を、敵として認識《にんしき》できるわけがない。

そして、自分が慕《した》っていた担任に、スイレンを傷つけて欲しくない。

説得するしかない。説得して銃《じゅう》を下ろしてもらうしかない。話し合いにて、血を流さずこの場を収める。それが、無謀《むぼう》に近いという自覚はあった。

「さっき車の中で幼女は不死身だって聞いたけど、この子は違《ちが》うんだね？　不死身なら、銃《じゅう》で脅《おど》されて刀を投げ捨てたりしないもんね」

吉岡《よしおか》の言う通り「特別な幼女」は他のヤクザ幼女と違《ちが》って、傷つくし痛みも感じる。要するに体は普通《ふつう》の人間と殆《ほとん》ど変わらない。

「先生は、本当に、本当にヤクザなんですか？」

答えは分かっている筈《はず》なのに、無意味な質問を口にしてしまう。

「そうだよ。髄龍組若頭《ずいりゆうぐみわかがしら》、外塚清美《とづかきよみ》。それが本当の私」

若頭《わかがしら》。それは組織のナンバー2を意味する。髄龍組《ずいりゆうぐみ》のヤクザが負傷した吉岡《よしおか》を連れ去った本当の理由。それは、彼女が、自分たちの「若頭《わかがしら》」だったからだ。

「なんのために、自分を教師と偽《いつわ》っていたんですか……」

「情報収集だよ。社会の特徴《とくちよう》や、産業の規模、そして住んでいる人間の特性。私が集めた情報を元に、組長は綿密な計画を立てるの。要するにスパイ活動ってとこね」

「自警団を腐《くさ》らせたのは、先生なんですか」

「ご名答。彼等《かれら》の上層部を金で従わせ、上層部は銃《じゆう》の売買を見逃《みのが》すよう下《した》っ端《ぱ》に命令を出す。下《した》っ端《ぱ》は私達の商売《シノギ》に協力することで、小遣《こづか》いをもらう。そういうカラクリだよ」

たしか、銃《じゆう》の保管場所に現れた団員はこう言っていた。「甘い汁《しる》を吸いたきゃ樹木に誰《だれ》も寄せ付けるな。誰かに見つかった場合は、無かった事にしろ」と。吉岡《よしおか》の言う通り、彼等《かれら》は金を貰《もら》って保管場所の警備をしていたのだろう。

「誤算だったのは、下《した》っ端《ぱ》の団員に私の顔を知らせてなかったせいで、こんな事態を招いたことね。場所を知られたら消せとは伝えてたけど、いきなり撃《う》たれるとは思わなかったよ」

彼女の顔を知らない彼等《かれら》は、吉岡《よしおか》をただの侵入者《しんにゅう》と勘違《かんちが》いして撃《う》った。だからあの時、撃《う》たれた吉岡《よしおか》を見たヤクザは不自然なほど激高していたのだ。

「自警団がヤクザの言いなりになったら、サキシマの治安はどうなるんですか」

「皆《みんな》ヤクザの食い物にされるだろうね。平和な時代は終わって、弱い人間は強い者の道具になる。考えれば分かるでしょ？」

サキシマの人々を軽《かろ》んじる発言。そんな言葉を、担任の口から聞きたくなかった。

「彼等《かれら》には、何の罪もないんですよ」

あはは、乾《かわ》いた笑い声が吉岡《よしおか》から上がる。

「それがどうかしたの？　赤の他人より金を優先するのはヤクザとしては当たり前だよ？」

本当に、これが吉岡《よしおか》の本心なのか。不良から自分を守ってくれたり、委員長と漫才《まんざい》をしたりしていたあの吉岡《よしおか》は全部嘘《うそ》だったのか。

「委員長も雁屋《かりや》もアキちゃんも、生活を奪《うば》われて、家族と引《ひ》き離《はな》されて、奴隷《どれい》商人に連れていかれて、天王山《てんのうざん》の広告に晒《さら》されてしまうかもしれない。どこかの路上で、誰《だれ》にも知られず死んでいくかもしれない。それを、先生は今のように笑って見ていられるんですか」

惣次《そうじ》が生徒の名前を出した瞬間《しゅんかん》、吉岡《よしおか》は眉間《みけん》にしわを寄せ、口《くち》の端《はし》を甘く噛《か》む。それはまるで、何かの痛みに耐《た》えているかのように見えた。

「君、嫌《いや》な事を、言うね……」

吉岡《よしおか》の口から絞《しぼ》り出《だ》されたのは、弱々しい、掠《かす》れた声だ。それを見て惣次《そうじ》はハッとする。

――嘘《うそ》じゃない。学校で見せた教師としての姿は、嘘《うそ》じゃないんだ。

教師として生活するうちに、生徒に対して愛情が芽生えたのかもしれない。もしそうなら、サキシマを支配するのは彼女にとって辛《つら》い決断の筈《はず》だ。

説得できるかもしれない。生徒を犠牲《ぎせい》にするくらいなら、計画を変更《へんこう》すると、意志を曲げてくれるかもしれない。

「先生、銃《じゅう》を置いて、話し合いましょう。クラスの皆《みんな》が傷つかずに済む方法が、ある筈《はず》です」

「なら、笹川《ささがわ》はサキシマで商売《シノギ》をさせてくれるっていうの？」

「サキシマの人々に手出しをしないのなら」

普《ふ》通《つう》のヤクザが相手ならこんな譲歩《じょうほ》はしないだろう。だけど、ここでスイレンを殺され、吉岡《よしおか》と殺し合う事になるくらいなら、それも仕方ないとさえ思えた。

「……分かった。こちらも組長にかけあって穏便《おんびん》に済むよう、努力してみる」

吉岡《よしおか》は空いた方の手《ひ》でスマホをこちらに投げ捨てた。

「一先《ひとま》ず君は退くんだ。組の人間と話し合いがついたら、私からそのスマホに連絡《れんらく》を入れる」

それまでスイレンは人質《ひとじち》ということだろうか。とにかく、この場でスイレンが殺されるという最悪の事態は回避《かいひ》できた。吉岡《よしおか》とも戦わなくて済みそうだ。惣次《そうじ》は言われた通り、草むらに屈《かが》み込んでスマホを拾おうとした。

──銃《じゅう》を持った相手から視線を外す。それは惣次《そうじ》が犯《おか》したあまりにも初歩的なミス。心のどこかで、自分の恩師を信じていた。立場は変わっても、助けてくれる。そんな甘い考えが、あった。

吉岡《よしおか》の持っていた銃《じゅう》がスイレンから離《はな》れて、惣次《そうじ》へと向かう。

水平線に落ちていく夕日を背に、吉岡《よしおか》は切なげな声で呟《つぶや》いた。

「ボスの立てた計画は絶対なんだ。悪いが、君には死んでもらうよ」

スイレンがハッとして叫《さけ》んだ。

「コイツの目的は、お前と殺《さ》し違《ちが》えることや！」

素早《すばや》く拳銃《けんじゅう》を抜《ぬ》き、スイレンは吉岡《よしおか》の頭を撃《う》ち抜《ぬ》いた。

銃声《じゅうせい》が草の間を駆《か》け抜《ぬ》ける。大量の血が飛び散り、夕陽《ゆうひ》の赤に溶《と》けていった。

吉岡《よしおか》は頭から鮮血《せんけつ》を流しながら、膝《ひざ》を折り、紅《くれない》の草原に崩《くず》れ落《お》ちる。彼女の倒《たお》れた後、草の間から羽虫たちが逃《に》げるように舞い上がった。

「が、はあっ、あっ、くそっ」

当たり所が悪かったのか、吉岡《よしおか》にはまだ息がある。

「番狼《あなた》は、強、すぎる。下手を、すれば、その刃《やいば》は、組長に、届き、かねない。だから、この場で、殺す、はず、だったのに」

虫の息になった吉岡《よしおか》を、スイレンは悲し気に見下ろした。

「惣次《そうじ》を確実に殺すため、ずっと隙《すき》を窺《うかが》っとったんやな」

「長々と会話に応じたのは、俺を油断させるためか。生徒に対して見せた葛藤《かっとう》も、全部演技だったのか」

「いや、それは違《ちが》うと思うよ。見てみ、引き金から指離《はな》れとるやろ？」

確かに吉岡《よしおか》は銃把《じゅうは》を握《にぎ》りしめてはいるが、人差し指は引き金から離《はな》れている。

「なんやかんや言うても、生徒の惣次《オマエ》は殺せんかったんや。教師として過ごした経験が、最後の最後に覚悟《かくご》の足ひっぱったんよ」

やりきれない気持ちがこみあげてくる。教師の心を失っていないのであれば、この結末は回《かい》避《ひ》できたんじゃないのか、と。

ムラサキが吉岡《よしおか》に近寄り、首を左右に振《ふ》った。

「もう助からないネ。さっさと楽にスルヨロシ」

惣次《そうじ》は首を垂《こうべ》れ、静かに答えた。

「なら、最後は生徒《オレ》の手で、逝《い》かせてやりたい」

刀を拾い上げ、重い足取りで吉岡《よしおか》へと歩み寄る。これ以上、先生を苦しませるわけにはいかない。こうなってしまった以上、惣次《そうじ》に出来るのは苦しみの無い人生を与《あた》えてやることだけだ。

吉岡《よしおか》の背中に刃《やいば》を突《つ》き立《た》てる。手が震《ふる》えた。力が入らない。刺《さ》せないんだ。ヤクザじゃないから。この人は自分の先生だから。じわり目に涙《なみだ》が滲《にじ》んで前が見えなくなる。噛《か》みしめた唇《くちびる》の端《はし》から血が流れる。

躊躇《ためら》う惣次《そうじ》の耳に、吉岡《よしおか》のか細い声が聞こえた。

「笹川《ささがわ》……痛ぃ…………早く…………して……」

そうだ、躊躇《ためら》えば躊躇《ためら》う程《ほど》、この人を苦しめることになる。惣次《そうじ》は覚悟《かくご》を決めた。

「先生、行きます」

握《にぎ》りしめた柄《つか》に力を籠《こ》めると、刀は吉岡《よしおか》の体を貫《つらぬ》いた。体は一瞬《いっしゅん》硬直《こうちょく》したかと思うと、生きるという役目を終えて脱力《だつりょく》する。

吉岡《よしおか》は動かなくなった。

彼女の死を祝福するように、傷口から無数の羽根が能天気に舞《ま》う。

この羽根が消える頃《ころ》には、もう吉岡《よしおか》は吉岡《よしおか》ではない。わずかばかりの記憶《きおく》を抱《かか》えたまま、苦しみの無い世界を縦横無尽《じゅうおうむじん》に生きる幼女になるだろう。

そこに、教師としての尊厳《プライド》もヤクザとしての尊厳《プライド》も無い。惣次《そうじ》が殺したから。惣次《そうじ》が、自分の手で吉岡《よしおか》の全てを奪《うば》ってしまったから。

いつもなら、吉岡《よしおか》は幼女になる。泣き声を上げて、その後は無邪気《むじゃき》に草原を走り回っていただろう。

だけど違《ちが》った。

吉岡《よしおか》に刺《さ》さった〈慟哭《どうこく》〉の刃《やいば》が蒼《あお》い光を放つ。いつか見た、海のような深い深い青。驚《おど》く間もなく、惣次《そうじ》の耳に見知らぬ男の声が聞こえてきた。

『教師になりたいだと！　馬鹿なことを抜《ぬ》かすな！』

なんだこの声は。誰《だれ》だ？

『お前に自由があると思うな！』『分かるまで倉から出さん！』

視界にノイズが入り、男に殴《なぐ》られる少女の姿が見えた。暴力に次ぐ暴力。両親の死。叔父《おじ》を嫌《きら》い、生まれ故郷を離《はな》れ、オオサカの地を踏《ふ》んだ──そんな吉岡《よしおか》の半生がストロボのように瞬《また》いた。

「こ、これは、まさか」

斬《き》った人間の過去が見える。その現象が起こるのは二度目だった。

彼女の体は白い羽根と共に草むらに消える。

「だー、あえー」草の中から声がする。地面に突《つ》き立《た》てた刀の傍《かたわ》らに立ち上がったのは裸《はだか》の幼女だった。

幼女は親指を吸いながら、少し脅《おび》えたように惣次《そうじ》を見上げている。幼女の腕《うで》や首筋に、刺青《いれずみ》が赤く輝《かがや》いていた。それは彼岸花《ひがんばな》とカマキリの模様で、葉先やその先端《せんたん》を這《は》うカマキリの触覚《しょっかく》まで繊細《せんさい》かつ活《い》き活《い》きと描《えが》かれている。この状況《じょうきょう》に一番驚《おどろ》いたのはスイレンだった。

「なんやねん、コイツ。服着とらん上に、刺青《いれずみ》が光っとるぞ！」

「……同じだ。飯岡昭三《いいおかしょうぞう》が幼女になった時も、体に光る刺青《いれずみ》があった！」

「てことは、コイツ、ワシと同じ、特別な幼女か」

光る刺青《いれずみ》は徐々《じょじょ》に輝《かがや》きを失い、やがて皮膚《ひふ》に溶《と》けて見えなくなった。惣次《そうじ》は上着を脱《ぬ》ぎ、それで吉岡《よしおか》の体を包んで、その上から強く抱《だ》きしめる。

「痛い思いさせて、すいませんでした……」

思わず謝罪の言葉が口から出た。

「あー」

気の抜《ぬ》けた声が、吉岡《よしおか》から返ってくる。

「え、てことはソイツどないするんや」

「不死身じゃないから自力じゃ生きられない。だから俺が保護する」

「難儀《なんぎ》やなぁ」

幼女吉岡《よしおか》は、惣次《そうじ》の腕《うで》の中で眠《ねむ》ってしまった。彼女を抱《だ》きかかえたまま、空を仰《あお》ぐ。

茜《あかね》は西の水平線に追いやられ、頭上には深い藍色《あいいろ》が満ちている。

天頂に瞬《またた》く一番星を瞳《ひとみ》に映し、惣次《そうじ》は口を開いた。

「なあ、スイレン。日常って、こんなに一瞬《いっしゅん》で壊《こわ》れるもんなのかな」

惣次《そうじ》の観《み》る世界は変わってしまった。昨日までいた担任は消え去り、サキシマを守るはずの自警団は敵の側に回った。たった一日で平和の音は聞こえなくなった。

「暖炉《だんろ》荘《そう》の皆《みんな》を護《まも》るため、俺は、剣術《けんじゅつ》を覚えて強くなった。スイレンっていう、強力な味方もいる。だけど、それでも現実は、俺の大事なものを、取り上げようとする」

　明日には大切なものが一つ欠けているかもしれない。そんな恐怖《きょうふ》が、少年の胸に立ち込める。

「銃《じゅう》を向けられるのも、刃物《はもの》で斬《き》りつけられるのも怖《こわ》くない。でも、ウレハが、暖炉荘《だんろそう》の皆《みんな》が、父さんや母さんのようになることは、ものすごく、怖《こわ》い……」

「惣次《そうじ》……」

「父さんは顔面が吹《ふ》き飛《と》んでた。血まみれで、誰《だれ》だか分からなくなってて。母さんは腹に銃《じゅう》弾《だん》で穴開けられてさ、お腹《なか》にいた弟の名前叫《さけ》びながら、どんどん動かなくなっていって」

　スイレンは沈痛《ちんつう》な面《おも》持ちで顔を伏《ふ》せる。惣次《そうじ》の親が殺された時、飯岡組《いいおかぐみ》はサキシマで抗争《こうそう》の真っ最中だった。自分の部下が惣次《そうじ》の親を殺した可能性だってある。

　冷たい夜風に、髪《かみ》を流し、幼女スイレンは惣次《そうじ》に向かい合う。まるで喉《のど》に針が通っているかのように、苦しそうな表情で何かを躊躇《ためら》った後、ようやく口を開いた。

「――なあ惣次《そうじ》。組を作れへんか？」

　その言葉が鼓膜《こまく》に染《し》み込んで心に流れても、理解するには相当な時間がかかった。

「どういう、意味？」

「お前が組を作った方が皆《みんな》を守りやすい。人二人が守ってるよりも、人を集めて組が守ってると宣伝した方が、相手は尻込《しりご》みするんや。ヤクザは名前を売る稼業《かぎょう》やからな」

理解はできるが、ヤクザに両親を殺された惣次《そうじ》にとって「はいそうですか」と言えるような話じゃない。

「ご、ごめん。その提案は受け入れられない」

断ると同時に、ある疑問が浮《う》かんだ。

——もしかしてスイレンは、組を再興するため、惣次《そうじ》を利用してるのではないか？

信じたくはないが、彼女が惣次《そうじ》に寄《よ》り添《そ》うことの説明にはなる。

妖刀《ようとう》の力があれば、より強固な地盤《じばん》の組織を作れるだろう。かつて組織を滅《ほろ》ぼした者であっても、寄《よ》り添《そ》う動機にはなる。ヤクザを憎《にく》む惣次《そうじ》にこんな提案をする理由にもなった。

スイレンは再びヤクザの組長になりたい。そう考えれば、全ての行動に辻褄《つじつま》があってしまう。

「そうか。まあ選択肢《せんたくし》の一つとしては考えといてくれや」

そう言ったスイレンの顔が、少し残念そうに見えたのは気のせいだろうか。

黒くなりゆく夜空。冷たくなる風。

海の騒《ざわ》めき。

こうして、激動の一日は、小さな疑念を残して終わった。

三章　狂乱の交響曲

その日の夕焼けは、暗黒都市オオサカをわざとらしい赤に染め上げていた。

とある場所のとある廃《はい》ビル。断熱材が剝《む》き出《だ》しになったその部屋には、真っ赤な、真っ赤な光が差し込んでいる。

鹿野目組若頭《かやもくみわかがしら》、熊江兼光《くまえかねみつ》はここにある男がいるという情報を摑《つか》んだ。

その名は埋呉《つちくれ》。髄龍組《ずいりゅうぐみ》の組長である。熊江《くまえ》はこの埋呉《つちくれ》を殺害するため、二〇人もの部下を選抜《せんばつ》し、一人一人に自動小銃《しょうじゅう》を持たせた。敵は一人、此方《こちら》は熊江《くまえ》含《ふく》めて二一人。負けるはずがない。そう確信して埋呉《つちくれ》を襲撃《しゅうげき》した。

交戦はたったの三分で終わった。累々《るいるい》と横たわる二〇の男達。床《ゆか》にぶちまけられた鮮血《せんけつ》と散らばる空薬莢《やっきょう》。熊江兼光《くまえかねみつ》は脚《あし》を撃《う》ち抜《ぬ》かれ、立つこともままならず跪《ひざまず》いていた。

「そんな、わ、わいの兵隊が、たった一人の男に……」

熊江《くまえ》の声は震《ふる》えていた。そんな彼を見下ろす一人の男。窓から差し込む深紅《しんく》の逆光に、その体は黒ずんでいた。

この男が埋呉《つちくれ》。たった一人で、熊江《くまえ》率いる二〇のヤクザを、粉砕した男。跪《ひざまず》く熊江《くまえ》を前に、埋呉《つちくれ》は言葉をかける。重い声。まるで、鉛《なまり》のように、重い重い声。

「熊江《くまえ》兼光《かねみつ》。その指に魂《たましい》を込《こ》めろ。貴様がすべきなのは祈《いの》ることではなく、引く、ことだ」

何を思ったのか、自動拳銃《けんじゅう》を取り出し、熊江《くまえ》に銃把《じゅうは》を差し出した。

「好きにしろ。事を成せば、乱世貫《つらぬ》く弾丸《だんがん》として貴様を迎《むか》え入《い》れてやる」

熊江《くまえ》は呆然《ぼうぜん》とした。こいつは一体何を考えているのだ。敵対する組織の組員に銃《じゅう》を握《にぎ》らせ好きにしろ、だと？　頭がおかしいのか。だが、それなら、こちらにとっては好都合だ。

「埋呉《つちくれ》、一つ教えといたる。酔狂《すいきょう》は身を滅《ほろ》ぼすんや。親分にお前の首持っていくで！」

熊江《くまえ》の指が引き金を引いた。銃声《じゅうせい》が轟《とどろ》き、硝煙《しょうえん》が上る。

「聞こえたか、熊江《くまえ》兼光《かねみつ》」

嘘《うそ》だ。なんで、なんで無傷なんだ。

「部品《シアースプリング》が動く音、部品《ハンマー》が部品《雷管》を叩《たた》く音、部品《エキストラクター》に薬莢《やっきょう》がかかる音、部品《スライド》が部品《フレーム》に擦《こす》れる音、そして、哲学の声《トリガー》を」

熊江《くまえ》は髪《かみ》を掴《つか》まれ首筋に刃《やいば》を押し当てられた。人の胴体《どうたい》をも一太刀《ひとたち》で切れそうな長い長い刃《やいば》。

「お前の引き金からは何も感じなかった。知恵《ちえ》も、覚悟《かくご》も、魂《たましい》も」

「ひ、ひぃぃ！　ば、ばばばばバケモンや！」

「貴様はその引き金で人生の価値を落とした。雑魚《ざこ》は雑魚《ざこ》らしく雑魚《ざこ》の本懐《ほんかい》を遂《と》げて死ね」

刃《やいば》が引かれると、熊江《くまえ》の首は血を撒《ま》いて胴体《どうたい》から離《はな》れた。埋呉《つちくれ》は、滴《したた》り落《お》ちる血を左手で掬《すく》い取《と》る。次の瞬間《しゅんかん》、錬金術《れんきんじゅつ》のように掌《てのひら》から大量の金属弾丸《だんがん》がこぼれた。

「人々の首が転《こうべ》ぶのを見よ。高き篳篥《ひちりき》の音に鼠《ねずみ》は出《いず》る――部品達よ、戦争の時は近いぞ」

どこからともなく、黒いスーツ姿の弟分達が赤く染まった室内にはせ参じた。鶴翼《かくよく》の如《ごと》く整列する彼らの中央に埋呉《つちくれ》は立つ。赤い赤い部屋の中に、黒く黒く佇《たたず》む異様の集団。

「覚悟《かくご》は撃鉄《げきてつ》を起こしたか？　拳銃《けんじゅう》は受胎《じゅたい》を済ませたか？　獣《けもの》が悲鳴を上げる間もなく、その命を燃やし尽《つ》くそう。その果てにサキシマという畑が待っている」

サキシマ北西、風車塔《とう》の周辺には植林された木々が生い茂《しげ》っている。かつては花鳥園《かちょうえん》と呼ばれていた場所で、今も鳥や海獣《かいじゅう》の住処《すみか》になっていた。

朝靄《あさもや》立ち込める木々の中に二人の影《かげ》がある。一人は惣次《そうじ》。もう一人は記者の高畑《たかはた》だった。

高畑《たかはた》の見た目は三十代後半。くたびれたトレンチコートと深くかぶったハンチングが彼のトレードマークだった。彼と出会ったのは二年前。飯岡組《いいおかぐみ》の子分に指を切られそうになっているところを惣次《そうじ》が助けた。以来、その優《すぐ》れた情報収集能力で惣次《そうじ》を支援《しえん》してくれている。今日高《たか》畑《はた》を呼んだのも、情報収集のためだ。靄《もや》の中に、高畑《たかはた》の声が響《ひび》く。

「たしか今日は、髄龍組《ずいりゅうぐみ》について聞きたいんだったな？」

「は……はい。高畑《たかはた》さんは、何か、知っていますか？」

「なんとかエッセイが書ける程度に、としか言えんな」

高畑《たかはた》はハンチング帽《ぼう》を脱《ぬ》いで、うっとうしそうに髪《かみ》をかきあげる。蒸《む》れるなら帽子《ぼうし》を脱《ぬ》いだままにすればいいのに、と思う惣次《そうじ》だが、愛着があるのでそれは難しいらしい。

「髄龍組《ずいりゆうぐみ》は謎《なぞ》の多い組織だ。まず、事務所の場所が知られていない」

「事務所の場所が、知られてない？　高畑《たかはた》さんでも、分からないんですか？」

「俺どころか、奴《やつ》らと敵対しているヤクザですら知らんぞ。オオサカのどこかにあるのは間違《まちが》いないが、それを見たという奴《やつ》には会ったことがない」

事務所の場所さえ分かれば、攻《せ》めることもできたのだが。そう都合よくはいかないみたいだ。

「他にも不気味な噂《うわさ》の絶えない組織で、戦った相手は死体すらも消えると言われている。丁度先日、鹿野目《かやも》組の若頭《わかがしら》が髄龍組《ずいりゆうぐみ》の人間を襲《おそ》いに行って消息を絶ったばかりだ」

「鹿野目組《かやもぐみ》って、あのユメシマのヤクザですか？」

「そうだ。連中も髄龍組《ずいりゆうぐみ》と最近仲が悪いらしくてな。髄龍組《ずいりゆうぐみ》が本腰《ほんごし》を入れてサキシマに侵攻《しんこう》しないのは、おそらく鹿野目組《かやもぐみ》が防波堤《ぼうはてい》になってるからだろう」

そういえばムラサキは、抗争を避けてサキシマに移ったらしい。

「逆に言えば、彼等《かれら》が壊滅《かいめつ》すれば、髄龍組《ずいりゆうぐみ》はサキシマに集中できるってことですね」

「ああ。鹿野目《かやも》の組長は番狼《オマエ》と協力したがっているらしいぞ。敵の敵は味方ってやつだ」

「す、すいません。ヤクザと協力するのは、ちょっと……」

「そう言うと思ったよ。まあ、気が変わったら俺に連絡《れんらく》をくれ。鹿野目組《かやもぐみ》には何人か知り合いがいるから、窓口にはなれる」

「ありがとうございます」

一応選択肢《せんたくし》には入れておこう。

「それで、君はどうするつもりだ」

「髄龍組《ずいりゅうぐみ》の事務所を奇襲《きしゅう》します。このまま守りに回るのは不利ですし」

「それもそうだが、どうやって事務所の場所を突《つ》き止《と》めるんだ？」

「一応、こっちにも当てがあります。確実とは言えないですが、上手《うま》くいけば事務所の場所も分かります」

「そうか。俺は俺で髄龍組《ずいりゅうぐみ》についてもう少し調べてみる。天王山《てんのうざん》に行けば尻尾《しっぽ》くらいは摑《つか》めるかもしれん」

天王山《てんのうざん》？　惣次《そうじ》は表情を硬《かた》くする。

「や、止めた方がいいです。あそこは、外の人間が安易に踏《ふ》み込んでいい場所じゃない」

「飯岡組《いいおかぐみ》を壊滅《かいめつ》させた君が言うのだから、よほどとんでもない場所なのだろうな」

「実際にあそこの空気に肌《はだ》で触《ふ》れて分かったんです。あの場所は俺達の常識が通じません」

「危険は百も承知。だが、お前に助けてもらった恩もある。ここは少々危険を冒《おか》してでも、記者の経験を活《い》かす場面だ」

「少しでも危ないと思ったら逃《に》げてください。これは絶対です」

「俺だって修羅場《しゅらば》は潜《くぐ》ってきた。上手《うま》くやってみせるよ」

　ハンチング帽《ぼう》を指で回して頭にかぶり、高畑《たかはた》は靄《もや》の中へと歩き出す。

　高畑《たかはた》とはもう二年の付き合いになる。ヤクザ専門の雑誌記者と聞いた時はあまりいい印象を持てなかったが、今は頼《たよ》りがいのある仲間のような存在になっていた。

「死んで悲しまない訳ないいんだ。気を付けて、高畑《たかはた》さん」

　惣次《そうじ》は深い靄《もや》に向かって小さく手を振《ふ》った。


　高畑《たかはた》と別れた日の昼、惣次《そうじ》は学校を早退して暖炉荘《だんろそう》へと足を運んだ。ここに髄龍組《ずいりゆうぐみ》の情報を握《にぎ》る鍵《かぎ》があった。高畑《たかはた》の話によれば、髄龍組《ずいりゆうぐみ》の強みは組の情報が殆《ほとん》ど知られていない事だ。こちらが組を潰《つぶ》したくても、事務所がどこにあるか分からないから攻《せ》めようがない。そんな摑《つか》みどころのない組を知《し》り尽《つ》くした人物。それが鍵《かぎ》だった。

　食堂に行くと、ウレハとセーラー服を着た幼女が向かい合わせで座っている。

　ウレハは、ミケ猫《ねこ》のもふもふパペットを巧《たく》みに操《あやつ》り、幼女の視線を釘付《くぎづ》けにしていた。

「ミケ猫《ねこ》のミーちゃんはもう、おねむの時間。さいごに皆《みんな》に挨拶《あいさつ》しましょうね」

　芝居《しばい》がかった優《やさ》しい声で、ネコのパペットを幼女に近づけていく。

「おやすみなさい。はい、タッチ」

　ネコさんが右手を差し出す。それに幼女は右手で触《ふ》れた。

「たっちー」「ありがとう！」

ネコさんは両手をぴこぴこさせて喜ぶ。

その様子を見ていた惣次《そうじ》にウレハが気付いた。

「あ、惣次《そうじ》君もたっち！」

ウレハはニッコリ笑って猫《ねこ》を差し出してくる。その無邪気《むじゃき》さに心を奪《うば》われながら、惣次《そうじ》はとっさに人差し指で肉球をついた。

「た、たっち」「ありがとう！」

パペットは両手をむにむに動かして喜んだ。

「皆《みんな》、今日も遊んでくれてありがとう。それじゃ、おやすみなさい」

さっとパペットを後ろに隠《かく》す。

「おーしーまいっ。さあ、ヒガンちゃん、後ろを見てごらん」

幼女は惣次《そうじ》を見るなり、にぱっ、と笑う。

「ささあーうー！　抱《だ》っお」

両手を「むー」と伸《の》ばして抱《だ》っこを強要する。惣次《そうじ》が手を差し出すと首に飛びついてきた。

「先せ……ヒガン、重いよ」

この幼女の名前は笹川《ささがわ》ヒガン。少し前まで惣次《そうじ》の担任だった。幼女になってからは、惣次《そうじ》の家で暮らしている。惣次《そうじ》が通学している昼間はウレハと一緒《いっしょ》だった。

「むーむー」

ヒガンは抱《だ》っこされたまま惣次《そうじ》の胸に頬《ほお》をすりすりする。以前の吉岡《よしおか》先生とは似ても似つかない甘えたさんになってしまった。

「やー、さささあーうー、さささあーうー」

抱《だ》き付《つ》いたまま、器用に背中へと回って肩《かた》にぶら下がってくる。自然と惣次《そうじ》がおぶさるような形になってしまった。その様子をウレハは「かわいいですねぇ」と見守っていた。

「ウ、ウレハ、妹の面倒《めんどう》見てくれて、えっと、ありがとう……」

「ふふ。こっちも楽しかったです。最初は寂《さび》しかったのか、惣次《そうじ》君の名前を呼んで泣いちゃったんですよ？　でも、少しずつここにも慣れてきて、やっと仲良くなれました」

「色々ご迷惑《めいわく》をかけて、ごめん」

「あー、あい？」

ヒガンが心配そうに声を出すので背中をゆすってあやす。

「あ、違《ちが》う。迷惑《めいわく》じゃないよ。ウレハ、ヒガンと一緒《いっしょ》で、楽しかったって」

ににな－、とヒガンに笑顔《えがお》が戻《もど》った。

「惣次《そうじ》君も大変ですね。まだ妹さんがいたなんて」

「正確には従妹《いとこ》だけど、ね」

「やー！」

ヒガンは惣次《そうじ》の後頭部をぺちぺちする。

「ち、ちなみに、一緒《いっしょ》に遊んでみて、どうだった？」

「うーん。発語《はつご》はできないけど、こっちの言葉は入ってるし、マッチングとかもできたから特別に何かする必要はないかなぁ。スイレンちゃんの時と違《ちが》って、体力は高くないみたい。逆に、手先は凄《すご》く器用でした。排泄《はいせつ》も自立してるけど、念のためパッド持っていってください」

ウレハは子供を育てる傍《かたわ》ら、教育関係の本を読んだり教師の研修にも顔を出しているので、子供を見る目は確かだった。

「手先が器用か……」

ヒガンが吉岡《よしおか》先生だった頃《ころ》はプラモデルが好きだった。もしかしたら、幼女になる前の特技がそのまま引《ひ》き継《つ》がれているのかもしれない。

「惣次《そうじ》君に注意してほしいのが、指導が入りやすすぎるってことですね」

「入りやすすぎる？」

「うん。ちょっと咎《とが》める程度でも凄《すご》く動揺《どうよう》するから、極力怒《おこ》らない方がいいと思います。本当にダメなことをした時でも、目を見て、めっ、って言うだけでも十分。自己肯定《こうてい》感も凄《すご》く低いから、良《い》い事をした時はがっつり褒《ほ》めちゃいましょう」

「怒《おこ》り過ぎない、褒《ほ》めた方がいい、だね。わかった」

逆にスイレンの時は「かなり強く叱《しか》らないとダメ」と言われていた。実際、泣くくらい怒《おこ》らないと問題行動をやめてくれなかったのを思い出す。

「スイレンの時ほど、苦労はしないかな」

「あの子は元気でしたもんね～。私怒《おこ》るの苦手だから本当に大変でした」

「ウレハ、子供叱《しか》る時も目が優《やさ》しいから。ぷんすか、って擬音《ぎおん》が聞こえてきそう」

からかわれたと感じたのか、ウレハは口をへの字にした。

「むっ、私だってイーッてなる時はありますよー」

イーッという擬音《ぎおん》が既《すで》に牧歌的だ。よく考えれば、ウレハが本気で怒《おこ》ったのを見たことがない。子供を叱《しか》る時も、怖《こわ》がらせるのではなく話術で丸め込む。

一体この人が本気で怒《おこ》ったらどうなるのだろう。少し気になる惣次《そうじ》だった。

「じゃ、この後スイレンと会うから、そろそろ帰るね」

「気をつけて。最近物騒《ぶっそう》だって、自警団の人が言ってましたから」

惣次《そうじ》はチラと、壁《かべ》に張られたポスターを見た。

〔番狼《バンロウ》の情報求ム！〕

自警団が作ったポスターは厚みのある力強いフォントで番狼《バンロウ》の情報提供を訴《うった》えている。刀を持った鬼《おに》のシルエットの横にはこう書かれていた。

〔団員二名を殺害し逃走《とうそう》中！〕

団員二名、とは銃《じゅう》の保管庫で吉岡《よしおか》先生を撃《う》ったあの二人だ。あの日の翌日、死体となって発見された。若頭《よしおか》を傷つけた罪で他の団員か髄龍組《ずいりゅうぐみ》のヤクザに粛清《しゅくせい》されたのだろう。

　オオサカのヤクザがサキシマを狙《ねら》っている事も、自警団にヤクザの手が回っている事も知らない一般《いっぱん》市民は、「番狼《バンロウ》が自警団を殺した」という発表を鵜飲《うの》みにしている。

「番狼《バンロウ》は市民の味方だ、って声もありますけど、私はやっぱり嫌《きら》いです」

（うっ）

「子供達の中には、番狼《バンロウ》に親を殺された子もいますから……」

　勿論《もちろん》誤解だ。たしかに、そういう目撃《もくげき》情報はある。現場にいるのは幼女と犠牲《ぎせい》者と刀を持った男なので、大抵目撃《たいていもくげき》者は惣次《そうじ》を加害者と断定してしまう。誤解するのは仕方ないと思いつつ、ウレハから出た「嫌《きら》い」という言葉に死ぬ程《ほど》落ち込む惣次《そうじ》だった。

　話が長引いたせいか、背中のヒガンが眠《ねむ》そうに声を出す。

「うぃあー」

「あ、ゴメン。ずっと話しこんじゃった」

　すかさず、ウレハがヒガンの頭を撫《な》でて優《やさ》しい声を出した。

「ずっと我慢《がまん》してたの偉《えら》いね。よしよし」

　なるほど、こうやって細かく褒《ほ》めて関係性を作ればいいのか、と惣次《そうじ》は感心する。

「うーん」

　ヒガンの頭をなでなでしていたウレハの手が止まる。

「どう、したの？」

「……この子、どこかで会った気がするんですよね」

「さ、さあ、気のせいじゃないかな……」

つい最近この三人で面談をした、なんて言えるわけがなかった。

惣次《そうじ》ですら、この子が自分の担任だと完全に受け入れられてはいない。本当に、ああすべきだったのか、今でもまだ悩《なや》んでいる。

ヒガンを見つめる惣次《そうじ》の視線は、どこか物憂《ものう》げだった。そんな惣次《そうじ》のほっぺを、ウレハは人差し指でつっついた。

「ぷにぷに」

「わわわ、いきなり、何！」

「いや、惣次《そうじ》君が元気なさそうだったから。……もしかして何かありました？」

やっぱりウレハは鋭《するど》い。こっちは心配させないように気を付けていたつもりだったのに。

「三年前、暖炉荘《こ こ》を離《はな》れる時もそんな顔をしていた気がします」

まるでこちらの感情が伝染《でんせん》したように、ウレハの表情が切なげになる。

「惣次《そうじ》君、これ以上、遠くに行ったりしないですよね？」

大丈夫《だいじょうぶ》です。そう言いたかった。だけど、現実は惣次《そうじ》の想像を超《こ》えて揺《ゆ》れ動《うご》く。

口を一文字に引き結んで黙《だま》る事しか出来ないのが、情けなかった。

風車塔《とう》の居間は、吉岡《よしおか》の自宅から持ち込んだプラモデルの箱などでいつもより狭苦《せまくる》しい。

ヒガンは戦車の模型を手に取るとそれを目の前でかちゃかちゃして遊んでいた。

「あー、あー、しょーとぶぅ、おいおーう」

意味不明なことを口にするヒガンを、スイレンが腕組《うでぐ》みをして見下ろしている。

「この赤《あか》ん坊《ぼう》並みの知能しかない幼女が、髄龍組《ずいりゅうぐみ》の鍵《かぎ》って、ほんまかいな」

「精神が新しい肉体に、馴染《なじ》んで、言葉を喋《しゃべ》れるようになったら髄龍組《ずいりゅうぐみ》の情報を聞き出せる。連中の居場所さえ分かれば、こちらから攻《せ》めることだってできるだろ？」

「お前にしちゃ、ちゃんとした理屈《りくつ》やな。言葉を喋《しゃべ》るまでの期間は？」

「三カ月」

「遅《おそ》いな。いや、赤《あか》ん坊《ぼう》やったらありえへんくらい早いけど」

「スイレンの時は最初どうしたらいいか、分からなかったから、自由にさせていたんだ。でも、ウレハの提案でたくさん話しかけたり、お勉強したり、外で遊ぶ回数増やしたらどんどんできることが増えていった」

「ほー、なるほどー。つまりこっちが関われば関わるほど成長は早くなるってことかいな」

子供が親の背中を見て育つように、「特別な幼女」達も惣次《そうじ》達から多くを学びながら記憶《きおく》を取《と》り戻《もど》していく。人生の殆《ほとん》どを殺しに費《つい》やしたスイレンが、普通《ふつう》に生活できているのもこの期間にウレハや惣次《そうじ》から色々と教えられたからだった。

「……なあ惣次《そうじ》、最前から気になってたけど、もしかしてワシの時もあんな感じやったんか？」

惣次《そうじ》は何も言わず、スマホを操作する。画面には、暖炉荘《だんろそう》の食堂で椅子《いす》に座るスイレンと、ホウレン草の盛られたスプーンを近づけるウレハが映っていた。

『スイレンちゃん、好《す》き嫌《きら》いしちゃダメですよ』

『んー！』

スイレンはプイっと頰《ほお》を背《そむ》けて、いやいやをする。

『ほら、この一口食べたらデザート食べていいですから』

『んーやー！』

いやいやするあまり思い切り体を反った。その勢いで後ろの柱に頭をガンとぶつけてしまう。

『あああああぁあああぁ、ないないないなー！』

意味不明な語彙《ごい》を発しつつ、スイレンは力いっぱい泣《な》き叫《さけ》ぶ。とんでもないエネルギーだ。

『あー、大丈夫《だいじょうぶ》？　ほら、よしよし』

ウレハに抱《だ》きかかえられたスイレンは「むゅー」と撮影者《さつえい》の方に手を伸《の》ばす。

『お兄ちゃんの方がいいの？　はい、惣次《そうじ》君。だっこチェンジ』

『しょうがないな。おいで、スイレン』

そこで動画は途切《とぎ》れた。

「……」

スイレンは林檎《りんご》のように顔を真っ赤にして、ぼそりと一言。

「……消せ」

「嫌《や》」

「消せやああああああああぁ！」

とびかかって来たので、そうはさせるかと立ち上がってスマホを頭上に掲《かか》げた。

「あーかーんーで！　あーかーんーで！」

スマホを奪《うば》おうとぴょんぴょんするスイレン。だけど身長が身長なので全然届かない。何度か頑張《がんば》った後、「う～」と柴犬《しばけん》のように唸《うな》る。その目にぶわっと涙《なみだ》が浮《う》かんだ。

「ずっこいずっこい！　ずっこいわお前！」

「可愛《かわい》いからいいじゃん！」

「可愛《かわい》いの禁止！　こんなもん他の誰《だれ》かに見られたら死んでまうわ！」

本当は可愛《かわい》いの好きな癖《くせ》に。

「……それはともかく、俺、昼間は学校とバイトがあるから、ヒガンの面倒《めんどう》を見れない」

「何が言いたい？」

「だから、スイレンを、ヒガンの教育係に任命しようと思うんだ」

人事を告げた瞬間《しゅんかん》、スイレンはくわっと目を見開いて叫《さけ》んだ。

「いやいやいや！　アホか！　なんでワシがそんな真似《まね》せなあかんねん。アホな親みたいに上手だよー、とか、すごーい、とか気持ち悪い声色《こわいろ》使うのなんか、虫唾《むしず》の有馬記念《ありまきねん》や！」

「幼児教育に憎悪《ぞうお》持ちすぎじゃない？」

親の愛に触《ふ》れてこなかったスイレンが、教育に偏見《へんけん》を持つのは仕方ないのかもしれない。

「とにかく、無理のない範囲《はんい》で面倒《めんどう》みてやってくれ。ウレハが言ってたけど、強い指導は禁止な。殴《なぐ》るとか、大声でがなり立てるとか」

スイレンはちゃぶ台の上に腰《こし》を下ろし、膝《ひざ》を立てた。拳《こぶし》をちゃぶ台に突き立《た》て、憤怒《ふんぬ》の形相で惣次《そうじ》を睨《にら》みつける。

「惣次《そうじ》、コイツは髄龍組《ずいりゅうぐみ》の若頭《わかがしら》や。敵対してる組の若頭《わかがしら》に、情をくれてやる必要がどこにある？　悪いけど、そんな甘っちょろい指導をするつもりはない。さっきも言うたけどな、幼稚《ようち》園《えん》ごっこするのは流儀《りゅうぎ》に反するんや」

その双眸《そうぼう》に宿るのは、飯岡昭三《いいおかしょうぞう》が培《つちか》ってきた家族への憎悪《ぞうお》と髄龍組《ずいりゅうぐみ》への反抗《はんこう》心だった。威《い》圧《あつ》感に脅《おび》えたヒガンはカーテンに包《くる》まり、顔だけ出してビクビクしている。

「子供好きの惣次《オマエ》は嫌《いや》がるかもしれんが、コイツにはヤクザの流儀《りゅうぎ》で、居場所を吐《は》かせたる」

その目つきも声も、百戦錬磨《ひゃくせんれんま》の惣次《そうじ》ですら寒気を感じた。この幼女は、時折可愛《かわい》らしい素《そ》振《ぶ》りを見せても、本質は飯岡昭三《いいおかしょうぞう》なのだ。そんな彼女に、いきなり母親のように振《ふ》る舞《ま》えというのは、無理な話なのかもしれない。

　そして二週間が経《た》った。放課後、惣次《そうじ》はバイトに行く前にスイレンとヒガンの様子を見る為《ため》風車塔《とう》に足を運ぶ。玄関《げんかん》の扉《とびら》を開けるなり、スイレンの甘ったるい声が聞こえてきた。

「はーい、ヒガン、最後のお勉強やでぇ」

　居間に行くと、スイレンはニッコニコ笑顔《えがお》で、ラッコの写真をヒガンに見せていた。

「さあ、これはなあに♪」

「らっよ！」

「すごーい！　促音《そくおん》とラ行の発音完璧《かんぺき》やーん！」

　ヒガンをぎゅっと抱《だ》きしめ、頭をわしゃわしゃする。

「きゃー」

　ヒガンもスイレンの腕《うで》の中で、小鳥のような声を出して喜んだ。ぎゅっと肌《はだ》を密着させる二人の幼女は、どちらも幸せそうに笑っている。

「ではこれで今日のお勉強はおしまいや。今日も頑張《がんば》ったからたくさん遊ぼうなー」

　スイレンはヒガンを後ろから抱《かか》え、ちゃぶ台の上でくるくると回った。

「ほーら遊園地みたいやろー、行ったことないけど」

「あはっあははは」

　ひとしきりヒガンを喜ばせた後、そのまま抱《かか》え込んで畳《たたみ》に転がってまた頭をわしわしする。

「ほんまお前は賢《かしこ》いなぁ！　賢《かしこ》いなぁ！　何をやらせても上手やなぁ」

「やー！」

幼女と戯《たわむ》れる幼女を、惣次《そうじ》はジトっとした目で見下ろしていた。

「おー、惣次《そうじ》おかえりー」「おあえりー」

「……おかえり」

「なんや、浮《う》かん顔して」

「べつに」

因《ちな》みにスイレンは一日目で既《すで》に甘々だった。それでも最初は抑《おさ》えていたが、だんだんと自制が利かなくなり、一週間後にはデレデレモードに突入《とつにゅう》。以来ずっとこんな感じだ。正直、その辺の親御《おやご》さんよりも遥《はる》かに甘い。

「ねえ、スイレン。ヤクザの流儀《りゅうぎ》で居場所を、吐《は》かせたりしないの？」

「あほ！　この子にそんな真似《まね》するとか、お前どんな冷血人間や」

二週間前の自分の台詞《せりふ》覚えてる？

よく考えたらスイレンは可愛《かわい》いモノ好きだ。本人は頑《かたく》なに否定するけど。だから、ヤクザの流儀《りゅうぎ》云々《うんぬん》は意地を張っただけなのかもしれない。実に面倒《めんどう》くさい奴《やつ》だ。

「で、どれくらい進んだの？」

惣次《そうじ》が尋《たず》ねると、キラーンと目尻《めじり》から謎《なぞ》の光を放ち、ドヤ顔を作る。

「ふふふ、それを聞いちゃいますか」

「あんまり、もったいぶらないでくれる？」

「発音以外は完璧《かんぺき》！　生徒の写真見せたら、なんとなく名前言ってたから記憶《きおく》も戻《もど》り始めとる」

「すごい！　スイレンの時よりも、成長のスピードが遥《はる》かに早い」

「せやろ。でも、課題の発音はまだまだやな。特にカ行」

「喉《のど》の奥で発声する癖《くせ》が、あるのかも。何言ってるのかは分かるから、記《き》憶《おく》の回復を優先して言葉は後回しでもいいと思うよ」

「アカン！」

「はい？」

「ヒガンこんなに頑張《がんば》ってるんやから、はよカ行言えるようにさせたりたい。なー」

「なー」

一緒《いっしょ》に首を傾《かたむ》ける二人。もう完全にスイレンはヒガンの虜《とりこ》だ。

「確かに本人が頑張《がんば》ってるなら、尊重してあげるべきかも」

「せやせや。こんだけ賢《かしこ》かったら、ゆくゆくは組長になれるで！」

組長。スイレンが何気なく口に出した言葉が、惣次《そうじ》の胸に引っかかる。

「惣次《そうじ》、今度は外で遊ばせよや」

「あ、ああ」

スイレンは可愛《かわい》いもの好きだ。だからヒガンに情が移ったのだろう。決して、自分の組を再興させるためじゃない。そう自分に言い聞かせ、惣次《そうじ》は外に出た。


風車塔《とう》すぐ近くの草原に、ヒガンの楽しそうな声が響《ひび》き渡《わた》っていた。

惣次《そうじ》が、ゴムまりを投げると、ヒガンはきゃっきゃと笑い、腕《うで》をぐるんぐるん回してゴムまりを追いかける。そしてボールを抱《かか》え上《あ》げ、こちらに向かって遠投した。

「よしよし、腰《こし》の使い方も上手になってきたね。体力もかなり上がってる」

「やいやー」

てけてけと、ヒガンはせわしなく足を動かして走ってくる。体の使い方はまだまだ、だけど身体能力そのものは小学校高学年くらいの水準に達していた。

ヒガンは「ほえー」と惣次《そうじ》を見上げている。

「肩《かた》の使い方、上手だったよ。もっとたくさん遊んでいっぱい動こうね」

「ういー。かた、じょうずー」

スイレンと惣次《そうじ》は顔を見合わせる。

「今、」「肩《かた》って言うたな」

今まで使えなかったカ行の音だ。

「先生、もう一度言ってみて」

「か、か、？」

「そうそれ！」「完璧《かんぺき》にか言えとる」

「か、かまいり」

「カマイリ？」「カマキリのことか？　どこにおんねん」

それは突然《とつぜん》起こった。ヒガンは腰《こし》を折り、苦しそうに呻《うめ》きだす。

「うううぅ」

「おい！　急にどないしたんや！　惣次《そうじ》の作った飯でも食ったんか」

ヒガンの皮膚《ひふ》にあの彼岸花《ひがんばな》の刺青《いれずみ》が浮《う》かび上《あ》がる。

げぼ。吐《は》き出《だ》されたのは白色の粘液《ねんえき》だった。粘液《ねんえき》はしばらくすると灰色に変色して硬《かた》くなる。

「なんやこれ」「分からない。てか、どさくさに紛《まぎ》れて俺に酷《ひど》いこと言わなかった？」

この粘液《ねんえき》に特殊《とくしゅ》な効果があるのだろうか。だけど見た感じ周囲の草が汚染《おせん》されたり溶《と》けている様子はない。左手で触《さわ》ろうとした瞬間《しゅんかん》、粘液《ねんえき》がピクリと動いた。

「うわ！」「なんや動きよったで！」

粘液《ねんえき》に亀裂《きれつ》が走ったかと思うと、その中から黒い虫が這《は》い出《だ》してきた。二〇センチ程の大きさで、芋虫《いもむし》のような体節がある。先端《せんたん》には真っ赤に光る眼《め》が見て取れた。虫は、畳《たた》んであった羽や足をゆっくりと広げていく。細長い首と、大きな腹、そして大きな鎌《かま》。

「カマキリだ」

それは500mlペットボトル程《ほど》の体格を持つ大きなカマキリだった。全身はくすんだ黒色で、鉄のような質感がある。一匹《びき》、また一匹《びき》とカマキリが粘液《ねんえき》から生まれてくる。最終的に四匹《ひき》のカマキリがヒガンの足元に集まった。

「金属のカマキリだ」「こらまた、けったいやな」

ヒガンはケロリとした顔でカマキリ達を見下ろしている。ヒガンの体に悪影響《あくえいきょう》はないようで惣次《そうじ》はホッとした。

「かまいり！　かまいり！」

カは言えても「キ」は言えないのでどうもしまりがない。

カマキリ達はヒガンを主だと認識《にんしき》しているらしく、彼女の肩《かた》や頭に上って居心地《いごこち》良《よ》さそうに体を揺《ゆ》らしたり鎌《かま》を舐《な》めたりしている。

「おえかいー」

ヒガンが号令を出すと、一匹《ぴき》のカマキリが鎌《かま》を変形させた。腕《うで》の先端《せんたん》は立体映像の映写機になっていて、そこから複雑な図面が描《えが》かれていく。

「なんやこれ。設計図か？　ハイテクやな」

複雑な化学式や配線図、それに見たこともない部品が次から次へと映し出された。

「わざわざこれを、俺達に見せるってことは何か意味があるのかな？　例えば、髄龍組《ずいりゅうぐみ》に関する何かとかさ……」

「うーん、そもそもこれが何なのか分からんからな」

二人ともこの手のメカメカしいものには明るくない。

「なあ惣次《そうじ》、専門家に見せた方がいいんちゃうか」

「専門家、かぁ」

機械の専門家と聞いて思《おも》い浮《う》かぶのは一人しかいなかった。

「ニトロさんに見せるか」


サキシマの北部には川が流れている。小奇麗《こぎれい》な歩道に挟《はさ》まれた人工の川で、兵庫県から来た商船やサキシマの漁船が昼夜を問わず行きかっていた。この川の一番奥は溜池《ためいけ》になっていて、喧騒《けんそう》とは無縁《むえん》の静寂《せいじゃく》に包まれている。この溜池《ためいけ》を見下ろすように、大きな工場が建っていた。工場の前には「工業製品の修理受付中」と書かれた赤錆《あかさび》だらけの看板がかかっている。ここが、惣次《そうじ》のバイト先「ワルシャワ再生工場」だった。

ヒガン、スイレン、惣次《そうじ》の三人は工場の中に入っていく。中には大量の工具や部品の入った大きな棚《たな》や、解体中の車、クレーンや油圧ジャッキなどがあった。工場入り口の右手は休憩《きゅうけい》用のスペースになっていて、テレビ、そして映画のブルーレイやＨＭ《ヘヴィメタル》のアルバムが並んだ棚《たな》が置いてある。惣次《そうじ》は、スイレンとヒガンを油でくすんだソファーに座らせた。

「ニトロさん今留守っぽいから、取りあえず、ジュースでも飲みながら映画見てて」

そのうち帰って来るだろう。冷蔵庫を開けると、腐《くさ》りかけのトマトが目を引いた。

「うえ、捨てようよ、こんなトマト。まさか食べる気じゃないよね？」

勝手に捨てると「物権の排他性《はいた》がどうのこうの」と怒《おこ》られるので取りあえずトマトはそのままにしておいた。扉《とびら》裏からジュースの入ったペットボトルを取り、コップに注いで二人に出す。

「じゅーす！　じゅーう！　ありあとーおあいます」

ヒガンはペコリと頭を下げる。

「お礼が言えて偉《えら》いよ。先生」

頭を撫《な》でてやると、ヒガンはキャッキャと喜んだ。それを見てほっこりする、惣次《そうじ》とスイレンだった。


三人で映画を見ていると、工場の外からエンジン音が聞こえてくる。工場長の帰還《きかん》を予知していたかのように、映画の登場人物が勢いよく叫《さけ》んだ。

『ようタコ野郎《やろう》！　帰ってきたぜえぇえ!!』

工場前に群がっていたハトが一斉《いっせい》に飛び去り、一台の軽トラックが凄《すご》い勢いで突《つ》っ込んできた。トラックは獣《けもの》を絞《し》め殺《ころ》したようなブレーキ音を轟《とどろ》かせ、土煙《つちけむり》を上げて工場の中で停車する。

相変わらず滅茶苦茶《めちゃくちゃ》な運転だ。ハンドル操作を誤れば、工場内は大惨事《だいさんじ》だろう。

車の中から、バスの効いたダンディな低音ボイスが聞こえてくる。

「――トム・アラヤばりのシャウトだ。私の車はスラッシュメタルの心得があるらしい」

トラックの扉《とびら》が勢いよく蹴《け》り開けられる。中から出てきたのは、メイド服を着た長身のスラブ人女性だった。背丈《せたけ》は惣次《そうじ》よりも一回りほど高い。スカートの裾《すそ》は足首に届くほど長く、その左手には手甲《てっこう》のような金属製のグローブを纏《まと》っている。髪《かみ》には緩《ゆる》やかなウェーブがかかり、胸はウレハのそれよりもさらに一回り大きい。少し厚めに化粧《けしょう》を施《ほどこ》した顔には、力強い美があった。ニトロは、泣きボクロのついた左目を細め、独特の低い低い声で惣次《そうじ》に話しかける。

「おう、来てたのか、惣次《そうじ》」

「あ、はい、お邪魔《じゃま》してます」

挨拶《あいさつ》と同時に軽くお辞儀《じぎ》をする。

「よしよし、出勤の一時間前に入るとはいい心がけだ。私は労働者を尊重するタイプの雇用主《こよう》だが、従業員の献身《けんしん》を否定しない。さあ、思う存分時間外労働を押し付けてやろう」

「遠慮《えんりょ》します」

ニトロと話す時はツッコミに回る事が多いので、他の人間と対する時よりも惣次《そうじ》の口調はハキハキしがちである。

「はぁ？　お前が天王山《てんのうざん》からパクってきたバカでかい山車《ガラクタ》をこっちに運んでやっただろ。運搬《うんぱん》に使った船のリース料とられたくなかったら、さっさと商品を倉庫に移せ」

その話を持ち出されると反論しづらい。仕方ないな、と惣次《そうじ》は腕《うで》まくりをした。

「今度は、何を作ったんですか？」

「色々」

ニトロがトラックの幌《ほろ》シートを取ると、ガラクタの山が夕陽《ゆうひ》を浴びた。

「まずは出血するボディアーマーだ」

言いながらニトロが出したのは、所謂防弾《いわゆるぼうだん》チョッキである。

「撃《う》たれたら人工の血液が出る。聖なる林の馬鹿な映画監督《えいがかんとく》が作れと言ってきた」

「血が出る機能いります？」

「知るか。映画で使うんだろ。他は緩衝《かんしょう》材と防弾繊維《ぼうだんせんい》を編み込んだバンダナ」

「防御範囲《ぼうぎょはんい》小っさ！」

「嫌《きら》いな奴《やつ》の写真粉砕《ふんさい》機」「用途《ようと》が陰湿《いんしつ》すぎる」

「全自動拳銃《けんじゅう》自殺マシン」「完全犯罪でもするんですか」

「嫌《きら》いな奴《やつ》の保険証裁断機」「さっき似たようなの見ましたね」

「他には弾《たま》が一発しか入らないマガジン、絶対に壊《こわ》れないリモコン等々」

一体何の工場なんだここ。

「もう車の改造みたいな、大口の仕事に絞《しぼ》ったらどうです？」

「馬鹿いえ。小さな仕事の積み重ねがデカい仕事を呼び込むんだろうが」

ニトロは仕事に関しては真面目だったので、そういった点は惣次《そうじ》も尊敬している。

「サキシマは好きなものを作るにはいい場所だよ。お前のおかげで屑《くず》共は寄り付かねえし、小うるさい税関も実質いないようなもんだ。貴族《シュラフタ》の愛した黄金の自由がここにはある」

ニトロは何かと謎《なぞ》の多い人物で、祖国がポーランドであることと本業が武器商人であることくらいしか分かっていない。

普段《ふだん》はガラクタを作ったり車の修理を生業《なりわい》としているが、その裏では銃器《じゅうき》を海外からオオサカに密輸している。裏社会側の人間ということで本来は惣次《そうじ》と敵対してもおかしくないのだが、サキシマには銃《じゅう》を流さないという約束を守ってくれているので関係は良好だ。それどころか、惣次《そうじ》への賃金は正社員並みで、惣次《そうじ》が不自由なく生活できているのも彼女の金払《かねばら》いがいいからである。

ガラクタの山を倉庫に運び終えた後、ニトロは煙草《たばこ》を取り出し、犬のような尖《とが》った歯でフィルターを挟《はさ》んだ。近くにあったガスバーナーで煙草《たばこ》に火を点《つ》けると、先端《せんたん》から白い煙《けむり》が静かに揺《ゆ》れた。その後トラックに背を預け、大きな胸の下で腕《うで》を組む。

「で、そろそろ聞いといてやるが、ガキが二人に増えてるのはどういう事だ。とうとう麗《うるわ》しのシスター様と子供でも作ったのか？」

「ひっぱたきますよ」

「おーこわ」

肩《かた》を竦《すく》めて冷やかすように笑う。

「まー、大体事情は察する。要は例の刀で斬《き》ったんだろ？　だが、私が気になるのは、何で斬《き》ったかじゃなく、誰《だれ》を斬《き》ったか、だ」

ニトロは惣次《そうじ》が番狼《バンロウ》だと知っている。勿論《もちろん》〈慟哭《どうこく》〉の能力についても把握《はあく》していた。

惣次《そうじ》はため息を一つ挟《はさ》み、自分の斬《き》った相手を手短に伝える。

「……担任、です」

それを聞いた瞬間《しゅんかん》、ニトロはカッと目を見開き頰《ほお》を吊《つ》り上《あ》げて邪悪《じゃあく》に笑った。

「マジかよ！　どんな面倒《めんどう》事に巻き込まれたらそんなハッピーな状況《じょうきょう》になるんだ⁉」

「人の不幸をそんな楽しそうに……」

「実際クソ面白《おもしれ》ぇだろ！　ポップコーンとコーラ買ってくるから何が起こったか話してくれよ」

ニトロのこういう性格にはもう慣れていたので、惣次《そうじ》は色々と諦《あきら》めて事情を説明する。それを聞き終えたニトロは、だるそうに欠伸《あくび》を一発かましてきた。

「……ふぁあ、期待した割に面白《おもしろ》くなかったな。ダニー・トレホはいつ出てくるんだ？」

「俺の人生をB級映画かなんかと勘違《かんちが》いしてません？」

違《ちが》うのか？　とニトロは何故《なぜ》か真顔になっていた。

「ま、チケット代の代わりに、頼《たの》み事は聞いてやる。ほれ、オーダーをよこせ」

「実は、先生のカマキリが何か良く分からないものを映すんです。それをニトロさんに見て欲しくて……先生、頼《たの》む」

「うーはいー」

ヒガンはカマキリの一匹《びき》に命令を出した。カマキリは空中に立体映像を照射する。

それを見た瞬間《しゆんかん》、ニトロが職人の顔つきになった。立体映像はページをめくるように次から次へと別のモノに変わっていく。ニトロはそれを一つずつ丹念《たんねん》に確認《かくにん》していった。

「ほう。これは設計図だ。それもオリジナルのな」

「設計図……ですか」

さすがに、これが髄龍組《ずいりゆうぐみ》の手掛《てが》かりというのはムシが良すぎたか。

ニトロは煙草《たばこ》をくわえたまま、ヒガンを顎《あご》で指す。

「おい、クソガキ」

「あい？」

ヒガンはひょこっと首を傾《かたむ》けた。

「二番の設計図にあるのを作ってみろ。倉庫にある部品や材料は好きに使って構わん」

「ちょ、何言ってるんですか。ヒガン、一人じゃ工具も扱《あつか》えないですよ」

「と、思うだろ？」

言ってニトロは倉庫にあった中古品の目覚まし時計をヒガンに放り投げる。

「バラしてみな」

「やーやや」

ヒガンが鼻歌を歌うと、一匹《びき》のカマキリの腕《うで》が変形した。その先端《せんたん》は右が鉤爪《かぎづめ》のようになっていて、左はドライバーのようになっている。カマキリはそれらを用いてあっと言う間に時計を解体してしまった。

「す、凄《すご》い、時計をものの数秒で」

「思った通り、このカマキリ共は腕《うで》を工具に変形できるんだ。これならガキ一人でも多少の玩《おも》具《ちゃ》は作れるだろ。ほら、遊んで来い。武器人間までなら作っていいぞ」

「きゃー」

ヒガンは喜んで工場の奥に走っていった。

「行っちゃった」

「才能を開花させるのは環境《かんきょう》だぜ。戦争がいい銃《じゅう》を産むのと同じ理屈《ロジック》だ」

「とか言って、何か込《こ》み入《い》った話があるから席を外させたんじゃないんですか」

「今日は冴《さ》えてるじゃねえか。実は例の銃《じゅう》について少し話がある」

例の銃《じゅう》。髄龍組《ずいりゅうぐみ》から押収《おうしゅう》した銃《じゅう》のことだ。あの後、スイレンと惣次《そうじ》は保管場所から十数丁の銃《じゅう》を持ち出し、それをニトロに渡《わた》していた。

ニトロの表情が険しくなる。

紫煙《しえん》を蛇《へび》のように揺《ゆ》らし、低い声をより沈《しず》ませた。

「結論から言う。あの銃《じゅう》は出所が分からん」

「ニトロさんでも、分からないんですか？」

「オオサカに入って来る銃《じゅう》の販売《はんばい》ルートを全部調べたが、それらしき取引は存在しなかった」

「てことは、あの銃《じゅう》全てがオオサカで作られたってことですよね」

「ところがこれも謎《なぞ》が多くてな。知り合いの銃《じゅう》職人に聞いても、そんな仕事を受けた覚えはないと言いやがる。調べても調べても、あの銃《じゅう》は孤児《こじ》のままだ」

武器売買のスペシャリストが本気で調べてそう言うのだから、間違《まちが》いないのだろう。

「それでだ。こいつはキナ臭《くさ》いと考えて、今度は買い手の方に当たってみた。相手は鳥取にいたロシア人の武器商人《バイヤー》だ。問《と》い詰《つ》めたら奴《やつ》はこう言った。髄龍組《ずいりゅうぐみ》に武器を発注したら、最短一日で届く。どんな銃《じゅう》でも。……考えられるか？　特殊な銃《CBJ-MS》が十丁欲《ほ》しいって言ったら、その翌日には専用の弾薬《6・5×25㎜CBJ》とセットで届いてるんだぜ？」

「どんな希少な銃《じゅう》でも即座《そくざ》に用意できるって考えると、たしかに変ですね……」

「アダムとイヴはいない。カインだけがそこにいる——髄龍組《ずいりゅうぐみ》の連中は恐《おそ》らく、私達の想像もつかない方法で銃《じゅう》を生産してる筈《はず》だ。そしてそれを売りまくって、大儲《おおもう》けしてやがる」

「一つ質問があります。密造銃《じゅう》ってそんなに儲《もう》かるんですか？」

「儲《もう》かるで」スイレンが割り込んできた。

「まともな国で銃《じゅう》を買って殺人をしても、製造番号と購入履歴《こうにゅうりれき》で犯人を辿《たど》れるんや。でも製造番号のない密造銃《じゅう》ってのは、人を殺しても足がつかん。テロリスト、犯罪者、カルト、マフィア、そしてヤクザ……買い手は山のようにおる」

「髄龍組《ずいりゅうぐみ》がサキシマを狙《ねら》うのは、そうした銃《じゅう》を大量に輸出する場所が欲《ほ》しいってことですか」

ニトロは煙草《たばこ》を床《ゆか》に捨て靴底《くつぞこ》で踏《ふ》みにじる。

「多分な。このサキシマには港もあるしコンテナヤードもある。貿易に最適な場所だ」

——どうやって作っているか分からない謎《なぞ》の銃《じゅう》。それを売るため髄龍組《ずいりゅうぐみ》はサキシマを狙《ねら》っている。たしかにサキシマを支配する理由としては筋が通っていた。

新しい煙草《たばこ》をくわえ乍《なが》ら、ニトロはぼそりと呟《つぶや》く。

「ま、他にもまだ何かヤバい秘密があるのかもしれねえがな」

出来ればこれ以上物騒《ぶっそう》にならないでほしい、と思う惣次《そうじ》だった。

「やーやー！　出来《でい》ましたー」

その時、ニトロの背後からヒガンが金属製の鞘《さや》を持って現れる。その長さは妖刀《ようとう》〈慟哭《どうこく》〉と同じくらいだ。しかも抜刀《ばっとう》しやすいよう、刃《やいば》の反りに合わせて縦に割れる構造になっていた。

とても短時間で作ったとは思えない仕上がりだ。

ヒガンから鞘《さや》を受け取ったニトロは、その出来栄《できば》えに口笛を鳴らす。

「いい仕事だ。どうやら、設計図にある材料をくれてやればカマキリ共が色々作ってくれるみたいだな」

まるで、ＲＰＧの鍛冶屋《かじや》のようだ。

「溶接《ようせつ》、解体、加工、その他諸々《たもろもろ》なんでもこなしやがる。直接戦う能力はないが役には立つ。名前とかねえのか？」

「あるよー」

一匹《ぴき》のカマキリが両腕《りょううで》から立体映像を照射。そこには、厳《いか》つい明朝体《みんちょうたい》でこう書かれている。

――変原自材《パネ・キット》――

跳躍《ちょうやく》能力を大幅《おおはば》に強化するスイレンの閃光脱兎《ジャンピングフラッシュ》とはまったく毛色が違《ちが》う。

「私好みの能力だ。暇《ひま》な時は遊んでいっていいぞ」

悪党じみた笑顔《えがお》を浮《う》かべる彼女に、惣次《そうじ》は顔をしかめた。

「安心しろ。戦車より物騒《ぶっそう》なものは製造しないと決めている」

「ニトロさん、あんまり、変なもの作らせないでくださいね」

マジで戦車くらいなら作りかねないんだよな、この人。

「大体、戦車なんか作ってどうするんですか。髄龍組《ずいりゅうぐみ》と戦うんですか？」

「馬鹿を言うな、私はあくまでも中立だ。ましてや相手は宇宙人《トライポッド》も裸足《はだし》で逃《に》げ出《だ》すオオサカヤクザ様。そんなのと戦うのなんてまっぴら御免《ごめん》だよ。とはいえ、このままサキシマから離《はな》れるのも癪《しゃく》だ。だから、そうならないようお前には期待している」

「ど、努力します」

「結構。孤児《こじ》院のために戦うコルチャック少年に一つ忠告してやる」

――死んだら減給な。

そう言い残してニトロは倉庫の奥へと消えた。

ニトロとはそれなりに長い付き合いだ。中立といいつつも、彼女なりに惣次《そうじ》を心配しているのは伝わっている。惣次《そうじ》はニトロと出会ってからずっと、彼女の下で働いていた。それは彼女が頼《たよ》りになるという面もあったが、その人柄《ひとがら》にある種の憧《あこが》れを抱《いだ》いている事の方が大きい。だからこそ、この奇妙《きみょう》な工場長が凶弾《きょうだん》の犠牲《ぎせい》になった時、惣次《そうじ》は深い悲しみに暮れたのだろう。

髄龍組《ずいりゅうぐみ》が売っている銃《じゅう》は出所が不明である。ヒガンの能力が武器の製作である。

この二点が分かった以外は何も進展しなかった。いつまた髄龍組《ずいりゅうぐみ》が動き出すか分からない。

それまでにヒガンの記憶《きおく》は戻《もど》るのだろうか。

不安と焦《あせ》りを胸に抱《かか》えたまま、惣次《そうじ》は風車塔《とう》で夜を迎《むか》えた。

三人でご飯を食べ、風呂《ふろ》に入って、寝床《ねどこ》につく。

その日の夜は嫌《いや》に静かで、風車の回る音に紛《まぎ》れて潮騒《しおさい》が聞こえてくるほどだった。

惣次《そうじ》はヒガンを寝《ね》かしつける為《ため》、彼女に添《そ》い寝《ね》をして背中をとん、とん、と叩《たた》く。暖炉荘《だんろそう》の幼い子供やスイレンにしてあげたように。

(今日は寝《ね》つきが悪いな)

ヒガンは目を開けたまま、もぞもぞとしている。何か気になることがあるのだろうか。

ヒガンを寝《ね》かしつける惣次《そうじ》の後ろで、物音がした。見れば、下の階で寝《ね》ていた筈《はず》のスイレンが梯子《はしご》の穴からひょっこり顔を出している。スイレンは猫《ねこ》のパジャマ姿で、兎《うさぎ》のぬいぐるみを抱《だ》きしめていた。

「惣次《そうじ》、今日もええか?」

「また眠《ねむ》れないの?」

コクりと頷《うなず》くスイレン。布団《ふとん》をめくってやると、もぞもぞと中に入ってきて、惣次《そうじ》の胸のあたりにすっぽりと収まった。

「おちつく」

ぬいぐるみに鼻を埋《うず》めてほくほくしている。

飯岡昭三《いいおかしょうぞう》は、虐待《ぎゃくたい》や育児放棄《ほうき》を受け、母親の手料理の味も知らずに育った。そういう家で過ごす夜は恐怖《きょうふ》でしかない。大人になっても、幼女になっても、時折昔のことを思い出して眠《ねむ》れなくなることがあるらしい。幼女化してすぐの頃《ころ》は夜通し泣きわめくこともあった。

幼女になるまで誰《だれ》にも甘えることが出来なかった彼女を、どうしても可哀想《かわいそう》と感じてしまう。

本人は同情するなと言うけれど。

　スイレンは暫《しばら》くぬくぬくした後、ヒガンの様子がおかしい事に気が付いた。

「ヒガン、まだ寝《ね》とらんのか？」

「うん。先生、今日は寝《ね》つき悪くて」

　風車が回る音だけが聞こえていた。長い沈黙《ちんもく》。スイレンは何かを躊躇《ためら》う素振《そぶ》りを見せたあと、小さな声で沈黙《ちんもく》を破った。

「……なぁ、もしかして、ヒガンってもう記憶戻《きおくもど》ってるんとちゃうか」

　ビクッと、ヒガンの肩《かた》が強張《こわば》った。

「どうして、スイレンはそう思うの？」

「いや、勘《かん》やな。ずっと一緒《いっしょ》におったらな、なんとなく分かるやろ。親心？　ようわからん」

　ヒガンは瞬《まばた》きもせず、じっとしている。その様子からして、スイレンが言った事は当たっているのだろう。スイレンと惣次《そうじ》が黙《だま》っていると、静かに口を開いた。

「しえう。かまいりさんつあえばね、わかる。でも、おえんなさい」

　思い出している。変原自材《バネ・キット》を使えば詳細《しょうさい》に伝えることが可能だ。だけど、ごめんなさい。

　惣次《そうじ》は布団《ふとん》から起き上がって、照明を点《つ》けた。惣次《そうじ》、スイレン、ヒガンは布団《ふとん》の上で胡坐《あぐら》をかいて向かい合う。

「先生、何がごめんなさいなんだい？」

　惣次《そうじ》は可能な限り優《やさ》しい口調で言った。

「仁義《じんい》。なかま、うえない。盃嘘《さかずいうそ》にしたうない」

私には守るべき仁義《じんぎ》がある。だから仲間は売れない。

「そらそうか。数週間やそこら一緒《いっしょ》におっただけのワシ等に、世話になった組長さんを売るのは仁義《じんぎ》が立たんか。まあ、分かる話や」

惣次《そうじ》には仁義《じんぎ》がどういったものか分からなかった。スイレンは元ヤクザだから、すんなりと共感してしまえるのかもしれない。

ヒガンは枕《まくら》に顔を埋《うず》めて動かなくなった。彼女にとっても苦しい決断というのは分かる。

「流石《さすが》に、先生から情報を得るのは、ムシが良すぎたか」

無理やり吐《は》かせても正確な情報を喋《しゃべ》るとは限らない。なによりスイレンと惣次《そうじ》にヒガンを恫《どう》喝《かつ》することは出来なかった。目的のため誰《だれ》にでも暴力を振《ふ》るうのは本末転倒《ほんまつてんとう》だ。

「一応次善策は考えてある。高畑《たかはた》さん経由で鹿野目《かやも》組に協力を持ちかけてみよう」

「鹿野目組《かやもぐみ》って、ユメシマの港湾《こうわん》系ヤクザか？」

「うん。高畑《たかはた》さんが言うには俺達と協力したがっているらしい。ヤクザと手を結ぶのは嫌《いや》だけど、背に腹は代えられない」

「ええやん。ついでに、何人か有望そうな奴《やつ》引っ張って来るのも面白《おもしろ》いかもな」

当たり前のようにヤクザの組員を味方に引き入れようとするスイレン。そんな彼女に、一抹《いちまつ》の不安を覚えた。もし万が一、スイレンが自分の組を再興したいと思っているなら、鹿野目組《かやもぐみ》に彼女を近づけるのはマズイのではないか。本当にヤクザを引《ひ》き抜《ぬ》いて、自分の組を作ってしまうのではないか。

「……スイレン、実は、その、えっと、鹿野目組《かやもぐみ》についてはは俺一人で行こうと思う」

そう告げた瞬間《しゅんかん》、スイレンの表情があからさまに曇《くも》った。

「なんでや、お前の傷が浮《う》いたら誰《だれ》が止めるねん」

「だって、サキシマにどっちかがいた方がもしもの時に動けるだろ」

「それやったらお前が残るべきや。交渉《こうしょう》ならワシの方が上手《うま》い」

「いや俺が行く。スイレンを、交渉《こうしょう》には行かせない」

惣次《そうじ》の頑《かたく》なな態度に、スイレンはだんだんとイライラし始める。

「分からん奴《やつ》やな。ヤクザ見たら冷静さを失うお前に話し合いなんかできるわけないやろ」

棘《とげ》のある言葉に惣次《そうじ》もムッとした。

「話し合いくらいはできるよ。スイレンこそ、その見た目で交渉《こうしょう》なんかしてもらえるのか？」

見た目のことを言われたスイレンは、怒《いか》りのギアを二段階ほど上げた。

「けったくそ悪いのぉ。こんな見た目でも相手に舐《な》められん方法はなんぼでも心得とるわ。感情もコントロールできんような奴《やつ》が行くよりはよっぽどマシじゃ」

「なんだよ、さっきから聞いてれば子供扱《こどもあつか》いして！」

「じーっさい子供やろーが。女に気持ちの一つもかません奴《やつ》が一丁前に大人ぶるな！」

ウレハの事を言われて、惣次《そうじ》は頭に血が上った。

「俺が奥手なのは関係ないだろ！」

沸騰《ふっとう》した頭はスイレンへの反撃《はんげき》を優先して、腹に積もっていた疑念をぶちまける。

「大体、スイレンだって、飯岡組《いいおかぐみ》を再興したいから鹿野目組《かやもぐみ》に会いたいんじゃないのか!? 俺に組を作れって言ったのも、優《やさ》しくするのも、ヤクザに未練があるからなんだろ！」

それを言い終わった時、スイレンはほんの一瞬《いっしゅん》だけ泣きそうな顔になった。

しまった。惣次《そうじ》は、自分が地雷《じらい》を踏《ふ》んだ事に気付いた。だけどもう遅《おそ》い。既《すで》にスイレンの顔は怒《いか》りで真っ赤になっていた。

「じゃあもう好きにせえやぁ！　お前一人でどこなと行ってまえ！」

スイレンは立ちあがり、ヒガンを抱《かか》えて梯子《はしご》に歩み寄る。

「お前が、そんな風に思ってるなんて、考えもせんかったわ！　お前だけは、お前だけは、分かってくれると思ってたのにっ。アホアホアホ！　アホ惣次《そうじ》！」

目元を袖《そで》で拭《ぬぐ》い、スイレンは梯子《はしご》を下りていく。

惣次《そうじ》の疑念が当たっていたのか間違《まち》っていたのかは分からない。分かっているのは、自分が彼女を怒《おこ》らせてしまったことだけだ。

遅《おく》れてやってきた後悔《こうかい》に、惣次《そうじ》は首を垂《こうべ》れる。ぽっかりと開いた口から、虫の羽音のような声が零《こぼ》れた。

「…………ごめん」

空《むな》しい謝罪の言葉を、遠く聞こえた潮騒《しおさい》が海の彼方《かなた》へと連れ去っていった。


次の日の夜、惣次《そうじ》は鹿野目組《かやもぐみ》から髄龍組《ずいりゆうぐみ》の情報を得るべく、鹿野目組《かやもぐみ》の縄張りであるユメシマに小船で上陸した。

鹿野目組《かやもぐみ》の事務所はユメシマの中央にある。大理石の門を有する荘厳《そうごん》なビル。風にコートをはためかせ、狼《おおかみ》の面《めん》で組事務所を仰《あお》ぐ。

「結局、一人で来ちゃったなぁ」

あの口喧嘩《くちげんか》以来、スイレンとは一言も口を利《き》いていない。ちゃんと謝罪して、スイレンと一緒《いっしょ》に来れば良かったと、今更《いまさら》ながら後悔《こうかい》していた。

「無事に帰れたら、ちゃんと話し合おう」

そんな決意をして、惣次《そうじ》は一人頷《うなず》いた。

だけどまずは、鹿野目組《かやもぐみ》との話を纏《まと》めなくてはならない。

ビルの中に入ると、エントランスには人一人いなかった。高畑《たかはた》の話では、ここで鹿野目組《かやもぐみ》の組員が惣次《そうじ》を出迎《でむか》えてくれる筈《はず》なのに。嫌《いや》な予感がふと胸にわく。

「……何かあったのかな？」

二階、応接室の前までくる。扉《とびら》の取っ手を摑《つか》んだ瞬間《しゅんかん》だった。

扉《とびら》の向こうから、強烈《きょうれつ》な殺気を感じた。

激しい痛みとともに、左の目に傷が走る。

「なっ⁉」

今までは傷がじわじわと滲《にじ》み出ていた。だが、今は最初から存在したかのように傷が出現した。この、骨まで凍《こお》り付《つ》くような殺気。一体この扉《とびら》を開けた先に、何がいるというのか。

「関係ない。何がいても叩《たた》き伏《ふ》せる」

対ヤクザモードのまま、意を決して扉《とびら》を開けて中に入る。

そこは黒だった。一寸先も見えない闇《やみ》。その奥に、何かがいる。目には見えないが、狼《おおかみ》ならその殺気を嗅《か》ぎ取《と》れる。刀を構え、臨戦の態を取った。

背後から鍵《かぎ》の閉まる音が聞こえる。惣次《そうじ》は振《ふ》り返《かえ》る事もせず、前方の闇《やみ》を睨《にら》んだ。

闇《やみ》の中から、腹の底に響《ひび》くような、威圧《いあつ》的な声が聞こえてくる。

「点灯しろ」

突如《とつじょ》、スポットライトが灯《とも》った。漆黒《しっこく》に浮《う》かんだのは、椅子《いす》に縛《しば》り付《つ》けられた十人の男だった。彼等《かれら》は布で口をふさがれ、有刺《ゆうし》鉄線《てっせん》で背もたれに縛《しば》られている。

男達の座る椅子《いす》は円形に配置され、その中央に裸体《らたい》の男が跪《ひざまず》かされていた。男は鉄の鎖《くさり》で全身の自由を奪《うば》われている。その背中に入っているのは、牡鹿《おじか》の刺青《いれずみ》だった。

――この刺青《いれずみ》、まさか鹿野目《かやも》一家の連中か。

照明が消えて暗闇《くらやみ》が再来する。一秒後、また照明が点《つ》く。

男は十人から九人に減っていた。男のいた椅子《いす》には、大量の弾薬《だんやく》と、複数の銃器《じゅうき》が雑然と散らばっている。

（なんだ、人がいた場所に銃《じゅう》と弾薬《だんやく》が？　手品のつもりか？）

だが、何か仕《し》掛《か》けが作動したような音は聞こえなかった。

ライトが消灯。そして点灯。人のいた場所に銃《じゅう》が散乱。その繰《く》り返《かえ》し。

気が付けば半数の男たちが椅子《いす》の上から姿を消し、その分、銃《じゅう》と弾薬《だんやく》が増えていた。

一体なんのつもりだ。

再び光が消えた。再び光が灯《とも》り、惣次《そうじ》は目を鈴《すず》のように張る。

――男が一人、立っていた。

顔立ちは美しく、それでいて視線は苛烈《かれつ》。髪《かみ》は雨後の滝《たき》のように長く、灰色の枝垂《しだ》れは踵《かかと》の辺りに届いている。体は骨立して細く、身に着けた灰色のスーツにはゆとりがあった。瘦《こ》けた頰《ほお》から首筋に入った白骨龍《スカルドラゴン》の刺青《いれずみ》。その細身の体から、轟然《ごうぜん》たる圧力《プレッシャー》が迸《ほとばし》る。惣次《そうじ》の傷が痛みを発し、わずかに血をにじませる。その気迫《きはく》に本能が悲鳴を上げているのだ。

男は、刑罰《けいばつ》を宣告するような威厳《いげん》ある声で話しかけてくる。

「お初にお目にかかる。引き金を持たぬ蛮族《ばんぞく》よ」

「誰《だれ》だ？」

男は視線をこちらに向けた。瞳《ひとみ》は宇宙の果てのように黒く、底の知れない闇《やみ》を湛《たた》えている。

「俺の名は埋呉《つちくれ》、遍《あまね》く地に殷々《いんいん》と響《とよ》む鳴神《なるかみ》。もう一度言う。俺の名は埋呉《つちくれ》」

こいつが、髄龍組《ずいりゆうぐみ》の組長。この男が、サキシマの平和を脅《おびや》かす張本人。惣次《そうじ》は殺気立つ。

腰《こし》を低く落とし、柄《つか》に手をかけ、いつでも攻撃《こうげき》に移れる姿勢をとった。

「そう滾《たぎ》るな、番狼《バンロウ》。撃鉄《げきてつ》に叩《たた》かれる銃弾《じゆうだん》は決まっている。貴様は後回しだ」

埋呉《つちくれ》が右手に持つのは銃剣《じゆうけん》、それも幻獣《げんじゆう》の一角《いつかく》を彷彿《ほうふつ》とさせる巨大《きよだい》な刃《やいば》を有していた。刃《やいば》は傍《かたわ》らにいた裸体《らたい》の男の背中に突《つ》きつけられる。

「この男は、鹿野目《かやも》一家の組長だった男。これより我が一撃《いちげき》によって、新たな死へと生まれ変わる。さあ辞世の句を詠《よ》め」

銃剣《じゆうけん》は鹿野目組《かやもぐみ》組長の胸を貫《つらぬ》いた。

「あっあっあっ、痛い、痛い、あっあ……あ……ぁ……」

「いい自由律だ。果てることを許す」

鹿野目組《かやもぐみ》組長の胸から溢《あふ》れた血液が無数の金属弾丸《だんがん》に変わった。何百という弾丸《だんがん》はその足元に降り積もり、銅色《あかがねいろ》の山を作る。その壮絶《そうぜつ》な光景に、惣次《そうじ》は絶句した。

「あっ、あっあぁ――」

鹿野目組《かやもぐみ》の組長の体が砂糖菓子《がし》のようにボロボロと崩《くず》れていく。体が肉と骨と臓《はらわた》に分離《ぶんり》したかと思うとそれらは黒く変色し、自らその形状を変化させていった。引き金の、銃口《じゆうこう》の、銃《じゆう》床《しょう》の輪郭《りんかく》が肉に代わってじわじわと浮《う》かび上《あ》がっていく。そして、鹿野目組《かやもぐみ》の組長の体は数丁の、銃《じゅう》に分解された。死体が銃器《じゅうき》と弾丸《だんがん》に変わる、しかも余すところなく。骨も皮膚《ひふ》も筋肉も。体を構成する全ての臓器が。そんな馬鹿なことがあるのか。

——いや、ある。そんな馬鹿げたことを俺は散々起こしてきたじゃないか。

慟哭《どうこく》は惣次《オレ》に与《あた》えられた唯一《ゆいいつ》の力。そう思っていた。だが違《ちが》う。違《ちが》っていたのだ。

蟀谷《こめかみ》に浮《う》かぶ冷《ひ》や汗《あせ》。高鳴る鼓動《こどう》。頰《ほお》に浮《う》かぶは渾身《こんしん》の苦笑い。

「スイレン……、考え得る限り最悪の事態が起きたぞ。コイツ、妖刀《ようとう》を持っている！」

「番狼《バンロウ》よ、引き金を持たぬ愚《おろ》かな獣《けもの》よ。貴様の推測は当たっている。妖刀《ソレ》は貴様に与《あた》えられた唯一無二《ゆいいつむに》の特権ではない」

銃剣《じゅうけん》の銃《じゅう》の部分をまるで女性の裸体《らたい》を愛《め》でるように一撫《な》でし、埋呉《つちくれ》は刀の名を声にした。

「妖刀《ようとう》〈遠吠《トオボエ》〉。戦地を貫《つらぬ》く、一筋の射線」

髄龍組《ずいりゅうぐみ》が輸出する謎《なぞ》の銃《じゅう》の出所。工場でもなければ密輪でもないというニトロの推測は当たっていた。密造銃《じゅう》は妖刀《ようとう》によって殺された人間の死体から生まれたものだったのである。

それは悪夢という名の現実だった。

（ただでさえ俺の手に負えるかどうか分からない巨大《きょだい》組織。その組長が妖刀《ようとう》使い）

であれば戦闘《せんとう》能力は惣次《そうじ》に匹敵《ひってき》すると見るのが自然だ。血を流しさえすれば斬《き》って捨てられた今までのヤクザとはワケが違《ちが》う。

組長は妖刀《ようとう》使い。武器は生産し放題。アジトの場所は分からない。それは最悪の三重奏。こちらに有利な要素が一つもない。

「番狼《バンロウ》。お前では俺には勝てない。その理由がお前に分かるか？」

「ど、どういう意味だ」

「貴様の最大にして唯一《ゆいいつ》の弱点。それは、貴様の持つ武器には引き金がない事だ。兵隊の多少は知略で覆《くつがえ》せる。力の優劣《ゆうれつ》は技量で転倒《てんとう》する。だが、引き金がないのは致命《ちめい》的だ」

のたうつ舌で安全装置を舐《な》め回し、スライドをいやらしく愛撫《あいぶ》する。

「俺は銃《じゅう》が好きだ。いや、引き金が好きだ。愛している。この金属の一塊《いっかい》にすぎない道具が、引き金一つで使い手の魂《たましい》となるのだからな」

そして虫でも見下ろすかのような侮蔑《ぶべつ》の視線を惣次《そうじ》に注ぐ。

「だが、番狼《バンロウ》、お前はどうだ。その取るに足らない鉄くずの何処《どこ》に魂《たましい》を込《こ》める。答えろ、番狼《バンロウ》。引き金のない武器で、お前はどうやって勝利を収める」

埋呉《つちくれ》の強い問いかけに、惣次《そうじ》は気圧《けお》される。

「ひ、引き金が魂《たましい》を込《こ》める唯一《ゆいいつ》の装置なら、銃《じゅう》が無い時代の人は何に魂《たましい》を込《こ》めていた」

「銃《じゅう》だ」

即答《そくとう》だった。

「他に何があるというんだ。室町《むろまち》人も、弥生《やよい》人も、縄文《じょうもん》人も、バイキングも、ネアンデルタール人も、皆《みんな》、ベレッタやブローニングの銃《じゆう》を使っていたに決まっている。蘇我入鹿《そがのいるか》は引き金のない武器を使ったから殺された。源氏はＭ２重機関銃《じゆうきかんじゆう》を持っていたから合戦に勝利した」

その宇宙を濃縮《のうしゆく》したような瞳《ひとみ》には一点の曇《くも》りもない。こいつ本気だ。

「故《ゆえ》に引き金を持たぬ者は淘汰《とうた》される。貴様も、貴様が守ろうとしている腑抜《ふぬ》けのサキシマ人も、全て我が髄龍組《ずいりゆうぐみ》の餌《えさ》になる運命なのだ」

「餌《えさ》？　お前、サキシマで何をするつもりだ」

「ヤクザの本分――即《すなわ》ち商売《シノギ》の他に何がある。それ以上もそれ以下もない。あの場所は貴様ら凡夫《ぼんぷ》には持て余す。故《ゆえ》に我等が使う。船で銃《じゆう》を売り、そして畑で銃《じゆう》を収穫《しゆうかく》する」

「畑、だと？」

埋呉《つちくれ》の瞳孔《どうこう》が収縮し、悪意に満《み》ち溢《あふ》れた微笑《びしよう》に口元をゆがめた。

「そう畑だ。臓物の底まで平和に侵《おか》されたサキシマ人どもをこの〈遠吠《トオボエ》〉で残らず斬《き》り伏《ふ》せ幾《いく》万《まん》の銃《つつさき》に変える。無能であれば、どこかの鉄火場《てつかば》で誰《だれ》かの決断《トリガー》となるのが、命の本懐《ほんかい》というもの」

サキシマの住民を殺して銃《じゆう》にする。それを聞いた瞬間《しゆんかん》、惣次《そうじ》の闘志《とうし》が発火した。

無言で間合いを駆《か》け抜《ぬ》け、大太刀《おおたち》片手に埋呉《つちくれ》の間合いに食らいつく。

惣次《そうじ》の一撃《いちげき》を銃剣《じゆうけん》で受け、埋呉《つちくれ》は後ずさる。それに遅《おく》れて金属音が闇《やみ》の中を駆《か》け抜《ぬ》けた。

「ほう、噂《うわさ》通り血の気が荒《あら》いな、番狼《バンロウ》」

惣次《そうじ》は仮面の奥で狂犬《きようけん》のように牙《きば》を剝《む》いた。

「サキシマの人を銃《じゆう》にするだと⁉　そんな事、させるわけないだろ！」

銃床《じゆうしよう》を脇《わき》に構え、ゆったりとした動作で埋呉《つちくれ》はその切っ先を惣次《そうじ》の喉笛《のどぶえ》に向ける。

「汝《なんじ》、その頭《かしら》爆《は》ぜ散る前《まへ》に、血の脈を確かめよ——闘争《とうそう》はこちらとて本望《ほんもう》。欠落した部品ども の分は償《つぐな》ってもらう」

「部品？　お前、自分の部下を部品と言ったのか」

「ヤクザとは組長を引き金とした拳銃《けんじゆう》のようなものだ。鉄砲玉《てつぽうだま》という言葉が存在するように、若頭《わかがしら》以下の兵隊は組織という巨大《きよだい》な銃《じゆう》の部品でしかない」

「あんたのとこの若頭《わかがしら》はあんたを慕《した》って散っていったぞ」

「知らんな。俺はそれを肯定《こうてい》もしないし否定もしない。ただ、お前は俺にとって優秀《ゆうしゆう》な部品を奪《うば》った。だから貴様に魂《ヒキガネ》を引く」

埋呉《つちくれ》の放つ殺気が、より一段と凄《すご》みを増した。

来る。その予兆や良し。惣次《そうじ》の命を射《う》たんと、発砲《はつぽう》音と銃弾《じゆうだん》の一対《つい》が空間を切《き》り裂《さ》いた。

神速の一撃《いちげき》で弾丸《だんがん》を斬《き》って落とすが早いか、埋呉《つちくれ》は弾丸《だんがん》に等しい速さで突撃《とつげき》してくる。

——速いッ！

刃《やいば》と刃《やいば》が交錯《こうさく》——互《たが》いの膂力《りよりよく》が凄《すさ》まじい数の火花となって暗中に散華《さんげ》した。

「くっ」

受け止めた手が痺《しび》れ、臓器が震《ふる》えるほどの衝撃《しょうげき》。なんて腕力《わんりょく》だ。

惣次《そうじ》は丹田《たんでん》に力を込《こ》めて銃剣《じゅうけん》を押し返《かえ》すと、無数の斬撃《ざんげき》を解き放った。

強烈甚《きょうれつはなは》だしい剣閃《けんせん》の応酬《おうしゅう》が間合いに生じる。一秒という時間が長く思えるほどの攻撃《こうげき》密度、それですら決定打になり得ない人外じみた二人の攻防《こうぼう》。

血潮が沸《わ》き立《た》つ。脳髄《のうずい》を攻撃《こうげき》的なパルスが奔走《ほんそう》する。理屈《りくつ》を飛《と》び越《こ》えて本能に迫《せま》る肉薄《にくはく》のカタルシス。これが妖刀《ようとう》同士の戦い。

(こいつ、引き金がどうのこうの言ってたくせに剣術《けんじゅつ》も相当出来る!)

埋呉《つちくれ》は後方に五メートルほど跳躍《ちょうやく》、首を鳴らしてから圧のある声を出す。

「かくなる上は攻撃《こうげき》に支流を作る。まずは散弾銃《さんだんじゅう》の囀《さえず》りを持って、死闘《しとう》の第二幕を飾《かざ》ろう」

埋呉《つちくれ》の銃剣《じゅうけん》が、椅子《いす》に縛《しば》られていた男の首を刎《は》ねた。そして脊髄《せきずい》を引《ひ》き抜《ぬ》くように、男の胴体《どうたい》から一丁のショットガン《UTS－15》を摘出《てきしゅつ》。

「踊《おど》れ狼《おおかみ》。鋼鉄の顎《あぎと》が貴様を待っている」

その引き金を目にも止まらぬ速さで動作させる。目の前にばら撒《ま》かれた球体状の弾丸《だんがん》。それは到底《とうてい》人間では凌《しの》ぎ切れるものではない。だが――

「骸鵯《むくろひよどり》」

惣次《そうじ》の刃《やいば》が雷光《らいこう》のように迸《ほとばし》り、全ての弾《たま》を斬《き》り捨《す》てる。十五波の弾雨《だんう》を傷一つ負うことなく闇《やみ》の中に葬《ほうむ》り、狼《おおかみ》は残心をとった。

「それで終わりか」

「温《ぬる》いか。温《ぬる》いのであれば熱を足すまで」

座った男ごと椅子《いす》を蹴《け》り上げると、「ふがっんぐっ」空中でそれを両断する。男の上半身と下半身は二丁のグレネードランチャー《M79》に分離《ぶんり》した。埋呉《つちくれ》はその一つを空中で掴《つか》み取《と》ると、引き金を引いた。太く短い弾頭《だんとう》が番狼《バンロウ》の手前で着弾《ちゃくだん》。轟音《ごうおん》の波濤《はとう》に乗って無数の破片《はへん》が惣次《そうじ》に襲《おそ》い掛《か》かる。太刀筋一閃《たちすじいっせん》、破片《はへん》の重囲は一つ残らず刃《やいば》に喰《く》われて屑《くず》となった。

惣次《そうじ》は仮面からスチームのような吐息《といき》を漏《も》らし、深海のような視線で敵を衝《つ》く。

「幼女になる覚悟《かくご》はできたか、埋呉《つちくれ》」

「貴様こそ、引き金を絞られる決意は足りているか？」

埋呉《つちくれ》は残った男をまるで藁《わら》人形のように斬《き》り殺《ころ》し、十数丁の銃《じゅう》へと変えた。

抱《かか》えたのはアサルトライフル。フルオートの射撃《しゃげき》が惣次《そうじ》に牙《きば》を剝《む》く。惣次《そうじ》が防御《ぼうぎょ》するのも構わず次から次へと銃《じゅう》を手に取り、弾幕《だんまく》を浴びせかけた。

大人数十人を殺しても足りないほどの火力。が、全ての弾薬《だんやく》が使い果たされた時、惣次《そうじ》は汗《あせ》一つかくことなく、そこに立っていた。

二度三度空中で刀を振《ふ》って、軽く肩《かた》を回す。まるで軽い運動を終えたかのように、首を鳴らし、朧《おぼろ》と輝《かがや》く切っ先を埋呉《つちくれ》に向けた。

「今度は、俺の番だ」

「いいぞ番狼《バンロウ》。久しく遠かった戦慄《せんりつ》だ。その身一つでサキシマを鎮圧《ちんあつ》しただけのことはある」

銃弾《じゆうだん》を全て防がれてもなお、埋呉《つちくれ》は泰然《たいぜん》としていた。

何を思ったのか、銃剣《じゆうけん》を床《ゆか》に突《つ》き刺《さ》し、ポケットに手を入れる。

「来い。本気で相手をしてやろう」

どういう意味だ。両手が塞《ふさ》がれた埋呉《つちくれ》はどう見ても無防備だ。あまりにも怪《あや》しい。

だが、ハッタリの可能性もある。

惣次《そうじ》が選んだのは、攻《せ》めの一手だった。

「何かをする前に、斬《き》り伏《ふ》せる」

刀の背を鎖骨《さこつ》に置いて、切っ先を後方へ流す。迷いを排《はい》した、美しい構えだった。

「流派、斬撃王《ざんげきおう》の孤独《こどく》。悲哀《ひあい》の十一番――悶鳩《もだえばと》――」

猛禽《もうきん》類のような初速で駆《か》け出した。埋呉《つちくれ》が刀で一撃《いちげき》を受けようとした瞬間《しゆんかん》に惣次《そうじ》は椅子《いす》を
踏《ふ》み台《だい》にして跳躍《ちようやく》、天井《てんじよう》を蹴《け》って相手の背後に回る。

「幼女《と》った！」

惣次《そうじ》の剣《けん》が首筋を捉《とら》える直前、何処《どこ》からともなく銃声《じゆうせい》がした。

腹部に激痛が走り、僅《わず》かに手元がぶれる。視界の隅《すみ》で、脇腹《わきばら》から鮮血《せんけつ》が飛び散った。

――攻撃《こうげき》された⁉　この俺が、全く見えなかった⁉

惣次《そうじ》は後退する。そこに間髪《かんはつ》絶無、さらなる銃撃《じゆうげき》が襲《おそ》った。

——馬鹿なっ！

埋呉《つちくれ》は背後を向いている。どこから銃《じゅう》を撃《う》った。いや、違《ちが》う。迎撃《げいげき》しろ！　死力を振《ふ》り絞《しぼ》って刀を振《ふ》るい、迫《せま》り来る弾丸《だんがん》を切《き》り伏《ふ》せる。だが激痛と不意を突《つ》かれたせいで刀の迎撃《げいげき》精度が甘い。剣閃《けんせん》の防御網《ぼうぎょもう》を抜《ぬ》けた二発の弾丸《だんがん》が額と太腿《ふともも》の肉を抉《えぐ》る。

燃えるような激痛。溢《あふ》れる流血。

それでも惣次《そうじ》は前を向く。埋呉《つちくれ》は後ろを向いたままだ。攻撃《こうげき》動作に転じた様子も無かった。この部屋に誰《だれ》かがいた？　違《ちが》う。そんな子供だましの戦法にかかる惣次《そうじ》じゃない。

間違《まちが》いなく、埋呉《つちくれ》からの攻撃《こうげき》だった。惣次《そうじ》の思考を、激痛と流血が妨《さまた》げる。

「くふっ、げほっ、くそっ」

震《ふる》える刃《やいば》を床に突《つ》き立《た》て、体が崩《くず》れ落《お》ちるのを防ぐ。そして背筋を伸《の》ばして構えを取った。まだ戦える。

それを見た埋呉《つちくれ》は感嘆《かんたん》の声を漏《も》らした。

「大した往生際《おうじょうぎわ》だ。だが、その崇高《すうこう》な魂《たましい》も、引き金が無くては宝の持《も》ち腐《ぐさ》れ。撃発《げきはつ》の成就《じょうじゅ》へと至らぬまま殺すのはやや惜《お》しい気もする」

対する惣次《そうじ》は眼光を衰《おとろ》えさせることなく、埋呉《つちくれ》を睨《にら》みつける。

「お前はここで倒《たお》す。絶対に倒《たお》す」

ここで髄龍組《ずいりゅうぐみ》の首魁《しゅかい》たる埋呉《つちくれ》を討《う》てば、事務所を探す手間も、襲撃《しゅうげき》に怯《おび》える事もなくなる。

この千載一遇《せんざいいちぐう》の好機を逃《のが》す訳にはいかない。

「俺は、ヤクザに背中を、見せない。死ぬまで、お前らを斬《き》りつくして、やる」

決死の覚悟《かくご》を見せる惣次《そうじ》を見て、埋呉《つちくれ》はほくそ笑《え》む。

「素晴《すば》らしい自己犠牲《ぎせい》だと言いたいところだが、俺は引き金を持たない戦士は労《ねぎら》わない」

その言葉も惣次《そうじ》の耳には届かない。脳内にあるのは、敵とどう刺《さ》し違《ちが》えるかだけだ。

迷いを捨てろ。迷いを捨てろ。迷いを……


――これ以上、遠くに行ったりしないですよね？


ふと、脳裏《のうり》にウレハの後ろ姿が浮《う》かんだ。またウレハに会いたい。そんな素朴《そぼく》な願望が、惣《そう》次《じ》を引き留める。その視線から殺意を消し、惣次《そうじ》は刀を下ろした。

「……止めだ」

そう呟《つぶや》くと埋呉《つちくれ》に向かったまま背後の壁《かべ》を切《き》り裂《さ》いた。そのまま後ろに跳躍《ちょうやく》し、背中でもろくなった壁《かべ》を打ち破る。

「興覚めだな。ここまでやって逃《に》げるか」

追って来ようとする埋呉《つちくれ》。それを遮《さえぎ》るように天井《てんじょう》が崩落《ほうらく》、瓦礫《がれき》が二人の間に割って入った。

「俺だって、本当は逃《に》げたくないさ」

　足元の床を刀で斬《き》り裂《さ》き、惣次《そうじ》は下の階からビルを脱出《だっしゅつ》した。

　花も恥《は》じらう月の下を、惣次《そうじ》は海に向かって走る。腹の傷口を押さえると指の間から血が溢《あふ》れた。痛い。この深手《ふかで》を背負って、逃《に》げ切《き》れるだろうか。

「……ん？」

　視線の先、道路のど真ん中で本革《ほんがわ》の赤いソファーが街灯の光に濡《ぬ》れていた。

「来たか。番狼《バンロウ》」

　ソファーに深々と腰《こし》かける一人の男。黒のスーツ姿で、口元を黒い鋼鉄のマスクで覆《おお》っていた。その雰囲気《ふんいき》は今まで見てきたヤクザよりも洗練された印象がある。

　両脇《りょうわき》に侍《はべ》らせた全裸《ぜんら》の美女が男の腕《うで》に絡《から》みつく。彼女達も背中に龍《りゅう》の刺青《いれずみ》を入れていた。

「俺達は髄龍組《ずいりゅうぐみ》親衛隊。埋呉《つちくれ》親分直属の鉄砲玉《てっぽうだま》や」

　指を鳴らすと、ビルの陰《かげ》や木の上、路地裏から銃《じゅう》や刀で武装した男達が静かに現れた。いずれも口元に金属製のマスクを装着している。

　隊長格と思《おぼ》しき男は、傍《かたわ》らの女の首に舌を這《は》わせていく。戦場に場違《ばちが》いな、甘い嬌声《きょうせい》がビルの間に木霊《こだま》した。

「命を懸《か》けた鬼《おに》ごっこや。気張って逃《に》げろ」

　男はソファーから立ち上がり、拳銃《けんじゅう》を高々と掲《かか》げた。

「狼《おおかみ》の奮闘《ふんとう》劇もこれにて終幕！　組の人間が流した血の分、地獄《じごく》見てもらいまっせ！」

オォ、と野太い雄叫《おたけ》びが月を震《ふる》わせる。

「さあ、眉間《みけん》でチンコしゃぶれる様にしたれえぇぇ！」

雄々《おお》しい咆哮《ほうこう》を轟《とどろ》かせ、親衛隊は一斉《いっせい》に惣次《そうじ》へと襲《おそ》い掛《か》かった。

深手《ふかで》を負った惣次《そうじ》に交戦する体力は残されていない。今は背を向け、ただ逃《に》げる事しかできなかった。


雨水を海に流す下水道。丸い通路の中に、惣次《そうじ》の荒《あら》い吐息《といき》が反響《はんきょう》する。

どこをどう通ったかも、よく覚えていない。とにかく、必死に走って、この下水道に辿《たど》り着《つ》いた。体は汗《あせ》と血にまみれ、ふらふらと頼《たよ》りない足取りで、潮の匂《にお》いを頼《たよ》りに海を目指す。

耳を澄《す》ませると、後ろから微《かす》かに足音が聞こえてくる。きっと下水道に逃《に》げたのが親衛隊にバレたのだろう。連中は、親衛隊を名乗るだけあって、今まで戦ってきたヤクザよりも統率《とうそつ》が取れていた。不用意に近づいてこず、こちらが反撃《はんげき》しづらい絶妙《ぜつみょう》な距離《きょより》を保って銃弾《じゅうだん》を浴びせてくる。どう考えても訓練された人間の動きだった。

しかし何かが引っかかる。

こちらの戦い方をある程度理解しているのは、まだ納得《なっとく》がいった。だけど、埋呉《つちくれ》も親衛隊も、まるで惣次《そうじ》が今日ここに来ることを予想していたように待ち構えていたのは腑《ふ》に落ちない。

「まさか……」

こちらの情報が漏《も》れていたのか？　だとすれば、どこから。スイレン、鹿野目組《かやもぐみ》、それとも、

「まさか、高畑《たかはた》さんの身に何かあったのか」

惣次《そうじ》はポケットからスマホを出して高畑《たかはた》に連絡《れんらく》をとった。頼《たの》む無事でいてくれ。その祈《いの》りが通じたかのように、電話はあっさりと繋《つな》がった。

「良かった。高畑《たかはた》さん、今どこにいますか」

『おかけになった電話番号は現在使われておりません』

スピーカーから、男の淡々《たんたん》とした声が聞こえてくる。

「そんなはずは」

『――なーんつってなぁ！』

電話の向こう側で下衆《げす》な笑い声が上がった。

『この電話の持ち主は元気な体から死体に機種変更《へんこう》しましたぁ！　またのご利用お待ちしてまーす！　じゃあな犬コロ！』

そこで電話は途《と》切《ぎ》れた。惣次《そうじ》は下唇《したくちびる》を噛《か》みしめる。

「嘘《うそ》だ、高畑《たかはた》さんが？　殺された？　嘘《うそ》だ……」

高畑《たかはた》が殺されたと聞かされても、それを信じることができない。今にも泣きだしそうな表情になりながら、それでも海を目指す。

そしてようやく、出口に辿《たど》り着《つ》いた。惣次《そうじ》の目の前で、海が強い風に荒々《あらあら》しく波打っている。

その時、後ろから男の声が聞こえて来た。

「おい、おったで！　こっちや！」

暗闇《くらやみ》から銃弾《じゅうだん》が飛んで、惣次《そうじ》の頬《ほお》を掠《かす》めた。もう何かを考えている暇《ひま》はない。

惣次《そうじ》はその身を、黒々とした水面に投げ出した。

四章　赤い仁義

惣次《そうじ》は夢を見た。一年と少し前の夢。場所は孤児院《こじ》「暖炉荘《だんろそう》」の食堂だ。

大きなテーブルを囲むのは子供達。年長の子供が鳥の丸焼きにナイフを入れ、切った肉を小皿に取り分けていく。あめ色に焼けた皮や溢《あふ》れる肉汁《にくじゅう》に、他の子供達は目を輝《かがや》かせていた。

それを離《はな》れたテーブルで見守るのは雁屋《かりや》、委員長、アキのお手伝い組だ。子供達の様子を見て、冗談《じょうだん》を飛ばしながら笑っている。

部屋の隅《すみ》には腕《うで》を組んで微笑《びしょう》するニトロの姿もあった。そうだ、この日はオーブンが故障してニトロに修繕《しゅうぜん》を頼《たの》んだんだった。

ウレハがケーキを運んでくる。ケーキには数本のロウソクが刺《さ》さっていた。

お待たせしました。そう言って、大テーブルの一番奥にケーキを置いた。ケーキを前にするのは、まだあどけなさが残るスイレンだ。

スイレンはまるで幻《まぼろし》に包まれたかのようにケーキを見つめていた。自分の誕生日が誰《だれ》かに祝福された経験のないスイレンは、戸惑《とまど》いながら惣次《そうじ》の袖《そで》を摑《つか》む。

「幸せって気持ちに、遠慮《えんりょ》なんかいらないんだよ？」

惣次《そうじ》がそう言ってあげると、スイレンは氷が溶《と》けたように笑った。

ここには皆《みんな》がいる。大切な思い出がたくさん詰《つ》まっている。ウレハと二人で作った、たった一つの居場所。

「だから、俺はここを、守るんだ」

惣次《そうじ》は目を開いた。潮の香りと、風車の回る音。そこは風車塔《とう》の一階だった。布団《ふとん》が敷《し》かれ、体には毛布がかかっている。

「生きてる？　本当に？」

海に飛び込んで、必死で泳いで、そこから先の記憶《きおく》がない。

体を起こそうとすると体の節々に激痛が走る。

「痛《つ》つつ……」

「まだ寝《ね》てるヨロシ」

声のした方を見ると、枕元《まくらもと》で闇《やみ》医者のムラサキが胡坐《あぐら》をかいていた。その隣《となり》にはお昼寝《ひるね》タイムのヒガンもいる。

「ムラサキさん……俺は、いったい……」

「海沿いの遊歩道で死にかけてたオマエを、飯岡《いいおか》がウチに運んだネ」

そう言えば、ムラサキは抗争《こうそう》の巻《ま》き添《ぞ》えを避《さ》けるためサキシマに移動したんだった。

「で、手術を終えて昨日の晩診療所からこっちに移しタヨ」

「俺はどれだけ寝《ね》てたんですか？」

「三日ヨ」

「三日も……」

「生きてるダケでもバケモンね。プラナリアよりタフな生き物初めて見たヨ」

複数の銃弾《じゅうだん》を浴びて、刀を抱《かか》えて海を泳いで渡《わた》ったのだ。慟哭《どうこく》から力を授《さず》かってなければ確実に死んでいただろう。

「ムラサキさん、助けてくれて、ありがとうございます」

惣次《そうじ》は体を起こしてムラサキに深々と一礼をする。

「ヨカヨカ。もう少し金積めバかかりつけ医なってやるヨロシ」

肩《かた》に乗った蛇《へび》も「金寄越《よこ》せー」とチロチロ舌を出す。

「飯岡《いいおか》、ずっと、オマエを一人で行かせたの悔《く》やんでたヨ」

「そうだったのか」

「私のところ来た時、自分のせいで惣次《オマエ》が死ぬかもしれないって、半泣きだったネ。オマエら、一体何やった？」

口喧嘩《くちげんか》の事を思い出して、惣次《そうじ》は俯《うつむ》いた。スイレンは本気で自分のことを心配してくれていたのだ。少なくとも野心だけの人間が、それほど必死に惣次《そうじ》を助けたりはしないだろう。

そんなスイレンの親切を、自分は確たる根拠《こんきょ》もなく疑ったのだ。

「俺、スイレンに俺と付き合うのは飯岡組《いいおかぐみ》を再興したいからだろ、って言ったんです……。それで、アイツを怒《おこ》らせて……」

「オマエらの仲はよく知らんケド、疑うよりは素直《すなお》ナ方がいい関係作れるネ。詐《いつわ》りを逆《むか》えず、不信を憶《おもんぱか》らず。中国の偉《えら》い人の言葉ヨ」

確かにそうだ。スイレンが宿敵だった惣次《そうじ》にいろいろしてくれる理由は分からないままだ。でも、普段《ふだん》スイレンが惣次《そうじ》に見せている表情は、きっと嘘《うそ》じゃない。

「そうですね。もうちょっとスイレンのこと信頼《しんらい》します」

「それがいいね。じゃ私は、ソロソロ退散するヨ」

ムラサキは立ち上がって玄関《げんかん》から出ていった。

入《い》れ替《か》わるようにしてスイレンが部屋に入ってくる。惣次《そうじ》を見たスイレンは、ホッと肩《かた》の力を抜《ぬ》き、少しだけ口元を緩《ゆる》ませた。そして、優《やさ》しい声で一言。

「……やっと、起きたか」

安堵《あんど》した彼女の顔を見ると、本当に惣次《そうじ》を心配していた事が分かる。

「その、色々とゴメン。スイレンの忠告を聞いてたらこんなことには、ならなかった」

「ワシもカッとなって悪かった」

言いながら惣次《そうじ》の前に胡坐《あぐら》をかく。

「惣次《そうじ》、何があったか話してくれるか」

「うん……」

惣次《そうじ》はスイレンに、自分がユメシマで見てきたものを話した。話を聞き終えたスイレンは眉《み》間《けん》に深い皺《しわ》を寄せて腕《うで》を組む。

「お前以外に妖刀《ようとう》使いがおったとはな……言っちゃ悪いが、戦力に差があり過ぎる。幼女製造機の惣次《そうじ》に対して、相手は歩く武器庫。妖刀《ようとう》の性能も金も人材も相手の方が上回っとる」

勝てない。それが二人の率直《そっちょく》な感想だった。

「俺は無力だった。この二年間、剣術《けんじゅつ》を覚え、精神的にも体力的にも強くなった。だけど、同じ妖刀《ようとう》を持った埋呉《つちくれ》には歯が立たなかった」

敵はこちらの全てを上回り、さらに本拠地《ほんきょち》すら知られていない。実質有効な手立てがなにもない。焦《あせ》りと不安が胸の裏に滲《にじ》んで、惣次《そうじ》は毛布を握《にぎ》りしめる。

それをスイレンは黙《だま》って見つめていた。沈黙《ちんもく》に、小波《さざなみ》の音が寄せては退いていく。

「おーい、盛り上がってるヨロシかー?」

見れば出ていった筈《はず》のムラサキが入り口に立っている。

「どないしたんや」

「いや、ちょっと不吉《ふきつ》なニュースが飛び込んできたヨ」

「『不吉《ふきつ》なニュース？』」

首をかしげる二人に、ムラサキは声を沈《しず》ませた。

「ああ。広場で死体、見つかったヨ」

惣次《そうじ》、スイレン、ヒガンの三人は川沿いの広場に急行した。集合住宅に囲まれた広場は数多くの屋台や露店《ろてん》が軒《のき》を連ねていて、サキシマでは最も人が集まりやすい場所とされている。

その広場に、物々しい人だかりができていた。

「スイレン、怪《あや》しい人影《ひとかげ》は？」

「おらん。でも一応用心しとけ」

三人は人ごみを掻《か》き分《わ》けていく。

その先に、一つのスーツケースが無造作に置かれていた。スーツケースの周囲にはハエがたかり、凄《すさ》まじい悪臭《あくしゅう》が立ち込めている。スーツケースの間から流れ出る血を見れば、中に何が入っているかは子供でも分かるだろう。

問題は誰《だれ》が入っているかだ。

手掛《てが》かりはスーツケースの上に置いてある、ハンチング帽《ぼう》だった。それを見た惣次《そうじ》の背筋に寒気が走った。見間違《みまちが》えるはずもない。あれは、

「高畑《たかはた》さんの、帽子《ぼうし》だ」

「そうか、アカンかったか……」

スイレンはどちらかというと冷静な表情で死体の入ったスーツケースを見つめている。

「くそっ、俺があの時、力ずくでも止めていれば」

嚙《か》みしめた下唇《したくちびる》から細く血が流れた。遂《つい》に惣次《そうじ》の知り合いから犠牲《ぎせい》者が出た。高畑《たかはた》の死体を目《ま》の当《あ》たりにしたことで、その実感が湧《わ》いてくる。

恐怖《きょうふ》と後悔《こうかい》が胸の内で渦《うず》を巻いた。心臓が高鳴り、皮膚《ひふ》が冷《ひ》や汗《あせ》を垂れ流す。夢であってほしい。だけど、この死体はどうあがいても現実だ。

震《ふる》える惣次《そうじ》の肩《かた》を、誰《だれ》かが叩《たた》く。

振《ふ》り返《かえ》ると見慣れない中年の男性が立っていた。

「なあ、あんたニトロさんとこのバイトだろ」

「え、あ、ああ。そう、ですが」

そう言えばこの人、この前工場に来ていた気がする。

「いやな、仕事頼《たの》みたいんだけど、工場長が電話に出ねえんだわ。何か聞いてないか？」

惣次《そうじ》とスイレンは顔を見合わせる。

「スイレン」「分かっとる。早よ、ニトロちゃんの工場に行くで」

惣次《そうじ》は最悪に備えて覚悟《かくご》を決める。そしてその覚悟《かくご》は、無駄《むだ》にならなかった。


工場は静かだった。奥の換気扇《かんきせん》が、差し込んでくる光を遮《さえぎ》りながら回っている。机には出しっぱなしの工具。冷蔵庫の扉《とびら》は開いたまま。人がいた形跡《けいせき》があるのに、人はいない。

「ニトロ、さん？」

惣次《そうじ》が呼びかけても返事はない。

急用で出かけているだけだ。

根拠《こんきょ》のない願望を抱《いだ》きながら、苦汁《にがり》のような唾《つば》を呑《の》み込み、惣次《そうじ》は奥へと進んでいく。

一番奥の倉庫。

その中で、ニトロは見つかった。

彼女の胸元《むなもと》は血で赤く染まり、後頭部からも血が飛び散っている。壁《かべ》には脳漿《のうしょう》と思《おぼ》しき肉片《にくへん》がへばりついていた。

額を覆《おお》い隠《かく》す前髪《まえがみ》の隙間《すきま》から、生の躍動《やくどう》を失った瞳《ひとみ》が地面の一点を見つめている。

「そん、な」

蚊《か》の羽音のように、弱々しい声が喉《のど》の奥からしみ出た。

「あんた、こんな簡単に死んじゃうんですか……」

少年は膝《ひざ》を折って首《こうべ》を垂れた。瞬《まばた》きを忘れた瞳《ひとみ》から、涙《なみだ》が零《こぼ》れ落《お》ちる。

昨日まで惣次《そうじ》と会話していたのが嘘《うそ》のように、ニトロは、たった一つの引き金で、血まみれになり、物のような死体になった。

ニトロが死んだ。死んで欲しくないと思っていた人達が死んだ。あっさりと死んだ。

両親もそうだった。昨日の今日で、嘘《うそ》のように死んだ。死んだ。死んだ。

――まさか、暖炉荘《だんろそう》の皆《みんな》もこうなるのか。

だめだ、想像するな。壊《こわ》れるから想像するな。

脳は無情にもそれを思《おも》い描《えが》く。血まみれで横たわる子供達。壁際《かべぎわ》でこと切れる友人。そして、銃《じゅう》を胸で撃《う》ち抜《ぬ》かれて、虚《うつ》ろな視線で天を仰《あお》ぐウレハ。

「あ、あぁ………」

ニトロの死はトラウマを呼び起こし、トラウマは暖炉荘《だんろそう》の人達の死を想像させた。その重圧に胸が悲鳴をあげる。

惣次《そうじ》の心は、弾丸《だんがん》の横時雨《しぐれ》を耐《た》え凌《しの》ぐ。数百の鋼《はがね》で皮膚《ひふ》を割《さ》かれても揺《ゆ》るがない。だけど、親しい人の死は、堅牢《けんろう》な精神に嘘《うそ》のような亀裂《きれつ》を走らせた。心が血を流している。血は、心の隅々《すみずみ》まで行《い》き渡《わた》り、惣次《そうじ》は崩壊《ほうかい》へと向かっていく。もう、駄目《だめ》だ。


「しっかりせえ！」

突然《とつぜん》何者かが惣次《そうじ》の頬《ほお》を引っ叩《ぱた》いた。乾《かわ》いた音が工場の中を反響《はんきょう》する。

その幼女は窓より差し込む逆光に身を晒《さら》し、影《かげ》となって少年を睨《にら》みつけていた。

「血を流すことも許す。泣くことも許す。怒《おこ》ることも許す。だが、折れることは許さん、それだけは絶対に許さん」

スイレンは逆光の中で、惣次《そうじ》の肩《かた》に手を乗せた。

「なあ惣次《そうじ》。ワシの組は誰《だれ》に滅《ほろ》ぼされた？　ヤクザか、愚連隊《ぐれんたい》か、的屋《てきや》か、博徒《ばくと》か、警察か？　違《ちが》うやろ。ワシ等は狼《おおかみ》に喰《く》われた。刀担《かつ》いだ頭のおかしい男に、たった一夜で跡形《あとかた》も無く食いつくされた！」

痛みを感じるほど、惣次《そうじ》の肩《かた》を摑《つか》む手に力を込《こ》めた。

「お前に滅《ほろ》ぼされた飯岡組《いいおかぐみ》の頭目《とうもく》として断言する。ヤクザを斬《き》る事において、笹川惣次《ささがわそうじ》より優《すぐ》れた奴《やつ》はおらん！　お前が泣こうが喚《わめ》こうが、サキシマで埋呉《つちくれ》とタメ張れるのはお前だけや。そんなお前が諦《あきら》めたら、あの孤児《こじ》院の人間はどうなる。ウレハやチビ共が銃《じゅう》に変えられていくのをただ見ているだけの地獄《じごく》が待っているんやぞ！」

「い、嫌《いや》だ。そんなの、絶対に」

「だったら答えは一つや。悲しみをしばき倒《たお》せ。闘争《とうそう》の炎《ほのお》を絶やすな。孤児《こじ》院のためなら命が尽《つ》きるまで戦い続けるのが、ワシの知るサキシマの番狼《バンロウ》や」

不思議だった。スイレンの言葉には、惣次《そうじ》を勇気づける熱がある。彼女と会話をしていると、自分は一人じゃないと思えてくるのだ。

「そう、だな……」

太陽を雲が横切り、工場の中は光から闇《やみ》に代わる。薄暗《うすくら》がりのなか、膝《ひざ》を立て、足底から床《ゆか》に力を注ぎ、惣次《そうじ》は立ち上がる。

「最善を尽《つ》くそう。涙《なみだ》を流すのも、嗚咽《おえつ》を出すのも、その後でいい」

悲しみは癒《い》えない。後悔《こうかい》も消えない。だけど、さらなる悲劇を生まないために戦うしかない。

そのたった一つの答えに、スイレンが導いてくれた。

スイレンは深く首《こうべ》を縦に振《ふ》る。

「よし。ニトロが襲《おそ》われたってことは、お前の友好関係がバレてる可能性が非常に高い」

その時、真っ先にウレハが思《おも》い浮《う》かんだ。

「じゃあ、早く暖炉荘《だんろそう》に行かなきゃ」

「いや、孤児院《こじいん》にはワシが向かう。お前は友達のとこに行け。ワシは連中がどこにおるかさっぱり分からんからな」

「安否確認《かくにん》の連絡《れんらく》はどうしよう!?　俺のスマホ、海水で壊《こわ》れちゃった」

「ニトロのケータイを持ってけ。ウレハが無事ならそこに連絡《れんらく》を入れる」

「分かった。俺は、今すぐ委員長達の所に向かう」

その時、惣次《そうじ》の服を誰《だれ》かが引っ張った。見れば、ヒガンが泣きそうな目で見上げている。

「かいや、のとこ、行く」

雁屋《かりや》達は、吉岡湖水《ヒガン》の生徒だ。心配するのは当然だろう。

「よし、先生、一緒《いっしょ》に行きましょう」

ヒガンを抱《かか》え、惣次《そうじ》はニトロの遺骸《いがい》に背を向ける。一度は歩み始めた足を止め、掠《かす》れるような、されど滔々《とうとう》とした声で一言。

「ニトロさんの事、結構好きでした。後で迎《むか》えに来ます」

連絡《れんらく》がつかないので、学校や学生がよく行くカフェを探し回ったが、友達は見つからない。

結論から言うと委員長達がいたのは風車塔《とう》、即《すなわ》ち惣次《そうじ》の自宅の前だった。

薄《うす》い緑が揺《ゆ》れる木々の下に、雁屋《かりや》、委員長、アキの三人が何かを話している。

三人の元気な姿を見て、惣次《そうじ》とヒガンはほっと胸をなで下ろした。そして何食わぬ顔で三人に声をかける。

「みんな、どうしたの」

雁屋《かりや》は惣次《そうじ》を見るなり顔を明るくした。

「惣次《そうじ》！　風邪は治ったのか」

どうやらスイレンは皆《みんな》に、惣次《そうじ》が風邪《かぜ》を引いた、と伝えていたようだ。

「うん。もうすっかり」

「既読《きどく》つかないから心配して様子見に来たんだぞ」

「ごめん」

横から委員長がニヤニヤしながら話に入ってくる。

「雁屋《かりや》、昔みたいに笹川《ささがわ》君がお腹《なか》すかしてたらどうしよう、って半泣きになってたんだよね」

「言うな言うな！　恥《は》ずかしいから」

　顔を赤くして照れる雁屋《かりや》。昔、というのは惣次《そうじ》が両親を失った時のことだろう。惣次《そうじ》が餓死《がし》しそうになっていた事に気付けなかったのを、雁屋《かりや》は今も悔《く》やんでいるらしい。

　本当にいい奴《やつ》だ。そんな雁屋《かりや》に、惣次《そうじ》は頭を下げた。

「心配してくれてありがとう、雁屋《かりや》。アキちゃんも委員長もありがとう」

「礼には及《およ》ばねぇよ」「そうそう、雁屋《かりや》の言う通りだよ」「………そう」と三人は各々《おのおの》笑顔《えがお》を浮《う》かべた。

「ところでさ、皆《みんな》に聞きたいんだけど……その、最近なにか、変わった事とかなかった？」

　惣次《そうじ》の問いに、三人は首を傾《かし》げた。

「い、いや。ないならないでいいんだ」

　そういえば、と雁屋《かりや》がニヤニヤ笑う。

「授業中、配布チケでSSR当ててさ。その時は、流石《さすが》に声が出そうになったぜ」

　授業中にガチャはマズイ。近くに元担任がいることも知らず、雁屋《かりや》は呑気《のんき》に話を続ける。

「いやあ、新しく入った非常勤の先生、監視《かんし》の目がすごいザルだいでえええええぇ！」

　見ればヒガンが般若《はんにゃ》のような恐《おそ》ろしい顔で雁屋《かりや》の指を捻《ひね》っていた。

「ええ、ええ、なんで俺痛い思いしたの……？」

　雁屋《かりや》は涙目《なみだめ》になっている。ちなみに吉岡《よしおか》は生徒の、校則違反《いはん》にはやたら厳しい。

「笹川《ささがわ》君、この子、誰《だれ》？」

委員長がヒガンをひょいと持ち上げる。

「えっと……い、従妹《いとこ》」

雁屋《かりや》は痛みから復帰して惣次《そうじ》に走り寄った。

「マジかお前、美少女に恵《めぐ》まれすぎだろ！　一人寄越《よこ》せ！」

「家庭裁判所と戦争になるよ？」

惣次《そうじ》と雁屋《かりや》がやいやい言ってる横で、委員長はじっとヒガンを見つめていた。

「どうしたの？」アキが委員長に尋《たず》ねる。

「いや、この子、吉岡《よしおか》先生に似てない？」

「言われてみれば」

三人は揃《そろ》ってヒガンの顔を見つめた。ヒガンにも吉岡《よしおか》の面影《おもかげ》は薄《うつす》ら残っていて、彼女の生徒にはそれが分かるらしい。

「やめよっか」

言いながら委員長はヒガンを地面に下ろした。

「なんか、悲しくなってきた」

冷たい潮風が吹《ふ》いて、さあ、と梢《こずえ》が騒《ざわ》めいた。ヒガンは静かに委員長を見上げている。

吉岡《よしおか》は現在行方《ゆくえ》不明ということになっていた。既《すで》に後任の講師も配属され、学校は吉岡《よしおか》をいないものとして扱《あつか》っているのが現状だ。最近巷《ちまた》を賑《にぎ》わせる番狼《バンロウ》に殺されたのではないか、という噂《うわさ》もよく耳に入る。委員長はどこか寂《さび》し気に、言葉を空に放った。

「先生、もう会えないのかな」

アキも雁屋《かりや》も言葉をかけない。彼女の不安を消してしまうような言葉は思いつかないし、気休めが救いにならないことも互《たが》いに知っている。

委員長は空の彼方《かなた》に消えていく一羽《わ》の鳥《ウミウ》を眺《なが》め、呟《つぶや》くように言った。

「卒業式は吉岡《よしおか》先生に名前呼んでもらいたいなぁ」

その言葉がヒガンの体から時間を奪《うば》い去《さ》る。微動《びどう》だにすることなく、ヒガンは委員長を見つめていた。

「なんか分かるわ。先生、フリーダムだけど俺達のことは裏切らないしな」

雁屋《かりや》の言葉に悪意はない。だからこそ、その真《ま》っ直《す》ぐな言葉は吉岡《ヒガン》の心を抉《えぐ》る。かつての生徒達を見る目は、まるで遠くの地平線を眺《なが》めているようだった。

「先生、悩《なや》み事いつだって聞いてくれる。学校の先生、あんまり好きじゃなかったけど、吉岡《よしおか》先生だけは信頼《しんらい》できる」

無口なアキもこの時ばかりは饒舌《じょうぜつ》だった。

ヒガンを見ると今にも泣きだしそうな顔で肩《かた》を震《ふる》わせている。彼女は生徒の信頼《しんらい》を裏切った。

「オオサカのヤクザが攻《せ》めてくるって噂《うわさ》もあるし、番狼《バンロウ》は出るし、先生はいなくなっちゃうし、私達の日常、どうなっちゃうんだろう」

委員長のか細い声が、草木のせせら笑いに溶《と》けていった。

友達や先生と笑っていられる日常。それが少しずつ崩《くず》れていく。その不安と恐怖《きょうふ》は、高校生にとって重いものだ。それは惣次《そうじ》も同じだった。

その時、ヒガンは委員長を撫《な》でようとそっと手を伸《の》ばす。だけど、その手をピタリと止めて俯《うつむ》いた。サキシマの住民を殺して武器にしようという恐《おそ》ろしい計画に加担した。そんな自分に、彼女を慰《なぐさ》める資格がないと分かっているのだ。

「ごめんね、笹川《ささがわ》君。お見舞《みま》いに来たのに、なんか、変な空気にしちゃって」

「だい、じょうぶ……気にしてなんかないから」

惣次《そうじ》がそう言うと、委員長は持ち前の明るい笑顔《えがお》を作った。

「うん。ありがとう。笹川《ささがわ》君の顔も見られたし一旦《いったん》帰るね」

「分かった。気を付けて」

そして三人は、木々の下をゆっくりと遠ざかっていった。

「皆《みんな》を護《まも》る方法も……考えないと」

無事を確認《かくにん》できたものの、住む場所はバラバラだから監視《かんし》するのにも限界がある。

「何か、一か所に集める手立てがあればいいんだけど」

とはいえ、現状相手がどんな手を打ってくるか分からない以上、何が有効なのかも分からないのだが。

「先生？」

一先《ひとま》ずニトロの死体を葬《ほうむ》ろうと歩き出した惣次《そうじ》。その袖《そで》を、ヒガンがくいと引っ張った。

「いう」

「言うって何を」

「事務所の、場所」

揺《ゆ》らぐ木漏《こも》れ日《び》が万華鏡《まんげきょう》のように形を変える林の中で、ヒガンの決意が惣次《そうじ》の心に波紋《はもん》を生んだ。

「本当に、いいの？」

ヒガンは拳《こぶし》を強く握《にぎ》りしめる。爪《つめ》が掌《てのひら》の皮膚《ひふ》を喰《く》い破って血が流れた。それほど、彼女にとっては辛《つら》い決断なのだろう。

「わたしは、仲間をうった、わるいひと。それは、ヤクザのせかいでは許されない。くみちょうに、仁義《じんい》もあった。それを台無しにする、最低。でも」

目《め》尻《じり》から涙《なみだ》を零《こぼ》し、それを手で押さえつける。

木漏《こも》れ日《び》の万華鏡《まんげきょう》がまた形を変えた。美しく、そしてどこか切なく、緑は移ろう。

「それでも私は、生徒達《あなた》を選ぶ」

木の葉が零《こぼ》す光の小波《さざなみ》の下、幼女は静かに今までの生き方を否定する。

戦局を大きく覆《くつがえ》すこの決断は、翠色《みどりいろ》の涙《なみだ》に彩《いろど》られていた。


スイレンから、暖炉荘《だんろそう》の皆《みんな》は全員無事という連絡《れんらく》が入る。暖炉荘《だんろそう》はスイレンが見張っているということなので、惣次《そうじ》はニトロを葬《ほうむ》るべくワルシャワ再生工場に足を運んだ。

一先《ひとま》ずヒガンを落ち着かせるためソファーに座らせる。

その様子を見守っていたニトロが、声をかけてきた。

「ん、泣いてるじゃねえか。何かあったのか？」

「先生が、髄龍組《ずいりゅうぐみ》の居場所を吐《は》くそうです」

「ほう、そら僥倖《ぎょうこう》ってもんじゃねえな。若頭《わかがしら》がいれば、事務所の場所も分かるし、相手の武装、兵員、それに生活習慣までも丸裸《まるはだか》だ。コイツは攻守交替《こうしゅこうたい》のカードだぜ」

「でも、先生には、辛《つら》い思いをさせることになります」

「ま、いいんじゃねえか？　そいつなりに考えて決断したんだ。それを尊重してやるのが保護者であり生徒でもあるお前の責務ってもんだ」

「そうですね。仲間を二人も失った身としては、気を使ってばかりもいられませんから……」

「だな。武器の提供者である私と情報の提供者を先に始末しようとする辺り、連中は相当戦い慣れてる。お前への報復よりも戦力の弱体化を優先したってことだからな」

「確かに、ニトロさんの言う通り、ニトロさんと高畑《たかはた》さんには大分助けられていましたから」

あれ？　惣次《そうじ》は違和感《いわかん》に気が付いた。今自分が話をしている、このダンディボイスの主は誰《だれ》なんだ。疑問に思って、恐《おそ》る恐《おそ》る振《ふ》り返《かえ》る。

「よう、さっきぶり」

それは夢か幻《まぼろし》か。ニトロがふっつーに、瓶《びん》ビールを喇叭《らっぱ》飲みしていた。

「うわああああああぁ」「はにゃあああぁ⁉」

ヒガンと惣次《そうじ》はほぼ同時にソファーから転げ落ちた。

「ニトロさん⁉　地獄《じごく》からも国外追放くらったんですか！」

「お前、だんだん言葉に毒が入るようになってきてないか？」

てか別に祖国《ポーランド》からも出禁くらってねえし、とニトロは口を尖《とが》らせる。

「ほらよ。こいつが現世に滞在《たいざい》するためのビザだ」

取り出したのは、いつぞや見せた血の出るボディアーマーだった。続けて防弾《ぼうだん》バンダナを見せた後、冷蔵庫を指差す。冷蔵庫からは腐《くさ》ったトマトが一つ無くなっていた。惣次《そうじ》が見た脳味《のうみ》噌《そ》はトマトの果肉だったらしい。

「お前のパクってきた重機関銃《きかんじゅう》で挽肉《ひきにく》にしてやってもよかったんだが、商品をテストするには最高のタイミングだったから一芝居《ひとしばい》打たせてもらった。死体になっちまえば、次狙《ねら》われる可能性も低くなるしな」

「いやいやいや！　偽装《ぎそう》に気付かれたらどうするつもりだったんですか！」

　ニトロは何も言わず、手甲《てっこう》を天に掲《かか》げた。握《にぎ》り拳《こぶし》を作ると、発砲《はっぽう》器官が突出《とっしゅつ》し、一発の銃《じゅう》弾《だん》を天井《てんじょう》へと放つ。

「私はいざって時にパソコンを鈍器《どんき》にできるタイプのインテリだ」

「でも防弾《ぼうだん》バンダナはリスク高いでしょ……ちょっと弾《たま》が逸《そ》れてたら即死《そくし》ですよ」

「引くな引くな。お前に比べたらまだマトモだ。よっ」

　ニトロの腕《うで》がヒガンの奥襟《えり》を摑《つか》んで引っ張り上げた。

「あいー？」

　足元のカマキリ達が「まってー」「ごしゅじーん」「どこへー」と慌《あわ》てている。

「惣次《そうじ》、悪いけどヒガン借《こ》り《い》て《っ》くぜ」

「児童労働は犯罪ですよ」

「黙《だま》れ銃刀《じゅうとう》法違反《いはん》」

　武器商人にだけは言われたくない。

「髄龍組《ずいりゅうぐみ》のケツにその刀をぶっ刺《さ》すんだろ？　私にも一枚噛《か》ませろ」

「ニトロさん、中立って言ってませんでしたっけ」

「中立ってのは自分に銃《じゅう》を向けた奴《やつ》らを許さねえんだよ。国境跨《また》いだナチ公《こう》にベルギー人がお茶でも出して歓迎《かんげい》したか？」

ニトロは、尖《とが》った歯を見せ乍《なが》らニカっと笑う。

「拳銃《けんじゅう》を向けた相手にはライフル弾《だん》をぶちこめってのと、美大落ちのチョビ髭《ひげ》独裁者を見たら地獄《じごく》に突《つ》き落《お》とせってのがウチの家訓だ。私に手を出した報《むく》いは受けさせる」

「激しい戦いになりますよ。いいんですか？」

「愚問《ぐもん》だな。祖父が第三帝国《ていこく》相手にかくれんぼしてた頃《ころ》の故郷《グダニスク》よりはずっとマシだ」

よく考えれば、こんな稼業《かぎょう》をやっているのだから修羅《しゅら》場《ば》は潜《くぐ》っていてもおかしくはない。

「死の商人《ユーリ・オルロフ》の役は私がやってやる。弾《たま》もガソリンも祭りのように使え」

ニトロの雰囲気《ふんいき》に気圧《けお》されながらも、惣次《そうじ》は深々と頭を下げた。

「あ、ありがとうございます」

「くく、久しぶりの戦争だ。地獄《じごく》と煉獄《れんごく》のミルフィーユで魂《たましい》を清め殺してやろうぜ」

「き、機嫌《きげん》いいですね。撃《う》たれたのに」

ニトロは勝《か》ち誇《ほこ》ったようにふんぞり返り、豊満な胸の下で腕《うで》を組んだ。

「いやー、どっかのシャバガキが私の為《ため》にすすり泣いたのが見られて笑いが止まらねえ、なんてこと、ある訳ないよなぁ？」

惣次《そうじ》の頬《ほお》が薄《うっす》らと桃色《ももいろ》になった。

「お前、なんつったよ？　去り際になんつったよ。あれ、もう一回聞きたい」

――ニトロさんのこと、結構好きでした。

恥《は》ずかしい。恥《は》ずかしすぎる。そういう意味じゃないけど、死ぬ程恥《ほどは》ずかしい。

「朝まで蘇生処置拒否《DNR》をキメた甲斐《かい》があったわ。番狼《バンロウ》の告白童貞《どうてい》を奪《うば》えたんだからな」

「そういう意味で言ったんじゃないです！　女性として愛してるのは、ウレハだけだ！」

工場内に響《ひび》く惣次《そうじ》の声。反響《はんきょう》する自分の声を聞いて、さらに恥《は》ずかしくなった。

二人のやり取りを見ていたヒガンが、ほっこりと笑う。

「それを本人のまえでいえればいいのにね～」

もういっそのこと殺してくれと赤面する惣次《そうじ》だった。

「と、とにかく襲撃《しゅうげき》には気を付けてください。先生の正体がバレたら、一番危ないのはここですから」

「あ、お前、手伝わないの？」

「俺は、今から暖炉《だんろ》荘《そう》で、スイレンと大事な話があります」

そう。最悪を避《さ》けられたとはいえ、まだこれからの事を考えなければならない。

そして、この決断もスイレンに伝えなければいけないから。

暖炉《だんろ》荘《そう》に行くと、玄関《げんかん》でウレハが出迎《でむか》えてくれた。

「惣次《そうじ》君、風邪《かぜ》は治ったんですか？」

「う、うん……一応」

ウレハは少し前屈みになって、下から覗《のぞ》き見るような姿勢のまま、惣次《そうじ》の額に手を当ててきた。ウレハの手は滑《すべ》やかで、それでいてひんやりとしている。例の如《ごと》く顔を真っ赤にして、体を緊張《きんちょう》させる惣次《そうじ》。そんなことには気が付かず、ウレハは検温を終えて手を離《はな》す。

「うん。熱はないみたいですね」

そして「じー」っと惣次《そうじ》を見つめてくる。まじまじと見られると結構恥《は》ずかしい。

「ど、どう……したの？」

「いえ。本当に風邪《かぜ》、だったんですか？」

「ほ、本当だよ」

「どこかの悪い人に殴《なぐ》られたとか、そんなんじゃないですよね？」

鋭《するど》い。

「広報でも番狼《バンロウ》への注意が呼びかけられています。惣次《そうじ》君、体力がないから心配で」

「大丈夫《だいじょうぶ》。危なくなったら逃《に》げるくらいの体力はあるよ」

そう言ってもウレハに笑顔《えがお》はない。

「最近、思うんです。私の知らない所で何か良くない事が起こってるんじゃないかって」

ウレハも広場で死体が見つかった事は知っているだろう。日常の崩《くず》れていく音が、彼女にも聞こえているのかもしれない。

「俺も、分かる。今、ちょっと、怖《こわ》い」

それは惣次《そうじ》がうっかりと漏《も》らした本音だった。今度の戦いに負ければ、何もかも失ってしまう。いくら覚悟《かくご》を決めていても、怖《こわ》いものは怖《こわ》い。

ウレハは何も言わず、惣次《そうじ》の右手を握《にぎ》った。指と指が絡《から》み合《あ》い、掌《てのひら》と掌《てのひら》がひたと触《ふ》れ合《あ》う。

「覚えてますか？　怖《こわ》い時、昔はこうやってギュッと手を握《にぎ》り合っていたのを」

その優《やさ》しい感触《かんしょく》に、惣次《そうじ》の不安は薄《うす》れていく。

「……覚えてる。ヤバイ台風の時とか、よくこうしてた」

「きっと大丈夫《だいじょうぶ》です。この暖炉荘《だんろそう》は、惣次《そうじ》君と作ったこの場所だけは、きっと」

ウレハは笑ってくれた。どんなに不安でも、ウレハにはそれを包み込んでしまう優《やさ》しさがある。そんな彼女が好きだから、惣次《そうじ》は狼《おおかみ》にだってなれるのだ。

「あ、そ、そういえばスイレン、来てる？」

「来てます！　スイレンちゃん、すっかり大人びちゃって驚《おどろ》きました」

ウレハはここのところスイレンと会ってない。だから、精神が大人になってからのスイレンにはあまり馴染《なじ》みがないのだろう。

「そう。今は、俺がアイツを頼《たよ》ることもすごく多い……。スイレンは、こっちが大変な時はいつも助けてくれる」

「兄妹《きょうだい》というよりは、刑事《けいじ》ドラマに出てくる相棒みたいな関係ですね」

相棒、かぁ。悪くない響《ひび》きだな、と惣次《そうじ》は思った。

「あ、そういえばパンダさんクッキー焼いたんですけど、今のスイレンちゃんには子供っぽいでしょうか」

「凄《すご》く喜ぶと、思う。ちなみに、今どこにいるの？」

「屋根に上ったまま、ずっと下りてきてませんね」

「屋根、だね。ありがとう」

梯子《はしご》を使って屋根に上ると、スイレンが座って月を見ていた。

「スイレン、中、入らないの？」

一年前まではスイレンは暖炉荘《だんろそう》によく顔を出していた。でも、精神が成熟して飯岡昭三《いいおかしようぞう》の記憶《きおく》が戻《もど》ると子供たちから距離《きより》を置き始めた。スイレンは月を眺《なが》めながら、ポツリと呟《つぶや》く。

「ワシにあの孤児《チビ》どもと一緒《いつしよ》にいる資格はないんや。ワシのやってた抗争《こうそう》があいつ等《ら》の親を奪《うば》ったんやからな」

「でも、皆《みんな》会いたがってるよ。ウレハの作った可愛《かわい》いお洋服着せたいとかで」

「絶対に会わん！　だいたい、お前とウレハが二人一組になるとロクなことになれへん！　すぐ人にハムスターのパジャマとかカエルの雨合羽とか着せようとする！」

「そんなスイレンに、ウレハからプレゼントがあるよ」

惣次《そうじ》はパンダさんクッキーの入った袋《ふくろ》を渡《わた》す。スイレンは渋々《しぶしぶ》それを受け取った。

「お前、趣味《しゅみ》悪いぞ……てか、可愛《かわい》い形にされると食べづらいんやが」

などと文句をたれながらも、もしゃもしゃクッキーを頬張《ほおば》った。

「美味《おい》しい？」

スイレンの首がふにふにと縦に振《ふ》れる。結局スイレンはクッキーを最後まで食べ切った。スイレンにとってウレハの手料理は、「親の味」だったりする。もちろんウレハの事は気に入っていて、「あれは器《うつわ》のでかい女や」と斜《なな》め上の評価を下していた。

スイレンは、表情を引き締《し》め、再び視線を空に向ける。

「……高畑《たかはた》の死体は？」

「役所が業者に頼《たの》んで火葬《かそう》。遺骨は三鷹《みたか》？　ってとこにある実家に届くって」

「そうか」

「俺は、高畑《たかはた》さんを、止められなかった。あの人が死んだのは……俺のせいだ」

「死を悼《いた》むことと後悔《こうかい》することは似てるようで違《ちが》う。自分を責めるのはその辺にしとけ」

惣次《そうじ》は悔恨《かいこん》の言葉を呑《の》み込んで、スイレンの横に座った。

「けど、ニトロさんが無事だったのは、不幸中の幸いだった」

「せやな。ニトロちゃんやから大丈夫《だいじょうぶ》やったけど」

言葉の途中《とちゅう》で、スイレンは小首を傾《かし》げた。

「……はい？　ニトロちゃん生きてるの？」

「うん」

「はよ言えアホ！　つか、あの状況《じょうきょう》で生きてるってどういうことやねん。地獄《じごく》で入国拒否《きょひ》でもされたんか！」

俺と同じようなことを言ってる……。

「でも、ニトロさんだからあの状況《じょうきょう》でも生き残れたものの、これがもし他の人だったら……って考えると素直《すなお》に喜べないな」

「せやな。自警団が向こうの手に落ちている以上、暗殺者はフリーパスや。なんなら自警団の連中が、お前の友達を襲《おそ》うかもしれへん」

「敵がその気になっていたら、ウレハや子供達が殺されていたかもしれない」

こうしてる間に、委員長達が襲《おそ》われている可能性だってある。心はずっと不安なままだ。

「一人は孤児院《こじいん》に常駐《じょうちゅう》せなあかんし、チビどもかて学校行かなあかんから、二人やとどうにも手が回らん」

近しい人が襲《おそ》われ、なおも暖炉荘《だんろそう》の人達を護《まも》るために有効な手を打てずにいる。それが、どうしようもなくもどかしい。

「身に染《し》みて分かった。どれだけ強くなっても、スイレンがいても、俺は大切なものを護《まも》り切れないって。今までのやり方じゃ、ダメなんだ」

高畑《たかはた》の死とニトロが襲《おそ》われたという事実が、その決断のトリガーとなった。

「スイレン、前、俺に組を作れって言ってたの覚えてる？」

「忘れるわけないやろ」

「あの時、スイレンは組を作った方が皆《みんな》を護《まも》りやすいって言ったよね」

「ヤクザのやり方っていうのはいわゆるブランド戦略やからな。その名前、代紋《だいもん》、そして強さが盾《たて》になる。その名前が強ければ強いほど、他の組はシマに手を出しづらくなる。そのブランドに人も集まってくる。ただ群れるのとは訳が違《ちが》うんや」

「本当に、それで今よりも皆《みんな》を護《まも》りやすくなるんだよね？」

「嘘《うそ》は言わん。少なくとも今よりはマシや」

惣次《そうじ》は立ち上がり、スイレンを見下ろした。その後ろに満月が浮《う》かんでいる。月光を背に受けると、逆光で惣次《そうじ》の体が影《かげ》で黒くなった。

「俺は組を作る」

潮風に髪《かみ》が揺《ゆ》れた。強い芯《しん》が、その言葉を貫《つらぬ》いている。

「ほんまか？」

「自警団が腐《くさ》ったのなら、俺がその代わりを果たす」

実質このサキシマは丸裸《まるはだか》だ。仮に今回の戦いに勝ったとしても他のヤクザがサキシマの現状に気付いたら、今よりももっと悲惨《ひさん》なことになるだろう。

「ヤクザ紛《まが》いのことをするのは嫌《いや》だけど、この暖炉荘《だんろそう》の誰《だれ》かが死ぬよりはマシだ」

そして組を作るのには、知恵《ちえ》が必要だ。その知恵《ちえ》を持つ者が、今目の前にいる。

「スイレン、ついてきてくれる？」

スイレンは撃鉄《げきてつ》のように立ち上がる。月光を一身に浴びるその幼女は、獅子《しし》のように力強く、華《はな》のように可憐《かれん》で、水晶《すいしょう》のように美しい。

「お前に組作れ言うたのはこのワシや。ここで筋通さな幼女《おとこ》が廃《すた》るわ」

何を思ったのか、スイレンは自分の人差し指を噛《か》んだ。指の腹から手のひらまで、細く血が流れていく。

「さ、お前は小指貸せ」

「なんで？」

「組を立ち上げる時は儀式《ぎしき》めいたことをするのが重要なの！　ヤクザ映画でも血をするとか、いろいろやっとるやろ。ああいうのをやると結束が強くなるんや」

スイレンはぷんすかして手をぶんぶん振《ふ》った。

本当にヤクザのようだが、暖炉荘《だんろそう》を守るためならどんな事だってやってやる。覚悟を見せつけるように、惣次《そうじ》は自分の小指を噛《か》む。滴《したた》り落ちる鮮血が、月光を反射して輝いた。

「ほれ」

スイレンは指を差し出した。惣次《そうじ》が同じように指を差し出す。赤く濡《ぬ》れた人差し指と小指が絡《から》み合《あ》い、互《たが》いの血が混ざりあう。

一白《いっぱく》に照り付ける満月の中で、二人の指は鎖《くさり》のようにかっちりと組み合った。

「これで、お前とワシはホンマもんの家族や。死のうが生きようが、この絆《きずな》は絶対に切れん」

混血と鎖《くさり》。二人の指を見ていると、確かに絆《きずな》が深まったような気がする。

「これからもよろしくな、相棒」

相棒。惣次《そうじ》がその言葉を口にすると、スイレンはきょとんとした。少し間をおいて、ニッとほほ笑《え》んだ。

「それ、おもろいな」

スイレンにはまだ惣次《そうじ》の知らない事がたくさんある。だけど、一つ分かっていることは、この少女は敵じゃないということだ。そう、敵じゃない。惣次《そうじ》が辛《つら》いとき、肩《かた》を並べて戦ってくれる人がいる。それだけで、今は十分だ。

夜に滴《したた》る赤は美しく、ため息のような小波《さざなみ》は海をさすらう。

こうして満月の立会人のもと、狼《おおかみ》の群れが静かなる産声《うぶごえ》を上げた。

五章　狼龍抗争

深夜十二時。昼間降っていた雨が上がり、湿気《しつけ》が冷たい夜に締《し》められて霧《きり》が立ち込めていた。

ワルシャワ再生工場のシャッターは全て閉ざされ、蛍光灯《けいこう》の冷たい光が中を照らしている。

工場には解体された殺人山車《さつじんだんじり》の残骸《ざんがい》が散乱し、鉄のカマキリ達がへとへとになって休んでいた。一体ここで何を作っていたのだろうか。

「来たか、惣次《そうじ》」

胡坐《あぐら》をかいていたスイレンが、やおら立ち上がった。

「孤児《こじ》院の連中の避難《ひなん》はとっくに終わったで。後は、出来るだけ早く埋呉《つちくれ》を倒《たお》すだけや」

「だけど、それが問題だね……テロリストばりの装備で武装したヤクザ。こいつらだけならば、二人でどうにかなるけど、妖刀《ようとう》を持つ埋呉《つちくれ》は難敵だ」

「それについて、一つ気になってる事がある。お前から聞いた埋呉《つちくれ》の特殊《とくしゅ》な能力のことや」

「ポケットに手を入れたまま、俺を攻撃《こうげき》したアレのこと？」

「せや。もし、妖刀《ようとう》の知られざる力やとしたら、お前の刀《ヤツバ》にも何かあるんとちゃうか」

「慟哭《どうこく》に、第四の能力がある……？」

「確証はない。でもな、生き残る奴《やつ》はありとあらゆる可能性を考慮《こうりよ》して動くもんよ。心に留めておけば、最悪の事態にも最適が出せる。ここの回転で負けたらあかんで」

スイレンは目を細め、人差し指で蟀谷《こめかみ》をとんとんと叩《たた》いた。本人はカッコつけたつもりなのかもしれないが、ちょっと滑稽《こっけい》で可愛《かわい》らしい。

「相手の動作に能力発動のヒントがあるかもしれへん。それを覚えとくんや」

「分かった」

「その上でや、基本的には埋呉《つちくれ》と戦う時はワシとお前で、二対一の状況《じょうきょう》を作る」

「連中がこちらの思惑《おもわく》通りに動いてくれるかな？」

「分からん。せやけど、敵の戦力を効率的に削《けず》る事は可能や。守る時は少数が不利になるけど、攻《せ》める時は有利になる場合もある。他の連中と戦ってる時に埋呉《つちくれ》が出てきたら閃光跳躍《せんこうちょうやく》で逃《に》げてしまえばえええねん」

「そうか、ゲリラのように撤退《てったい》と攻撃《こうげき》を繰《く》り返《かえ》すことも出来るのか」

「さらに相手は若頭《わかがしら》が寝返《ねがえ》ったことを知らん。だから奇襲《きしゅう》されることすら頭にない筈《はず》や」

確かに、もし先生のことがバレてたら、多少準備が整わなくても今すぐに攻《せ》めてきただろう。

「ええか、埋呉《つちくれ》を仕留めるだけでは足りん。髄龍組《ずいりゅうぐみ》を再起不能になるまで叩《たた》き潰《つぶ》さなあかん」

「つまり、敵のヤクザを可能な限り幼女化する」

「その通り。雑魚《ざこ》相手には徹底的《てっていてき》に暴れろ。目についたヤクザを片《かた》っ端《ぱし》から斬《き》りまくれ」

敵を可能な限り斬《き》る。埋呉《つちくれ》は二対一で仕留める。惣次《そうじ》は深く頷《うなず》いた。

「終わったか」

ベースのように低い声がしてニトロが工場に入ってきた。

「おわったー？」

ニトロの肩《かた》から、ヒガンがひょいと下りた。いつの間にか二人が仲良くなっている気がする。

「こっちも移動の準備が出来た。周りに怪《あや》しい奴《やつ》もいねえ。惣次《そうじ》、いつでも進軍可能だ」

「よし、じゃあ行くか」

「いやいや、待て待て」

スイレンが惣次《そうじ》を引き留める。

「これからデカい戦いをするんや。ここは一つ決意表明をしてもらおうやないか」

それも群れの長の務めか。

……と言っても、何を喋《しゃべ》ればいいのかてんで分からない。

惣次《そうじ》は戸惑《とまど》いながらも刀を抜《ぬ》き、それを地面に突《つ》き立《た》てた。

「えっと、その、俺は、ヤクザが、嫌《きら》いだ。俺の両親を殺したし。孤児《こじ》の親も奪《うば》った。アイツらみたいに群れを作るのが嫌《いや》だから、俺はずっと組を作らずに戦ってきた。だけど、その……俺は無力だった。仲間を失い、誇《ほこ》りを失い、そしてさらなる犠牲《ぎせい》を出しつつある。だから、組を作った。ヤクザを狩《か》るための、組織を。大切なものを護《まも》るための組織を」

頬《ほお》をかきながら、ぎこちなく前を向く。

「現実はいつだって理不尽《りふじん》で容赦《ようしゃ》がない。優《やさ》しい人でも、弱い人でも、現実は当たり前のようにその命を奪《うば》おうとする。俺は、諦《あきら》めが悪いから、そういう現実を許したくない。子供が駄々《だだ》をこねるみたいに、暴れて暴れて、現実に噛《か》みついてやろうと思った。

今サキシマは理不尽《りふじん》に襲《おそ》われている。何の罪もない人が、誰《だれ》かの暴力によって全てを奪《うば》われようとしている。だから、誰《だれ》かが戦わなくちゃならない。

だから俺が戦う。体が血まみれになったって、骨が折れたって、大好きな人のいる居場所を護《まも》るために戦う。刃《やいば》を研《と》いで、弾丸《だんがん》を込《こ》めて、最後の最後まで、戦い続けてやる」

ニトロは煙草《たばこ》を吐《は》き捨《す》て、機関銃《じゅう》を肩《かた》に担《かつ》いで邪悪《じゃあく》に笑った。

ヒガンが力強く腕《うで》を組むと、四匹《しひき》のカマキリが体に飛び乗り瞳《ひとみ》を赤く光らせる。そしてスイレンは銃《じゅう》をホルスターに収納し、惣次《そうじ》の横に並び立つ。

「埋呉《つちくれ》を首魁《しゅかい》とする髄龍組《ずいりゅうぐみ》。連中の暴挙を止める為《ため》、狼《おおかみ》の群れはここに初陣《ういじん》を飾《かざ》る」

そして惣次《そうじ》は地面から刀を抜《ぬ》き、鞘《さや》に叩《たた》き付《つ》けるが如《ごと》く納刀する。スイレンと惣次《そうじ》が、風に立つ獣《けもの》のように、堂々と一歩を踏《ふ》み出《だ》した。

——我等は群狼《グンロウ》。この地を侵《おか》す者の尊厳《プライド》を、鋼《はがね》の顎《あぎと》で喰《く》い殺す。

オオサカの天王山《てんのうざん》は上空に漂《ただよ》う薄雲《うすぐも》を、極採色《ごくさいしき》のネオンで毒々しく染め上げている。ヤクザ蔓延《はびこ》る犯罪の聖地。ここの施設《しせつ》に襲撃《しゅうげき》を入れるのは、思えばこれが初めてだった。

一行はサキシマの東から、ニトロが手配した中型船舶《せんぱく》でオオサカに侵入《しんにゅう》した。そこからは大型トラックで目的地まで移動する。ヒガンが案内したのは天王山《てんのうざん》の西側にある「ベンテン」という地域だった。ベンテンは鄙《ひな》びた場所で、以前見た天王山《てんのうざん》の大通りよりも静かだった。

髄龍組《ずいりゅうぐみ》の事務所があるのは廃《はい》ビルが立ち並ぶ一角で、あたりに人気《ひとけ》はほとんどない。この廃《はい》ビルが連中のアジトかというと実はそうではない。

アジトはこの上にあった。そう、複数の廃《はい》ビルの上、高さ二〇〇メートルの位置に敷地《しきち》がある。砂に突き立《た》てた複数の棒の上に、おもちゃのお城を載せるようなイメージだ。

二人は誰《だれ》にも見つかることなく、閃光跳躍《せんこうちょうやく》を使って髄龍組《ずいりゅうぐみ》の塒《ねぐら》に侵入《しんにゅう》を果たした。敷地《しきち》内に植えられた広葉樹の陰《かげ》に紛《まぎ》れて、アジトの様子を窺《うかが》う。

そこには冷たい夜空の下、組員が住まう宿舎や娯楽施設《ごらくしせつ》などが立ち並んでいた。建物の間には道路が敷設《ふせつ》され、物資運搬《うんぱん》用の車などが行きかっている。この空中庭園じみた事務所は、三〇〇メートル級の廃《はい》ビルにぐるりと囲まれ、外からは見えないように工夫《くふう》されていた。

その光景に、惣次《そうじ》の口から感嘆《かんたん》の声が漏《も》れる。

「凄《すご》いな……、事務所というよりはテーマパークだ」

「こんなけったいなもん作れるってどんだけ金あるんや」

スイレンも同じ様に驚《おどろ》いている。

一際目《ひときわ》を引くのが、惣次《そうじ》達がいるエリアから一本の橋でつながる大きな建物だった。漆喰《しっくい》と瓦《かわら》の塀《へい》を、深さ二〇〇メートルの奈落《ならく》で囲んでいた。唯一《ゆいいつ》の入り口は堂々と聳《そび》える朱色《しゅいろ》の門で、その奥に寺かと見紛《みまが》うような屋敷《やしき》が建っている。

「あれが、埋呉邸《つちくれてい》か」

「だいたい地理は把握《はあく》できたな。惣次《そうじ》、最後に作戦の確認《かくにん》や。言うてみい」

「……最終目標は埋呉《つちくれ》の幼女化。二度とサキシマに手出しをさせないためには、埋呉《つちくれ》だけじゃなく組そのものを壊滅《かいめつ》させる。だから埋呉《つちくれ》が来るまでここで暴れまくる、だったっけ」

作戦を考えるのはスイレンの仕事だった。というより、惣次《そうじ》はこれまで適当に襲撃《しゅうげき》していたので、作戦など考えた事もない。

「ええか、基本は今まで通り好き放題暴れてもらう。せやけど、暴れる場所が重要や」

二人はするりと木から下り、闇《やみ》に紛《まぎ》れてとある建物の前までくる。コンクリート造りの小奇《こぎ》麗《れい》なビルで、そこはヤクザが生活するための寮《りょう》として活用されていた。

「ヒガンによれば、この時間、幹部クラスの大半は寮《ココ》におる。兄貴分をやれば子分は統率《とうそつ》を失い、個別に動かざるを得なくなる」

「ようはここに居る奴《やつ》を片《かた》っ端《ぱし》から斬《き》ればいいんだよね？」

「そうや。埋呉《つちくれ》か親衛隊が出てくる前にな」

要するにスピード勝負というわけだ。

作戦の確認《かくにん》が終わり、二人は寮《りょう》の屋上から中に侵入《しんにゅう》した。

最上階の廊下《ろうか》は板張りの床《ゆか》を挟《はさ》んで障子が並んでいた。旅番組で紹介《しょうかい》される旅館のような内装である。

「おい、そろそろ、いいだろ？」「いややわ。もう少し余韻《よいん》を楽しみましょう」

女の甘い声が聞こえてきた。障子に浮《う》かぶのは、仰向《あおむ》けになった女と、それに覆《おお》いかぶさる男の影《かげ》。どうやら最上階は、そういう施設《しせつ》らしい。

「中に店作ってるのか」

「そらまあこんなとこにむさい男ばっかおるのは地獄《じごく》やからな。いろいろ発散せなやってられへんのやろ」

スイレンはコッキングを済ませて、引き金に指をかける。

「さあ、好き放題暴れたれ」

「えっと、ど、ど、どうやって？」

「ここまで来てヘタレんなや！」

「だってだって、女の人が裸《はだか》だったら」

「コイツ、どんだけ女に免疫《めんえき》ないねん……。これから組潰《つぶ》す人間の態度ちゃうがな」

「だって、」

「もうええわ、ここはワシがやる。オラッ」

スイレンは障子を勢いよく蹴《け》り破る。女は背中の開いたドレスを着ていて、男は半裸《はんら》にスラックスという姿だった。男の額には特徴《とくちょう》的な十字の傷がある。

「その傷、髄龍組直参《ずいりゅうぐみじきさん》、大清水小次郎《おおしみずこじろう》やな？」

「狼《おおかみ》面の男と銃《チャカ》持った幼女っ！　貴様らどうやってこの場所を……」

「狼《おおかみ》は嗅覚《きゅうかく》でカミシタに何があるか分かるんよ。お前らが何処《どこ》に隠《かく》れようと、ワシ等は手に取るように分かる。脳天に鉛《なまり》ぶち込むさかい、衝撃《しょうげき》で忘れんよう心に留めといてくれや」

惣次《そうじ》は感心した。スイレンの言葉は男に向けたものじゃない。傍《かたわ》らにいる女に向けたものだ。俺達にちょっかいを出した奴《やつ》は必ず倒《たお》す。それを女に印象付けるため、過剰《かじょう》な嘘《うそ》で箔《はく》をつけているのだ。流石《さすが》元組長。名前の売り方を熟知している。

髄龍組《ずいりゅうぐみ》の男は、銃口《じゅうこう》を向けられても啖呵《たんか》を切ってきた。

「阿呆《あほ》ぬかすな。ここにおるのは百超《こ》える極道《ごくどう》やど？　お前《どれ》らチンピラが暴れてどないか出来ると思てんのか！」

「一人でサンダル履くよりは楽やろ」

スイレンは素早《すばや》く言葉を切り返した。

「舐《な》めるなよ！　こちとら、お前《どれ》らサキシマのポンコツとは血筋が違《ちが》うんや。このオオサカで泥水《どろみず》すすり、藁《わら》を喰《く》って這《は》い上《あ》がってきた本物や。温室育ちの外《そと》モンに負けるかぁボケ！」

男の凄《すさ》まじい啖呵《たんか》をスイレンは冷ややかにあざ笑った。

「藁《わら》と泥水《どろみず》喰《く》うたなら左官《さかん》も食うべきやったな。体ん中に壁《かべ》が出来て銃《ハジキ》も防げたかもの」

スイレンは言い負かされない。それがヤクザの格を落とす事を知っているからだ。相手が言葉に窮《きゅう》した隙《すき》に、すかさず引き金を引いた。

「ほな、タマもろてくで」

銃弾《じゅうだん》が男の眉間《みけん》を貫《つらぬ》く。上半身が仰《の》け反《ぞ》り、布団《ふとん》と後ろの壁《かべ》が鮮血《せんけつ》で赤く染まった。

「きゃあああああ！」「ふにいいいいいいいいいいぃぃ！」

女と幼女の悲鳴が同時に上がった。幼女の服装は、聖歌隊のような白のワンピースだった。

スイレンは幼女の腕《うで》を摑《つか》んで女の方に放り投げる。

「ねーちゃん、殺されたくなかったらソイツと一緒《いっしょ》に隅《すみ》の方で小っこなっとれ」

「ひえぇぇ、カチコミだよぉ」「え、えらい可愛《かわい》なってしもて。わたし、こっちの方が好みかも」

女は言われた通り、幼女をぬいぐるみのようにぎゅうと抱《だ》きしめて部屋の隅《すみ》で小さくなった。

「なんや今の銃声《じゅうせい》は！」「兄貴のおった部屋からや！」

廊下《ろうか》が慌《あわ》ただしくなる。

左の眼《め》にじわじわと傷が浮《う》かぶ。心の奥から、獣《けもの》が這《は》い出《だ》してきた。

「刀が疼《うず》いてる。尊厳《プライド》を寄越《よこ》せって」

惣次《そうじ》は刀の柄《つか》に手をかけ、廊下《ろうか》の方へ向かった。

廊下《ろうか》は薄暗《うすぐら》かった。両脇《りょうわき》の障子からにじみ出た僅《わず》かな照明に、床板《ゆかいた》が微《かす》かな光沢《こうたく》を返す。

廊下《ろうか》に群がる組員の前に、踏《ふ》み板《いた》を鳴らして一人の男が現れた。暗がりに僅《わず》かな輪郭《りんかく》を灯《とも》す男は、狼《おおかみ》の面《めん》をつけ、長尺の刀を腰《こし》に差《さ》している。

鋼鉄の鞘《さや》についたピンを指ではじくと、銃声《じゅうせい》のような音を発して鞘《さや》は縦に割れた。現れた刀身は水面のような輝《かがや》きを、暗闇《くらやみ》の中に放つ。

冷たく研《と》ぎ澄《す》まされた沈黙《ちんもく》が廊下《ろうか》に満ちた。

一人の組員が咽頭《いんとう》から声を爆発《ばくはつ》させる。

「番狼《バンロウ》やあああああああああぁ!!!」

――流派、斬撃王《ざんげきおう》の孤独《こどく》。先撃《せんげき》の三番――駆逐鳶《くちくとんび》――

敵が銃《じゅう》を構えるよりも早く、惣次《そうじ》は跳躍《ちょうやく》して剣圏《けんけん》に組員を収めた。

「疾《しっ》っ！」

烈《れっ》と放たれた神速の斬撃《ざんげき》に遅《おく》れて、三日月のような光が二つ三つ瞬《また》いた。狼《おおかみ》は八人いた男の間を駆《か》け抜《ぬ》け、数秒の残心に息を潜《ひそ》める。男の一人が呆《ほう》けたように呟《つぶや》いた。

「なんも……見えんかった……」

惣次《そうじ》の背後で、壱《いち》に障子が斜《はす》に崩《くず》れ落《お》ち、弐《に》に男達が血を吹《ふ》いて倒《たお》れた。

納刀と共に「あああああん」組員はその身形《みなり》を可憐《かれん》に幼女化させる。

夜を突《つ》くその泣き声は、激戦の始まりを盛大《せいだい》に告げた。

「さあ、狩《か》りの時間だ」


「カチコミや！」「番狼《バンロウ》が攻《せ》めてきおった！」「寮《りょう》は戦争状態らしいぞ！」「あいつら、どうやってこの場所を！」「組長に知らせるんや！」「親衛隊を呼べ！」

サブマシンガンで武装した組員達が寮《りょう》に押し寄せる。寮《りょう》には半数近いヤクザがいたが、他の施設《しせつ》にもまだまだ組員はいた。

「ビビるなよ！　喉笛搔《のどぶえか》っ切《き》ることだけ考えて突《つ》き進《すす》むんや！」

「ちょっと待て！」

組員の一人が不穏《ふおん》な風の音を聞いた。丁度、オオサカの空を覆《おお》っていた薄雲《うすぐも》が風に流れ、美しい月が彼等《かれら》を見下ろしている。

「なんや、あれ」「何がや」「ほら、月、また欠けた」

今宵《こよい》の月は欠けている。三日月でも半月でもない。幼女の形に欠けていた。氷柱《つらら》のようにぎらついた双眸《そうぼう》とともに、風を裂《さ》き、一人の幼女がこちら目がけて凄《すさ》まじい速度で落下する。

「敵やあ――」

赤い稲妻《いなずま》が男の体を押し潰《つぶ》した。濛々《もうもう》立ち込める土煙《つちけむり》に銃《じゅう》が一つ鳴き、金色の空薬莢《やっきょう》が舞《ま》って地面に落ちる。

「死角からの一撃《いちげき》は反則だよおおぉ」

幼女の泣き声とともに土煙《つちけむり》が霧散《むさん》し、ソイツが現れた。両腕《りょううで》に持った弐丁《にちょう》の拳銃《けんじゅう》と、夜風を貫《つらぬ》く刃《やいば》のような視線。千人殺しがそこにいる。

「飯岡組《いいおかぐみ》元組長、笹川《ささがわ》スイレン。お前らの殺し方を知《し》り尽《つ》くした幼女《もん》や」

「もう一匹《ぴき》いよった！」「かめへん、叩《たた》き潰《つぶ》せ！」

一挙に集まる射線――だがスイレンは既《すで》に消えた後だった。跳躍《ちょうやく》と高速落下。これを非常識な頻度《ひんど》で繰《く》り返《かえ》し、自身を稲妻《いなずま》と化して組員を翻弄《ほんろう》する。

「何やコイツ、めっちゃ速いひいいいいいん、軌道《きどう》が全然読めませえええぇん」

「一人、二人、三人」

銃声《じゅうせい》一つにつき幼女が一人増えていく。戦意をなくそうが命乞《いのちご》いをしようが、その銃口《じゅうこう》から発射された弾丸《だんがん》はヤクザ達を仕留めていった。それは明けない夜のように冷淡《れいたん》で、死線を潜《くぐ》って来た男達の心胆《しんたん》すら寒くさせる。

これが、殺し一つでサキシマの頂点まで上《のぼ》り詰《つ》めた千人殺し。その静かなる殺気に、男達は固唾《かたず》で喉《のど》を鳴らす。それでもオオサカヤクザは怯《ひる》まなかった。気骨ある一人の男が大声を上げて他の者を鼓舞《こぶ》する。

「お前ら、何としてもここは耐《た》えるぞ。寮《りょう》におるやつらは生粋《きっすい》の武闘《ぶとう》派や。きっと番狼《バンロウ》の生首を持って助けに来てくれ――」

突如寮上階《とつじょりょう》のガラス窓が粉砕《ふんさい》された。飛び出してきたのは狼《おおかみ》の影《かげ》。コートを風に震《ふる》わせた狼《おおかみ》が、刺突《しとつ》した刀に組員をぶらさげ月光に身を躍《おど》らせる。二十メートルの高さから落下する番狼《バンロウ》は、空中で組員を切断、夜風に舞《ま》い散《ち》る羽根の中から「うえぇぇぇん」幼女の首根っこを摑《つか》んで地面に降り立った。

「来《き》よったぁ！　番狼《バンロウ》が来《き》よったでぇ！」

近くにいたヤクザ達が発砲《はっぽう》するも、番狼《バンロウ》は刀一つでそれを弾《はじ》き飛《と》ばす。

「たあああああありゃあああああああぁ！」

雷電《らいでん》の如《ごと》き速度で集団に切り込むと、二つ数える間もなくヤクザ達を切り捨てる。灰色マフラーを水平に靡《なび》かせ身を翻《ひるがえ》し、残像を引き連れて猛然《もうぜん》と別の集団に襲《おそ》い掛《か》かった。次から次へと、ヤクザの首が刀に収穫《しゅうかく》されていく。

たった二人の人間に、百を超《こ》えるヤクザが為すすべもなく幼女にされていった。大気を揺《ゆ》るがす幼女の大合唱の中、大量の羽根は死線を漂白《ひょうはく》し、時間をかけて夜に旅立っていく。

それは場違《ばちが》いなほど幻想《げんそう》的で、美しい光景だった。

一帯のヤクザを狩《か》りつくした二人は、幼女たちを寮《りょう》に避難《ひなん》させ、自分たちは物資搬入《はんにゅう》用のエレベーターの前まで来ていた。

「意外とすんなりエレベーターを制圧できたな」

「取りあえずニトロちゃんに連絡《れんらく》入れよ」

それもそうだ。ヒガンが作った改造スマホから、特殊《とくしゅ》な周波数でニトロに連絡《れんらく》を入れる。

「ニトロさん聞こえますか？　こっちはエレベーターを制圧しました」

『いい手際《てぎわ》だ。こっちも地下駐車場《ちゅうしゃじょう》は制圧した。死人は出してない』

警備の人間を倒《たお》したのか。

『こっちは平穏《へいおん》そのものだ。そっちは、どうなってんだ？』

「居住エリアの人間は大体倒《たお》して残った幼女は避難《ひなん》させました。でも気になることが一つ」

『なんだ？』

「埋呉《つちくれ》が姿を見せないんです。態々《わざわざ》ユメシマに出向くような奴《やつ》だから、てっきり早々と駆《か》けつけると思ったんですが」

スイレンの予想では、早々に埋呉《つちくれ》か親衛隊が出向いてくる筈《はず》だった。だけど、斬《き》れども斬《き》れども彼等《かれら》は姿を見せない。

『妙《みょう》だな。ユメシマでお前と戦った後、追撃《ついげき》を部下に任せたのも気になる』

「何か事情があるってことですか？」

『そうかもしれん。お嬢《じょう》は何か思い当たる節はないのか？』

『わかーない。組長、たたかいの時《とい》はなんも教えない』

ヒガンの舌足らずを補うと「埋呉《つちくれ》は若頭《ヒガン》にも戦いに関する事は教えなかった」となる。恐《おそ》らく何か弱点めいたものがあって、それを悟《さと》られないようにしているのかもしれない。

『ま、情報のないモンに頭捻《ひね》らせるのは貴重な時間をゴミ箱にぶち込むに等しい』

「確かにそうですね」

『用向きがあれば連絡《れんらく》を寄越《よこ》せ。弾薬《だんやく》くらいなら送料無料で宅配してやる』

「分かりました。俺達は橋を渡《わた》って埋呉邸《つちくれてい》を目指します」


サキシマの南西、コンテナ船が行きかう港の近くには外から来た日本人が宿泊《しゅくはく》するためのホテルがある。そのホテルの六〇三号室から六〇八号室に、暖炉荘《だんろそう》のスタッフと子供達が宿《しゅく》泊《はく》していた。現在は大部屋の六〇八号室に皆《みんな》が集まり、わいわいと騒《さわ》いでいる。

委員長らスタッフが子供達と遊ぶのをウレハが遠巻きに眺《なが》めていた。

「惣次《そうじ》君も来れば良かったのになぁ」

このホテルの宿泊《しゅくはく》は、惣次《そうじ》が商店街の福引で当てたらしい。なのに、その本人はニトロの仕事を手伝うために来《こ》れないときている。一緒《いっしょ》にラウンジにでも行って大人の時間を過ごす……という計画がダメになり、リップグロスで光った口を尖《とが》らせるウレハだった。

突然《とつぜん》、ドアチャイムが鳴る。

「はーい」

返事をしながら疑問に思った。誰《だれ》かルームサービスを頼《たの》んだっけ？

ドアを開けると、小奇麗《こぎれい》な身なりをした目つきの鋭《するど》い女性が廊下《ろうか》に立っていた。

服装はホテルの従業員と同じだが、雰囲気《ふんいき》は明らかに普通《ふつう》の人じゃない。

「織凪《おりなぎ》ウレハさん、ですか？」

「は、はい」

女は拳銃《けんじゅう》を抜《ぬ》いて銃口《じゅうこう》を向けてきた。引き金には指がかかっている。

体から血の気が引いていく。一体、何の目的で。まさか、強盗《ごうとう》か。

「声を出すな。騒《さわ》げばお前の目の前でガキどもを皆殺《みなごろ》しにする」

皆殺《みなごろ》し。剣呑《けんのん》な言葉に背筋が凍《こお》った。目的は自分なのか？　とにかく言う事を聞くしかない。

「織凪《おりなぎ》ウレハ。私達と一緒《いっしょ》に来い。否定は許さん」

「わ、分かりました。でも、私が突然《とつぜん》いなくなれば、騒《さわ》ぎになります。そうならないための手を打つので二分だけ時間をいただけますか？」

ウレハは内心動揺《どうよう》しつつも振《ふ》る舞《ま》いは毅然《きぜん》としていた。

「いいだろう。近くに仲間がいる。逃《に》げようとしたり私を攻撃《こうげき》したら皆殺《みなごろ》しだ」

「承知しています」

その後一旦《いったん》部屋に引き返す。そこで委員長に適当な嘘《うそ》をついて、この場を任せた。

そしてウレハは何食わぬ顔で部屋の外に出る。

「では参りましょうか」

表面上、ウレハは落ち着いているように見えた。だけどこれは嵐《あらし》の前の静けさで、数時間後、彼女の怒《いか》りは烈火《れっか》のように燃え上がる事となる。

――髄龍組《ずいりゅうぐみ》のアジトは妙に静かだった。橋の向こうに視線を解き放ち、スイレンと惣次《そうじ》は進撃《しんげき》を再開する。

「このまま埋呉邸《つちくれてい》を落とすぞ」

その歩みを止めたのは、何処《どこ》からともなく轟《とどろ》いた太鼓《たいこ》の音だった。

「なんの音だ?」

惣次《そうじ》の傷が疼《うず》いた。勇壮《ゆうそう》に響《ひび》く太鼓《たいこ》の蛮声《ばんせい》に統率《とうそつ》の取れた足音が聞こえてくる。黒のスーツに身を包み、機関銃《じゅう》を脇《わき》に抱《かか》えた屈強《くっきょう》な男達が、横一列になって橋の向こう側に並び立つ。

彼等《かれら》の顔の下半分を覆《おお》うのは金属製の黒いマスク。

親衛隊だ。

彼等《かれら》は機関銃《じゅう》を二脚《きゃく》に載せて陣《じん》を敷《し》く。隊列の中央に、隊長が立っていた。

「派手に暴れてくれたな、番狼《バンロウ》。あの時、お前を殺し切れんかったのが俺の人生における唯一《ゆいいつ》の汚点《おてん》や。その汚点《おてん》を、お前の血潮で洗い流す!」

拳銃《けんじゅう》を天に掲《かか》げ、周りの部下たちに合図を送った。

「俺達は泣く子も黙《だま》る親衛隊！　埋呉《つちくれ》組長が持つ、最強の盾《たて》であり鉾《ほこ》である。信頼《しんらい》に応えろ！　仁義《じんぎ》に吼《ほ》えろ！　根性《こんじょう》を見せろおぉ！」

撃《う》て！　その一言で親衛隊達は一斉《いっせい》に弾《たま》をばらまいた。

惣次《そうじ》は抜刀《ばっとう》しながら弾丸《だんがん》を砕《くだ》いて後ずさる。凄《すさ》まじい弾幕《だんまく》でこれ以上前には進めない。

「くそっ、なんて火力だ――むっ」

遠く深夜の帳《とばり》に一点の光が瞬《またた》いた。

「チィ！」

惣次《そうじ》は刀を放ち、迫《せま》りくる一発の弾丸《だんがん》を斬《き》り落とす。遥《はる》か遠《とお》く。廃《はい》ビルの陰《かげ》からこちらに射線を定める男の姿が辛《かろ》うじて目視しえた。

「狙撃《そげき》手か……上等だ、先《ま》ずはそっちから叩《たた》く！」

「やめい！」

奥襟《えり》を摑《つか》まれ、コンテナの陰《かげ》に引きずり込まれた。姿を隠《かく》すと弾幕《だんまく》は止《や》んだ。

「出来る訳ないやろ！　ほんまお前、止める方の身にもなれや」

「ゴメン。ちらっと見えたけど、多分12・7ミリだ。弾《たま》が速い」

「対物狙撃銃《そげきじゅう》か。閃光脱兎《ジャンピングフラッシュ》で仕留めに行きたいけど、今使《せ》えば機関銃《じゅう》で蜂《はち》の巣《す》や」

コンテナの陰《かげ》から橋のほうを覗《のぞ》く。親衛隊達は、自分から攻めてくることなく、泰然《たいぜん》と銃《じゅう》を構えてこちらの様子を窺《うかが》っていた。

「見てみ、連中明らかに守りを固めとる。何か時間稼《じかんかせ》ぎしてるように見えんか？」

「確かに。だけど、何の時間を稼《かせ》いでる？」

「分からん。埋呉《つちくれ》に関する事か、もしくはこっちを壊滅《かいめつ》させる手を打つためか。とにかくワシの長年の勘《かん》が言うとる。このままいたずらに時間を割《さ》くのはマズイ」

「やっぱ、俺の骸鵯《むくろひよどり》で正面から弾幕《だんまく》をぶち抜《ぬ》くしかないか」

「早まるな。それで深手《ふかで》を負ったら元も子もないやろ」

「じゃあ、どうしろって言うんだ……」

その時新調したスマホに反応があった。

『よう、お困りの様だな』

「ニトロさんか。こっちは重武装の組員が守りを固めていて橋を渡《わた》れません！」

『完全に時間稼《じかんかせ》ぎの布陣《ふじん》だ。お前ら詰《つ》んだんじゃねえか？』

電話の向こうでケタケタと笑い声がする。

「他人事《ひとごと》みたいに」

『そうカリカリすんな。コッチだって奥の手《リーサルウエポン》の一つくらい用意してる』

その時、物資搬入《はんにゅう》用のエレベーターが作動していることに気付いた。

「ニトロさん、一体何をするつもりなんですか？」

『ライフイズビューティフル。頑張《がんば》った少年に小天使様からとっておきの福音《サプライズ》だ』

昇降口《しょうこう》の扉《とびら》が開くと、熱された空気が解き放たれた。重厚《じゅうこう》なエンジン音を轟《とどろ》かせ、圧倒的《あっとうてき》な鉄の塊《かたまり》が空気を押しのけ見参《けんざん》する。

「なんだありゃぁ……」

橋で機関銃《じゅう》を構えていたヤクザ達が呆気《あっけ》に取《と》られて握把《あくは》から手を離す。

「連中、戦車持ってきやがった」

大きさは軽乗用車より一回りほど小さい。だが、その履帯《キャタピラ》はまさしく戦車そのものだ。

『戦車じゃねえぞ。私とお嬢《じょう》が作り上げた自走式機関銃《じゅう》だ』

いきなり現れた戦闘《せんとう》車両に惣次《そうじ》は驚愕《きょうがく》する。

「こ、こんなのどうやって作ったんですか……」

『お嬢《じょう》の変原自材に超《ちょう》小型戦車の設計図があったんだよ。で、私がシャフト周りと追加装甲《そうこう》を外注して、カマキリ共がお前の鹵獲《ろかく》した山車《だし》と適当な車をバラシて装甲《ハコ》にぶち込んだ。あとはそこに機関銃《じゅう》をぶっ刺《さ》しただけだ』

あのカマキリ、ニトロの手助けがあったとはいえこんなものまで製造できるのか。

「そうか、戦車砲《ほう》が無いから、自走式機関銃《じゅう》なんですね」

『一応付ける予定はあったんだが、操縦するのが幼女一人だからな。人員削減《さくげん》の為に諦《あきら》めた』

「ちょっと待ってください！　中に入ってるのはまさか……」

車両は橋に向かったところで停車した。ハッチが開くと、中から一人の幼女が現れる。

「ヒガン！」

惣次《そうじ》は刀を構えて狙撃手《そげきしゅ》に視線を向ける。狙撃《そげき》はない。どうやらヤクザ達は様子見をしているようだ。見ているこっちは生きた心地《ここち》がしない。

車両の上で堂々と腕《うで》を組むヒガンは、横っ風にセーラー服を靡《なび》かせる。

「私は、外塚清美《とづかいよみ》！　この組織の、わかがしらだった女！」

その時、向こう側のヤクザ達に動揺《どうよう》が走った。相手の手に落ちた筈《はず》の若頭《わかがしら》が、幼女となって自分達の敵となっている。驚《おどろ》くなと言う方が無理だろう。

「事情あって私は髄龍組《ずいりゅうぐみ》の盃《さかずい》を割り、仁義《じんい》を捨てて貴方《あなた》達に銃《じゅう》を向ける！」

ヒガンは小指を高々と掲《かか》げた。第二関節と第一関節の間をビニールの紐《ひも》で強く縛《しば》っている。

スイレンがいち早く、ヒガンの意図に気付いた。

「アイツ、落とし前つけるつもりや」

「指を詰《つ》めるってことか!?」

一匹《ぴき》のカマキリが彼女の手に上り、人間的な躊躇《ちゅうちょ》を見せながらも鎌《かま》を鋭利《えいり》な刃《は》に変形させた。それを手のひら側の小指第一関節に押し当てる。

「先生、やめるんだ！」

ヒガンの視線はかつての仲間達を射抜《いぬ》いていた。

そこにもう迷いはない。

風よりも鋭《するど》い声で、ヒガンは宣言した。

「──私は教師《きようし》として死ぬ。これはそのケジメだよ」

カマキリは一思いに刃を薙《な》いだ。

そして彼女の仁義《じんぎ》は彼女の体に別れを告げる。

彼岸花《ひがんばな》のような血が、夜に咲《さ》いていた。

ついこの間まで言葉も喋《しやべ》れなかった幼女が、激痛に涙《なみだ》をこらえ、歯を食いしばっていた。

その壮絶《そうぜつ》な覚悟《かくご》に惣次《そうじ》は言葉を失う。仁義《じんぎ》を通すために、ここまでする必要があったのか。

ヒガンはハッチの中に体を滑《すべ》り込ませた。同時に惣次《そうじ》の携帯《けいたい》にヒガンから通信が入る。

『笹川《ささがわ》、君……聞こえる？』

「先生！　早く治療《ちりよう》をしないと！」

『今は……いい。突破口《とつぱこう》、ひらく』

自走式機関銃《じゆう》が前進を始めた。

砲塔《ほうとう》から伸《の》びた二丁の機関銃《じゆう》が片方ずつ火を噴《ふ》き敵の戦列を銃撃《じゆうげき》。空薬莢《やつきよう》が舞《ま》い上がり、車体にぶつかって甲高《かんだか》い音を立てた。弾《たま》の幾《いく》つかは迎《むか》え撃《う》つヤクザの脳天を貫《つらぬ》き「うえええええん！」その体を幼女に変えた。隊長は声を荒《あら》げて手下の気を締める。

「若頭《わかがしら》やおもて容赦《ようしゃ》するな！　根性《こんじょう》非情を引き金に込《こ》めろ！　弾幕《だんまく》よ狂《くる》い咲《ざ》けぇ！」

火力はヒガンに集中。だが車両前面の装甲《そうこう》は弾丸《だんがん》の一切《いっさい》を弾《はじ》いて見せた。

『惣次《そうじ》、本来あれは突破《とっぱ》よりも支援《しえん》に向いてる代物《しろもの》だ。要するに火力が足りてねえ。ヘイト集めてる間にさっさと決めて来い！』

「じゃ、ワシはヒガンが敵を引き付けてる間に狙撃《そげき》手を蹴散《けち》らしてくる」

スイレンは閃光脱兎《ジャンピングフラッシュ》で夜空へ消えた。

「先生、無理はしないでください」

言いながら惣次《そうじ》は車両の後方に張り付いた。

『生徒の盾《たて》になるのも、教師のしごとだよ。心配、なんか、しないで』

集中砲火《ほうか》を浴びながらも、車両は着実に距離《きょり》を詰《つ》めていく。だがやはり急造品では無理があったのか、装甲《そうこう》を繋《つな》ぎ止《と》めていたリベットが外れ、走行ベルトは損傷していた。それでも車両は二丁ある機関銃《きかんじゅう》を交互《こうご》に用い、火を噴《ふ》く学習指導要領でヤクザを幼女《きょういく》していく。

ヒガンと惣次《そうじ》が五十メートル程《ほど》進んだところで、通信機からスイレンの声が聞こえてきた。

『惣次《そうじ》、狙撃《そげき》手は仕留めたで！　五秒後、そっちに下りる』

5、4、3、2、1——落雷《らくらい》の如《ごと》き衝撃《しょうげき》に高々と上がる砂煙《すなけむり》。親衛隊の只中《ただなか》にスイレンが着弾《ちゃくだん》した。同時に惣次《そうじ》も車体を踏《ふ》み台《だい》にして跳躍《ちょうやく》、戦線を突破《とっぱ》する。

「来たぞ！　近接戦闘《せんとう》に切《き》り替《か》えるんや！」

隊長の号令でヤクザ達は素早《すばや》く隊列を組み直す。小回りの利《き》かない機関銃《じゅう》を捨て置き、刀身に溝《みぞ》のついた特殊《とくしゅ》な刀を構えた。柄《つか》の引き金を引くと、刀身は瞬《また》く間《ま》に炎《ほのお》を纏《まと》う。

親衛隊長も右手に拳銃《けんじゅう》、左手に刀を持って堂々と立ちはだかる。

「怯《ひる》むな？　股座《またぐら》の一本かて興奮したら前向くんや！　極道《ごくどう》が目を背《そむ》ける道理なんぞどこにも存在せえへん！　木端《こっぱ》ぶちかましたれえええぇ！」

総勢十数名の親衛隊が炎刀《えんとう》を掲《かか》げ、惣次《そうじ》とスイレンに殺到《さっとう》した。

「きええええい！」

跳《と》びかかって来る男を惣次《そうじ》の刃《やいば》が迎《むか》え撃《う》つ。空中で断《た》ち切《き》れた胴体《どうたい》は大量の羽毛《うもう》を散らし、その中から純白のドレスを纏《まと》った幼女がすとんと地に落ちた。

「この硝煙腐《しょうえんくさ》れ幼女がああぁ！」

飢《う》えた野犬のように殺到《さっとう》するヤクザ。それをスイレンは見向きもせずに頭を打《う》ち抜《ぬ》いた。

「威勢《いせい》だけじゃ、命《タマ》は取れんよ」

スイレンは高々と跳躍《ちょうやく》しながら、弾丸《だんがん》の雨を降らせた。頭上より降り注ぐ鉛《なまり》は親衛隊の天頂を射抜《いぬ》いて幼女に変えていく。

気付けば戦闘《せんとう》可能なのは親衛隊長ただ一人。泣《な》き叫《さけ》ぶ幼女と嵐《あらし》のように荒《あ》れ狂《くる》う白い羽根の中で、燃える刀を正眼《せいがん》に構えている。

「残るは貴様一人だ」

惣次《そうじ》は大太刀《おおたち》を肩《かた》に構え、必殺の一撃《いちげき》を繰《く》り出《だ》すべく腰《こし》を落とす。

隊長は声を荒《あら》げて自分を奮い立たせた。

「ちょうどええハンデや。かかってこいや番狼《バンロオ》ォ！」

矢を射るような速度で惣次《そうじ》は接近、それを親衛隊長の刀が受け止める。圧倒的《あっとうてき》な腕力《わんりょく》の差に、親衛隊長の膝《ひざ》が折れ、刀身に亀裂《きれつ》が走った。

「くっ……この程度の、力で、埋呉《つちくれ》さんに、勝てる思たら、大きな、間違《まち》いやで」

「何？」

「冥途《めいど》の死神が貴様の命を呼んどる。さっさと、あの世の門開けて来いや……」

刀は砕《くだ》け散《ち》った。惣次《そうじ》の刃《やいば》は親衛隊長の体を両断する。

「うあああああん！　若頭《わかがしら》のあほおおぉ！　親分に言いつけてやるうう！」

幼女と化した親衛隊長は責任から解放されたからか、一際《ひときわ》大きな泣き声を上げた。

初雪のようなドレスなのは他の親衛隊と同じだが、頭に可愛《かわい》らしいティアラをつけている。

親衛隊が無力化されたのを確認《かくにん》した後、惣次《そうじ》は橋の方を振《ふ》り返《かえ》った。

機関銃《じゅう》の洗礼を受けた車両は、移動力を失い橋の真ん中で擱座《かくざ》していた。

「先生、無事ですか！」

車両に駆《か》け寄《よ》ると、上部ハッチが開いて、頭から血を流したヒガンが這《は》い出《で》てきた。

「衝撃《しょうげき》で、頭打っちゃった」

生徒の盾《たて》になった幼女は、汗《あせ》と血でボロボロになっている。

惣次《そうじ》はその体をひしと抱《だ》きしめる。

「先生っ、無茶しすぎです……」

「へへ、笹川《ささがわ》君ほどじゃ、ないよ」

とにかく無事でよかった。惣次《そうじ》は抱《だ》きしめながらヒガンの頭を撫《な》でた。

カマキリ達も皆《みんな》息災で「早くご主人を治療《ちりょう》しろ」と拾ったヒガンの仁義を見せつけてくる。

「操縦席はもうちょいスペースがいるな。レイアウトは改良の余地ありだ」

低い声に振り向くと、橋の向こうからニトロが歩いてくる。ニトロはヒガンの腕《うで》を掴《つか》むと、
ひょいと背中に担《かつ》いだ。

「戦力外通告《クランクアップ》だ。さっさとその指を治療《ちりょう》するぞ」

「だめ！　私、最後まで、見届ける」

「馬鹿を言うな。負傷した仲間なんぞいない方がマシだ。生徒の足枷《あしかせ》になりたいのか？」

うぅ、とヒガンは顔を伏《ふ》せる。

「おい、クソガキ。医務室に案内しろ」

ニトロがぞんざいに言葉をかけると、幼女化した親衛隊がわらわらと案内し始めた。

「こっち！」「こっちー」「こっちだよー」「わかがしら、がんばえー！」

一応先陣《せんじん》を切るのはティアラをつけた親衛隊長だった。去り際、ニトロの肩《かた》に担《かつ》がれたヒガ

ンがこちらを向く。

「笹川君《ささがわ》……死んだら、ダメだからね」

「分かってます。先生も怪我《けが》の治療《ちりょう》に専念してください」

ヒガンは疲《つか》れたのか、失血のせいか、気を失った。

「惣次《そうじ》、お嬢《じょう》の心配はいらん。お前は、埋呉《つちくれ》の奴《やつ》を幼女に変えて来い」

そう言い残してニトロは立ち去った。その背中に、惣次《そうじ》は深々と頭を下げる。

ヒガンも気がかりだが今はニトロに任せるしかない。惣次《そうじ》は埋呉邸《つちくれてい》を臨《のぞ》む。

「よし、後は埋呉《つちくれ》ただ一人だ」

「いよいよやな」

ここからが本番だ。ここで斬《き》った百を超《こ》えるヤクザよりも、はるかに強いたった一人が、この先にいる。勝てる見込《みこ》みはないのかもしれない。だけど、進むしかない。

惣次《そうじ》とスイレンは頷《うなず》き合い、朱色《しゅいろ》の門を潜《くぐ》って埋呉邸《つちくれてい》に向かった。


紫色《むらさきいろ》の桜吹雪《ふぶき》が舞《ま》う。そこには、枯山水《かれさんすい》風の庭園が広がっていた。

庭園の中央、桜吹雪《ふぶき》の中に月を見上げて佇《たたず》む埋呉《つちくれ》がいる。

「部品は引き金を守るため、その任を全うしたか」

埋呉《つちくれ》は地面に刺《さ》さっていた銃剣《じゅうけん》を引《ひ》き抜《ぬ》いた。

「まさか狼《おおかみ》の顎《あぎと》がこれほど深く食い込むとは。俺直々《じきじき》に心臓を撃《う》たねばならぬというわけだ」

銃剣《じゅうけん》の切っ先が惣次《そうじ》の喉元《のどもと》に向かい、埋呉《つちくれ》の戦闘《せんとう》態勢が完了《かんりょう》へと至る。叩《たた》きつけられた殺気の焦熱《しょうねつ》に、惣次《そうじ》の左目に傷が過《よ》ぎった。

「スイレン、埋呉《アイツ》をどう見る」

「風格はあるな。一目で強いと分かる。お前はとりあえず何も考えず突《つ》っ込め。あとはワシが合わす」

スイレンと惣次《そうじ》は互《たが》いに視線を交えることなく、各々戦闘《おのおのせんとう》の構えを見せた。

互《たが》いの間合いに紫色《むらさきいろ》の桜が吹雪《ふぶ》く。

為すすべなく敗北したあの時以来。未《いま》だに埋呉《つちくれ》との間に横たわる溝《みぞ》がどれくらいなのかは分からない。今回は二人。戦力的には倍増した筈《はず》なのに、勝つイメージが湧《わ》いてこない。

──だがやるしかない。二人の全てをぶつけて、コイツを倒《たお》す。

無頼《ぶらい》で濁《にご》った風が、どこか遠く唸《うな》り声を上げる。

そして、たった一つの前触《まえぶ》れも無く、戦いの火蓋《ひぶた》は切られた。

「攻《せ》める！」

膠着《こうちゃく》を引《ひ》き裂《さ》いたのは惣次《そうじ》の大太刀《おおたち》だった。重く速い剣閃《けんせん》が間合いを迸《ほとばし》り機先を制す。

「相変わらずの蛮勇《ばんゆう》だな、番狼《バンロウ》」

銃剣《じゅうけん》で攻撃《こうげき》を受け止めた埋呉《つちくれ》の真横からスイレンが脱兎《だつと》の如《ごと》き俊敏《しゅんびん》で迫《せま》った。射《う》たれた銃《じゅう》弾《だん》は五──埋呉《つちくれ》はその全てを防御《ぼうぎょ》の片手間に弾《はじ》き落とす。埋呉《つちくれ》の銃剣《じゅうけん》は素早《すばや》く翻《ひるがえ》って銃口《じゅうこう》より惣次《そうじ》に弾丸《だんがん》を浴びせ始めた。

「骸鵯《むくろひよどり》！」

惣次《そうじ》の刀は弾丸《だんがん》を斬《き》り落とし、隼《はやぶさ》のように刀身を返して反撃《はんげき》を試みる。

「スイレン！」「おうよ！」

埋呉《つちくれ》が惣次《そうじ》の剣《けん》を受け止めた隙《すき》にスイレンが横から鉛《なまり》の二《に》撃《げき》を加える。弾丸《だんがん》の双頭《そうとう》は埋呉《つちくれ》の太腿《ふともも》と脇腹《わきばら》を抉《えぐ》った。

「美徳を感じたぞ、飯岡の。いい引き金だ、これが千人殺しの魂《たましい》か」

スイレンと惣次《そうじ》の美しくも苛《か》烈《れつ》な連携《れんけい》が埋呉《つちくれ》に流れを渡《わた》さない。銃撃《じゅうげき》で怯《ひる》んだ隙《すき》に惣次《そうじ》の一撃《いちげき》が、

「ここだッ！」

埋呉《つちくれ》の右腕《みぎうで》を切り落とす。右腕《みぎうで》はブーメランのように舞《ま》って、砂利《じゃり》の上にどさりと落ちた。

「むぅ──」

埋呉《つちくれ》は小さく呻《うめ》いて後退。その隙《すき》に惣次《そうじ》は呼吸を整え、スイレンは弾倉《だんそう》を交換《こうかん》した。

「忌々《いまいま》しい。引き金を引く腕《うで》が一つ減った」

埋呉《つちくれ》の右腕《みぎうで》は、その断面から血を流す。利《き》き腕《うで》を失うという窮地《きゅうち》に陥《おちい》りながらも、その表情には一ミリの動揺《どうよう》もない。

惣次《そうじ》は眉《まゆ》を微動《びどう》させ、訝《いぶか》し気に埋呉《つちくれ》を見やった。

「何故《なぜ》あの能力を使ってこない。何か事情があるのか」

相手はまだ戦意を失っていない。というより、自分の致命傷《ちめいしょう》を意に介《かい》していない。

涼《すず》しい顔のまま、埋呉《つちくれ》は片手で銃剣《じゅうけん》を構える。

「ついさっき、〈遠吠《トオボエ》〉が貴様を狩《か》るための力を蓄積《ちくせき》し終わった。だから、貴様が勝利を射抜《いぬ》くことはない」

何を思ったのか埋呉《つちくれ》は刃《やいば》を自分の胸に突《つ》き立《た》てた。

「なんのつもりだ……まさか、お前」

「忌々《いまいま》しい能力だとは思わんか。これほどの覚悟《かくご》を要しながら、発動の鍵《かぎ》となるのは、弾丸《だんがん》ではなく刃《やいば》だ。だが、この矛盾《むじゅん》の先には最高の報酬《ほうしゅう》が待っている」

銃剣《じゅうけん》は持ち主の胸を一思いに貫《つらぬ》いた。

「この技《わざ》には少し困った特性があってな、〈遠吠《トオボエ》〉の力を大きく消耗《しょうもう》する。使えば数日、遠吠《トオボエ》はただの銃剣《じゅうけん》となる」

傷口から血が零《こぼ》れたかと思うと、それは逆流して傷口に戻《もど》っていく。背中に弾倉《だんそう》のような器官が突出《とっしゅつ》したかと思うと、どこからともなく黒い光が弾倉《だんそう》に降り注ぐ。

「だから、部品に戦ってもらった。時間を稼《かせ》ぐため、あわよくば狼《おおかみ》の謝肉祭を開くため。だが連中は散った。時間稼《じかんかせ》ぎの任を果たして、散った」

しばらくすると、その皮膚《ひふ》に直線的な亀裂《きれつ》が走った。銃剣《じゅうけん》が引《ひ》き抜《ぬ》かれると同時に、上半身の服が千切れ飛ぶ。

「死人掌《てのひら》に収めて体とりければ、かの者主《しゅ》に至るを見ん——さあ戦争を濃縮《のうしゅく》しよう」

なんだこいつは……。惣次《そうじ》の目が鈴《すず》のように張った。

埋呉《つちくれ》の体、肘《ひじ》のあたりから銃口《じゅうこう》が突出《とっしゅつ》していた。いや肘《ひじ》だけじゃない、首筋や指先、眼球に至るまで、体のあらゆる部分から銃口《じゅうこう》が飛び出している。

怪物《かいぶつ》。人外。異形。そんな言葉でしか説明できないものが惣次《そうじ》の前に佇立《ちょりつ》する。

埋呉《つちくれ》が深呼吸をすると、体から突出《とっしゅつ》した銃器《じゅうき》は皮膚《ひふ》の下に収納されていった。

「遠吠《トオボエ》を使う者は、今まで生み出した銃器《じゅうき》を総身より突出《とっしゅつ》させ、さらに今まで生み出した分の弾薬《だんやく》を体内で生成する」

埋呉《つちくれ》の右手が突如《とつじょ》、ライフルに変形したかと思うと、次の瞬間《しゅんかん》には普通《ふつう》の腕《うで》に戻《もど》っていた。銃《じゅう》を収納すると、見た目は普通《ふつう》の人と変わらない。

「これが切り札、鉄量力動獄《ワイルド・アームズ》——俺の中に千を超《こ》える決意《トリガー》がある。これは愛だ。世界で一番焦《こ》げ臭《くさ》い愛だ」

鉄量力動獄《ワイルド・アームズ》……言うなれば、斬《き》れば斬《き》るほど、その使い手は強くなる。

ユメシマで戦った時、銃《じゅう》を抜《ぬ》く素振《そぶ》りすら見えなかったのは、銃《じゅう》を抜《ぬ》いていなかったからか。

惣次《そうじ》は刀を構え直して相手を観察する。

「傷も治ってる。おまけに実質銃弾《じゅうだん》を無限に使えるのか。反則だろ」

「落ち着け。これが何の制約も無しに使えたら、サキシマはとっくの昔に陥落《かんらく》しとる。恐《おそ》らく制限時間のようなもんがあるかもしれん」

「それなら、あの時、逃《に》げた俺を追撃《ついげき》しなかった説明もつく」

「楽観は禁物や。こっちの時間稼《じかんかせ》ぎを想定してないとも思えん」

「あくまでも狩人《かりゅうど》のつもりで立ち回れ、か。頼《たよ》りにしてるぞスイレン」

「任せとけ——閃光脱兎《ジャンピングフラッシュ》」

スイレンは惣次《そうじ》の背後から高々と跳躍《ちょうやく》した。それと同時に惣次《そうじ》は前に出る。

「来るか、番狼《バンロウ》」

埋呉《つちくれ》は滔々《とうとう》と呟《つぶや》きながら、腕《うで》を機関銃《じゅう》に変形させ、弾《たま》の嵐《あらし》を持って惣次《そうじ》を迎《むか》え撃つ。

だが、惣次《そうじ》には当たらない。射線を見切ると一髪《いっぱつ》の差で銃撃《じゅうげき》を躱《かわ》して殺到《さっとう》した。

流派、斬撃王《ざんげきおう》の孤独《こどく》、断葬《だんそう》の四番——鉄鶯《くろがねうぐいす》——

瞬間《しゅんかん》、刃《やいば》は尋常《じんじょう》の彼方《かなた》へ加速——渾身《こんしん》の一撃《いちげき》が埋呉《つちくれ》を襲《おそ》う。刃《やいば》が直撃《ちょくげき》した瞬間《しゅんかん》、驚愕《きょうがく》で惣次《そうじ》の皮膚《ひふ》から冷《ひ》や汗《あせ》が浮《う》かんだ。

——硬《かた》い。

まるで厚さ数十センチの鉄板を殴《なぐ》ったような感触《かんしょく》、重さ、硬質感《こうしつ》。大抵《たいてい》の敵を一撃《いちげき》の下に葬《ほうむ》り去《さ》ってきた〈慟哭《どうこく》〉を持ってしても、斬断《ざんだん》するイメージすら湧《わ》いてこない。

スイレンが着地と同時に発砲《はっぽう》。だが銃弾《じゅうだん》は甲高《かんだか》い音を立てて弾《はじ》かれる。

「アカン、９ミリじゃ全く歯が立たん！」

埋呉《つちくれ》の後頭部から繰《く》り出《だ》された威嚇射撃《いかくしゃげき》にスイレンは後方二十メートルまで距離《きょり》を取る。

再び刀を構える惣次《そうじ》。その内心は動揺《どうよう》の一色に染められていた。

刀も銃《じゅう》も効かない相手を、どう倒《たお》せばいいのか。

対する埋呉《つちくれ》は、悠然《ゆうぜん》と鉄槌《てっつい》のような一歩を踏《ふ》み出《だ》した。ずん、と自重で地面が陥没《かんぼつ》する。まるで王のように威厳《いげん》のある歩調だった。

「番狼《バンロウ》、今度はこちらから行くぞ――攻撃開始《イグニッション》」

地面を蹴《け》り砕《くだ》き、埋呉《つちくれ》の体が加速する。

――速いッ！

接近を許した。迫《せま》り来る刺突《しとつ》。だが受けてはならない。足を止めればその瞬間《しゅんかん》、銃撃《じゅうげき》の餌《え》食《じき》になる。惣次《そうじ》は足さばき一つで斬撃《ざんげき》を躱《かわ》し切ると、埋呉《つちくれ》の口内より放たれた銃弾《じゅうだん》を一撃《いちげき》の下に無力化した。

――弾《たま》が重いっ！

「次弾《じだん》は７・７ミリだ」

胸元《むなもと》に蜂《はち》の巣《す》のような銃口《じゅうこう》が出現、無数の弾丸《だんがん》がばら撒《ま》かれた。

たかがライフル弾如《だんごと》きと、惣次《そうじ》は弾丸《だんがん》の一切《いっさい》を防ぐ。だが、埋呉《つちくれ》の連射を至近距離《きょり》で受けたせいで、惣次《そうじ》の体勢は大きく崩《くず》れた。その隙《すき》に埋呉《つちくれ》が剣圏内《けんけんない》に突入《とつにゅう》してくる。

——この距離《きょり》はマズイ！

埋呉《つちくれ》が旋風《せんぷう》のように身を翻《ひるがえ》すと、ウマの尾《お》のような髪《かみ》が水平に弧《こ》を描《えが》いた。髪《かみ》の先端《せんたん》は無数の銃口《じゅうこう》へと変形し、周囲に弾《たま》をばら撒《ま》く。そのうちの一発が惣次《そうじ》の喉《のど》を貫《つらぬ》き、三発が肋骨《ろっこつ》を砕《くだ》いて肺を貫通《かんつう》した。仮面が衝撃《しょうげき》で砕《くだ》け、惣次《そうじ》の素顔《すがお》が露《あら》わになる。

「がはっ」

鮮血《せんけつ》を吹《ふ》いた。それは彼の生命力をもってしても重傷《じゅうしょう》だった。おまけに——

「ここだ」

惣次《そうじ》の脇腹《わきばら》に埋呉《つちくれ》の右手があてがわれる。

「番狼《バンロウ》、鉛弾《なまりだま》に接吻《せっぷん》される気分はどうだ」

——まずい、逃《に》げろ！

地面を蹴《け》り、後方へと回避《かいひ》する。だがそれは、埋呉《つちくれ》の攻撃《こうげき》が終わった後だった。その掌《てのひら》から放たれた一撃《いちげき》が、肉を抉《えぐ》り内臓を破壊《はかい》した。トチ狂《くる》った量の血が、首と腹と胸から流れ出る。

惣次《そうじ》は刀を地面に突《つ》き、辛《かろ》うじて立位を保てた。

「惣次《そうじ》！」

スイレンが絶叫《ぜっきょう》する。

「これしきの傷——まだ、——だ、俺は——る」

喉《のど》を潰《つぶ》されたせいでまともに発音ができない。立っているのがおかしいくらいだ。

(だがまだ戦える。この命を燃やせば、相打ちくらいにはもっていける)

それは強がりではない。勝つ確率は零《ゼロ》じゃないと、本気で考えていた。

「終わりだ。たった今、可能性の弾丸《だんがん》は地に落ちた。後ろを見ろ」

見ない。死闘《しとう》の最中に、相手から目を逸《そ》らしたりはしない。


「惣次《そうじ》、君？」


惣次《そうじ》は振《ふ》り返《かえ》った。庭園の入り口に停《と》まった一台の乗用車。その前に、スーツ姿の女性と、女性に銃《じゅう》を突《つ》き付《つ》けられたウレハの姿があった。

「ウ——さん」

何故《なぜ》だ。何故《なぜ》、彼女がここにいるのだ。

「惣次《そうじ》君、が、なんで？」

ウレハは自分の見ているものが信じられないと言った様子で、ポカンと口を開けていた。

当然だ。喧嘩《けんか》に弱く、それでいて子煩悩《こぼんのう》な青年。それが血を流しながら刀を振《ふ》って、全身から銃弾《じゅうだん》をばら撒《ま》く男と戦っている。

見られた。ウレハにすべて知られた。いや、違《ちが》う。そうじゃない。今ウレハは銃《じゅう》を突き付けられている。正体がバレたことよりもそっちのほうが重要だ。

「自分の親しい人が番狼《バンロウ》と知った気持ちはどうだ」

埋呉《つちくれ》は勝《か》ち誇《ほこ》ったようにウレハに問いかけた。

「惣次《そうじ》君が、番《バン》、狼《ロウ》？」

ウレハは胸に手を当て、荒《あら》い呼吸に肩《かた》を上下させる。

「……あの優《やさ》しい惣次《そうじ》君が、罪なき人の命を……子供たちの親を奪《うば》った、番狼《バンロウ》？」

違《ちが》うそれは誤解だ。そう言いたくても、裂《さ》かれた喉《のど》では声が出ない。

ウレハは自分の衣服を強く握《にぎ》りしめた。次の瞬間《しゅんかん》、何を思ったのか、自分の頬《ほお》を強く引っぱたく。激しい破裂《はれつ》音があたりに響《ひび》き渡《わた》る。

「違《ちが》う！　惣次《そうじ》君はそんなことをしない！」

喉《のど》が壊《こわ》れるほどの絶叫《ぜっきょう》で叫《さけ》んだ。

「惣次《そうじ》君！　スイレンちゃん！　逃《に》げてください！」

「逃《に》げるな番狼《バンロウ》！　動けばこの女を殺す！」

横にいた女が惣次《そうじ》を脅迫《きょうはく》する。

動かない。動けるわけがない。ウレハに銃《じゅう》を突《つ》き付けられて、戦意を保てるはずがない。

「俺も極道《ごくどう》、大人しく殺されれば、義を通してその女は助けてやる」

「ダメです！　私の事はいいから！　逃《に》げて！　お願いだから逃《に》げて！」

ウレハの瞳《ひとみ》から涙《なみだ》の粒《つぶ》が飛んだ。不思議なことに、惣次《そうじ》は嬉《うれ》しかった。惣次《そうじ》が番狼《バンロウ》であると知ってもなお、自分を否定しないでいてくれたから。

刀を投げ捨て、惣次《そうじ》は座して目を閉じる。

「おれ——の、負け——だ」

敗北の宣言を終えた後、口を引き結び、覚悟《かくご》を決める。

「そうだ。引き金を持たぬ愚者《ぐしゃ》よ、ようやく認めたな。お前は俺の慈悲《じひ》を得る資格を得た。故《ゆえ》に人間的な死をくれてやろう」

「やめろおおぉ！」

スイレンが必死で発砲《はっぽう》する。だけど、埋呉《つちくれ》は止まらない。ならばと、閃光脱兎《ジャンピングフラッシュ》で跳《と》び蹴《げ》りを繰《く》り出《だ》すも、足を摑《つか》まれ地面に叩《たた》き付《つ》けられた。

「がぁっ」

スイレンは脳震盪《のうしんとう》を起こして手足の自由が利かなくなる。

「君はそこで眠《ねむ》っていてくれ」

「スイレン！」

駆《か》け寄《よ》りたいが、それができないのがもどかしい。

「さて、処刑《しょけい》の続きだ」

改めて埋呉《つちくれ》は惣次《そうじ》に殺意を注いだ。

惣次《そうじ》は敵の瞳《ひとみ》を睨《にら》みつける。スイレンと惣次《そうじ》の全力をもってしても、コイツとの力の差は埋《う》まらなかった。おまけに襲撃《しゅうげき》されるや否《いな》や逃走防止にウレハを拉致《らち》する即応力《そくおう》。

やはりコイツは強かった。拳《こぶし》を握《にぎ》りしめ、目を閉じて、たった一つの希望に縋《すが》る。

——あとは頼《たの》むぞ、スイレン。

弾雨《だんう》が惣次《そうじ》の体を嬲《なぶ》った。弾丸《だんがん》は、肩《かた》を射抜《いぬ》き、腹を抉《えぐ》り、頭の一部を砕《くだ》いた。凄《すさ》まじい量の出血が赤々と地面を染め上げる。

「来世では銃《じゅう》を使う事だ。そうすれば、死神も少しは容赦《ようしゃ》してくれるだろう」

さらばだ、番狼《バンロウ》。

終焉《しゅうえん》の一撃《いちげき》が心臓を貫《つらぬ》いた。惣次《そうじ》の体が弓なりに反り返り、次の瞬間《しゅんかん》には脱力《だつりょく》する。その後、一度だけピクリと痙攣《けいれん》をして動かなくなった。霞《かす》む視界が最後に映したのは、勝《か》ち誇《ほこ》った埋呉《つちくれ》の顔だった。視界が黒くなる。感覚は無意識の中に堕《お》ち、そして惣次《そうじ》は冷たくなった。

六章　終局への二分間

「さあ、残るは飯岡昭三《いいおかしようぞう》、君一人だ」

脳震盪《のうしんとう》から回復したスイレンは埋呉《つちくれ》を見上げた。スイレンの体に傷はない。殆《ほとん》ど攻撃《こうげき》をされていないからだ。

「なんで、ワシには手加減をする」

「俺が見てきたヤクザの中でも、君の引き金は重さが違《ちが》う。たった一つの拳銃《けんじゆう》に、人生を託《たく》してきた者の重さだ」

君、という二人称《ににんしよう》から察するに、埋呉《つちくれ》はスイレンに敬意を表しているらしかった。同じ銃《じゆう》の使い手として、何か感じるものがあるのかもしれない。

「来い。飯岡昭三《いいおかしようぞう》。君となら髄龍組《ずいりゆうぐみ》を再興できる」

スイレンの視線は揺《ゆ》るがない。

その幼女は、たった一つの決意を、言葉にして解き放つ。

「ワシはもう、そっち側には行かん」

「何？」

「二度は言わん。お前の仲間にはならん」

「何故《なぜ》、決断に安全装置をかける。一体何が、何が君を躊躇《ちゅうちょ》させている」

「何が躊躇《ちゅうちょ》させる……か」

スイレンはゆっくりと目を閉じる。

瞼《まぶた》の裏に描《えが》かれたのは、両親との想い出だ。母親は産まれてくる自分を殺そうとした。父は浮気《うわき》相手をよく家に連れ込み、昭三《しょうぞう》の前で堂々と事に及《およ》んだ。お腹《なか》が減ったと言うと、邪魔《じゃま》だからゴミ箱でも漁《あさ》って来いと自分を家から追い出した。

次に浮《う》かんだのは暖炉荘《だんろそう》の光景だ。自分の誕生日を祝ってくれた子供たち。ウレハの温かい手料理。そして自分を叱《しか》り、頭を撫《な》で、言葉を話しただけで喜んでくれた少年。

それは、スイレンにとって、初めての家族だった。

だから、そんな家族を守りたかった。

暖炉荘《だんろそう》の誰《だれ》にも、死んでほしくない。

ただ、それだけだ。

心は、惣次《そうじ》と共にある。

吹雪《ふぶ》く桜の中で、スイレンはそっと瞼《まぶた》を開けた。

「――ワシにも分からんわ」

埋呉《つちくれ》は切なげに殺意を灯《とも》し、そっとスイレンを見つめた。

「そうか、君なら、俺を理解すると思っていた」

「アテがはずれたな。この銃口《じゅうこう》、お前に向けさせてもらうで」

勝てぬと知りながらも、スイレンは引き金に指をかける。

「ならば、体にでも訴《うった》えてその意志を曲げてやろう」

埋呉《つちくれ》も戦闘《せんとう》態勢に移った。

行くぞ——埋呉《つちくれ》の膝《ひざ》から銃弾《じゅうだん》が飛ぶ。それを閃光脱兎《ジャンピングフラッシュ》で回避《かいひ》。そのまま凄《すさ》まじい速度で埋呉《つちくれ》の顎《あご》を蹴《け》り抜《ぬ》いた。

「ぐっ——」

重い金属の音がして埋呉《つちくれ》が一瞬《いっしゅん》だけよろめいた。速度を活《い》かしたスイレンの猛攻《もうこう》に、埋呉《つちくれ》は翻弄《ほんろう》される。

「俊敏《しゅんびん》だな、飯岡《いいおか》」

だがダメージそのものはゼロだ。

——このまま何とか、コイツを惣次《そうじ》から離《はな》されへんやろか。

スイレンだけは気付いていた。

笹川惣次《ささがわそうじ》にはまだ息がある。だが致命傷《ちめいしょう》だ。恐《おそ》らくあと数分で死に至るだろう。最早《もはや》治療《ちりょう》も間に合わない。だが、スイレンは望みを捨てていない。

——妖刀第四《ようとうだいよん》の能力。その発動条件が、遠吠《トオボエ》と同じならば。

確証はない。だが、それを試《ため》してみる価値はある。

──コイツが惣次《そうじ》の生存に気付く前に、慟哭《どうこく》で惣次《そうじ》の胸をぶち抜《ぬ》かなあかん。せやけどワシは埋呉《つちくれ》にかかりっきりや。今、それが出来るのは……

車の傍《かたわ》らに、呆然《ぼうぜん》と立《た》ち尽《つ》くすウレハを見やった。

──ウレハになんとしても伝えな。

だが口頭で伝えれば埋呉《つちくれ》に気付かれて終わりだ。どうする……

「そこだ」

百戦錬磨《ひゃくせんれんま》のスイレンが犯《おか》した、たった一つの余所見《ミス》を埋呉《つちくれ》は見逃《みのが》さない。眼球から放たれた9ミリ弾《だん》が高速で動くスイレンの膝《ひざ》を撃《う》ち抜《ぬ》いた。

「痛《つ》っ！」

スイレンはあっけなくその場に墜落《ついらく》する。砂利《じゃり》の上を転がり、無数の傷を作って地べたを舐《な》める。二つの拳銃《けんじゅう》はスイレンの手から離《はな》れて地面に落ちた。

「最後の忠告だ。俺の弾丸《だんがん》になれ。照準でもいい。首を縦に振《ふ》らないと、君の腕《うで》を引き千切る」

埋呉《つちくれ》はスイレンに歩み寄ると、銃剣《じゅうけん》の刃《やいば》をスイレンの肘《ひじ》に乗せた。

「痛《つ》っ、どないしょうかな……」

銃剣《じゅうけん》が皮膚《ひふ》を裂《さ》き、スイレンの二《に》の腕《うで》が赤く染まっていく。元組長の意地か、一つの悲鳴も上がらない。肉に食い込んだ刃《やいば》が、スイレンの腕《うで》の骨を裂《さ》こうとしたその時。

一台の車が埋呉《つちくれ》を撥《は》ねた。

惣次《そうじ》が死んだ時、織凪《おりなぎ》ウレハの世界は灰色になった。彼女はまるで人形のように目を見開き、死体となった惣次《そうじ》を凝視《ぎょうし》する。

初めて出会った時、惣次《そうじ》は死にかけていた。体は衰弱《すいじゃく》し、心も壊《こわ》れかけていた。言葉を話し、一日三食取れるようになったのは、出会って二週間後だ。

その時ウレハも教会の運営という問題を抱《かか》えていた。なにせ、教会の司祭やら修道士達が麻《ま》薬《やく》の密売で全員自警団に捕《つか》まったのだ。右も左も分からないまま教会の運営を任され、礼拝者に怒《おこ》られ、夜は一人で落ち込んでいた。そんな時、いつも彼女の頭をそっと撫《な》でてくれたのが惣次《そうじ》だった。自分だって辛《つら》いのに、それでもウレハの辛《つら》さを和《やわ》らげようとしてくれた。

彼がいたから暖炉《だんろ》荘《そう》を開設できた。彼がいたから、ここまでやってこれた。

将来は一緒《いっしょ》になれなくたって、惣次《そうじ》が幸せならそれでもいい。この少年の未来が、明るければそれでいい。なのに、その少年の未来は理不尽《りふじん》な暴力に奪《うば》われてしまった。

虚無《きょむ》が彼女の心を襲《おそ》う。何もない、闇《やみ》だけの地平。そこに明かりが灯《とも》った。その明かりは煌《こう》々《こう》と燃え上がり、やがてマグマのように煮《に》えたぎる。

その感情を、人は怒《いか》りと呼ぶ。

「よくもおおおおおおおおおおぉ！」

ウレハは獣《けもの》のように絶叫《ぜっきょう》すると、傍《かたわ》らの女に頭突《ずつ》きを叩《たた》き込んだ。

「ぐはっ」

銃《じゅう》を奪《うば》うと、その銃床《じゅうしょう》で殴打《おうだ》し女を気絶させる。

「よくも！　よくも！　よくもおおおおおぉ！」

銃《じゅう》を投げ捨てて車に乗り込むと、躊躇《ちゅうちょ》なくアクセルを踏《ふ》み抜《ぬ》いた。

「惣次《そうじ》のっ、未来を奪《うば》った罪を、その身で償《つぐな》え！」

全速力で疾駆《しっく》する鉄の塊《かたまり》は、埋呉《つちくれ》を軽々と撥《は》ね飛《と》ばした。

「かはっ」

怯《ひる》む埋呉《つちくれ》めがけ、ハンドルを切る。

「惣次《そうじ》を、惣次《そうじ》を返せっ！」

そこに優《やさ》しいシスターの面影《おもかげ》はない。怒《いか》りによって歯を剝《む》き出《だ》しにした、鬼《おに》のような女がそこにいた。

「怖《こ》っわ。なんやあれ」

一瞬《いっしゅん》スイレンは呆気《あっけ》にとられた。目をひん剝《む》いて荒々《あらあら》しく車を駆《か》る彼女は、最早《もはや》スイレンの知るウレハではない。だが、彼女は惣次《そうじ》に近寄る最初で最後のチャンスを生んだ。

「頼《たの》むぞ、ウレハ。時間を稼《かせ》いどいてくれ………お前も死んだらあかんで」

スイレンは負傷した右脚《みぎあし》を引きずりながら、惣次《そうじ》の近くまで這《は》って行った。血まみれの妖刀《ようとう》を手に取ると、惣次《そうじ》を仰向《あおむ》けにする。惣次《そうじ》は、頭、肩、腹、喉《のど》、胸を撃《う》ち抜《ぬ》かれていた。

「ほんま頑丈《がんじょう》やな。心臓ぶち抜《ぬ》かれとるやないか……ん？」

胸の辺りからは、ニトロの作ったボディアーマーが露出《ろしゅつ》している。

「お前なりに手は尽《つ》くしたんやな。その執念《しゅうねん》、しかと受け取ったで」

服を脱《ぬ》がせ、その胸に、慟哭《どうこく》を突《つ》き立《た》てた。

深呼吸をし、思い切り力を籠《こ》める。

「人生最大の賭《スイチ》けや。頼《たの》むぞ妖刀《ようとう》」

そして刃《やいば》は惣次《そうじ》の胸元《むなもと》を貫《つらぬ》いた。

慟哭《どうこく》が輝《かがや》きを放つ。見たことも無い、優《やさ》しい青だ。

その輝《かがや》きは、見る見るうちにその強さを増していった。


ウレハの車は埋呉《つちくれ》の体を桜の木に叩《たた》き付《つ》けた。車と木に挟《はさ》まれながらも、埋呉《つちくれ》は銃剣《じゅうけん》で反撃《はんげき》を試みる。だがすでにウレハは車を脱出《だっしゅつ》し車から距離《きょり》をとっていた。痛々しく見開かれた双眸《そうぼう》から涙《なみだ》がこぼれる。惣次《そうじ》を奪《うば》ったこの男が、ただただ許せなかった。

「私が、あの人を奪《うば》った報《むく》いを受けさせてやる！」

辺りに武器が無いか探す。彼女の頭にあるのは、破局的に噴火《ふんか》する感情を目の前の男にぶつける事だけだ。

「──やってくれる。このような引き金のない武器で」

車が爆炎《ばくえん》を上げて大破した。轟々《ごうごう》と荒《あ》れ狂《くる》う炎《ほのお》の中に人影《ひとかげ》が揺《ゆ》れる。

「番狼《バンロウ》との約束だ。命は取らない。だが、ケジメはつけさせてもらう」

埋呉《つちくれ》は手を機関銃《じゅう》に変形させ、ウレハの腕《うで》に狙《ねら》いを定めた。

「銃《じゅう》を持たぬのなら、その両腕《りょううで》は必要あるまい？」

ウレハは肩《かた》で息をしながら、大切な人を奪《うば》った男の顔に視線を叩《たた》きつけていた。

万策尽《ばんさくつ》きた。ウレハの煮《に》えたぎる怒《いか》りをぶつけたところで、この怪物《かいぶつ》には勝てないのだ。

「女、お前に、悲鳴は必要ない。ただ悔《く》いろ。もう一度言《い》う。悲鳴はいらない」

銃弾《じゅうだん》が放たれる、その寸前──


「ばぶぅ」

場違《ばちが》いな声に、ウレハと埋呉《つちくれ》は揃《そろ》ってそちらを向いた。

見れば、裸《はだか》の赤《あか》ん坊《ぼう》が四《よ》つん這《ば》いで移動しているではないか。よちよちと、砂利《じゃり》の上を這《は》いながら、時折ぺちぺちと地面を叩《たた》いている。あまりにも戦場に似つかわしくない光景だ。

「ぶう」

赤《あか》ん坊《ぼう》は転がった慟哭《どうこく》の柄《つか》を握《にぎ》る。その背中に、蓮《はす》の花の刺青《いれずみ》が浮《う》いていた。

「――何かこの俺に不都合なことが起きているな？」

言いながら埋呉《つちくれ》は銃剣で、赤《あか》ん坊《ぼう》に狙《ねら》いを定めた。

赤《あか》ん坊《ぼう》はいつの間にか二本足で歩いている。やがて刺青《いれずみ》が発光し、立体的な蓮《はす》の花を咲《さ》かせていた。スイレンの手の甲《こう》にも刺青《いれずみ》が浮《う》かんだかと思うと、睡蓮《すいれん》の花が開いて光の粉を飛ばした。光の粉は、空中を漂《ただよ》い赤《あか》ん坊《ぼう》の背中に咲《さ》いた蓮《はす》の花へと吸い込まれていく。

「装弾《そうだん》されなければ、銃《じゅう》も撃《う》たれまい。ここでその命、絶たせてもらう」

そう言うと、埋呉《つちくれ》は発砲《はっぽう》した。

どこかでキンと音がする。見れば、赤《あか》ん坊《ぼう》は刀を振《ふ》り下ろした後だった。まさか、弾丸《だんがん》を防いだのか。

赤《あか》ん坊《ぼう》の背が少しずつ伸《の》びていく。初霜《はつしも》のような白い髪《かみ》が頭頂から流れ、ドレスのような白い服を身に纏《まと》う。気が付けば赤《あか》ん坊《ぼう》は幼女になっていた。

どこからともなく降り注ぐ光の粉が、次から次へと蓮《はす》に吸収されていく。

何が起きているか初めに気付いたのは、埋呉《つちくれ》だった。

「――合点《がてん》がいった。俺の遠吠《トオボエ》と同じように、貴様も今まで斬《き》った者から力を集めているな」

さらなる銃撃《じゅうげき》が幼女を襲《おそ》う。だが幼女は刀を振《ふ》って軽々と弾《はじ》き飛《と》ばす。髪《かみ》は伸《の》び、目に見えて体が成長していく。背中の花は散り、背丈《せたけ》が一三〇センチほどにまで伸《の》びていた。

「戦うと言うのであれば、約束は反故《ほご》にされたと見なす」

埋呉《つちくれ》の銃口《じゅうこう》が再びウレハに向かう──その直前、白い影《かげ》が二人の間に割って入った。

「もう大丈夫《だいじょうぶ》です」

竪琴《たてごと》のような美しい声。ウレハの瞳孔《どうこう》が驚《おどろ》きで大きくなる。

目の前にあったのは、見たこともない女性の背中だった。

シルクのように白く細やかな髪《かみ》が、夜の中を優雅《ゆうが》に泳いでいた。その顔立ちは凛々《りり》しくそして美しい。そしてその佇《たたず》まいは、刀匠《とうしょう》に鍛《きた》え抜《ぬ》かれた刃《やいば》のように力強かった。

「ウレハ、ここからはもう一回俺が戦う」

その少女は、ウレハの名を呼んだ。まるで自分が、笹川惣次《ささがわそうじ》であるかのように。

今まで斬《き》った幼女達の力が流れてくる。無になった自分が、感覚を得て、肉体を得て、新たなる器《うつわ》を構築する。髪《かみ》の毛先《けさき》が背中に触《ふ》れる感触《かんしょく》。肌《はだ》はより滑《すべ》やかに、体はよりしなやかに。
気が付けば、体は女になっていた。胸にはそれなりに膨《ふく》らみがあり、顔立ちも美人になっている。その姿は、幼女というよりは、美少女と呼んだ方が正しい。
妖刀第四《ようとうだいよん》の能力〈戦乙女の略歴書《いくさおとめのりゃくれきしょ》〉
今まで生み出した幼女から力を集めて、使い手を強化する。それが慟哭《どうこく》の持つ、正真正銘《しょうしんしょうめい》の切り札だった。

「えっと、なんかどえらい事になってたけど、お前惣次《そうじ》でええんよな？」

目の前の事態に理解が追いつかないのか、スイレンは動揺《どうよう》しているようだ。

惣次《そうじ》は自分の膨《ふく》らんだ胸に一瞬《いっしゅん》目をやり、頬《ほお》を赤くして前を向く。胸《これ》が、今自分の体にあるのは流石《さすが》に恥《は》ずかしい。

「う、うん。俺は笹川惣次《ささがわそうじ》で、間違《まちが》いない」

「な、ならええわ。違《ちが》うかったらどうしようかと思った」

「スイレンとウレハは下がってて。激しい戦闘《せんとう》になる」

「は、はい」

ウレハに抱《かか》え上《あ》げられながら、スイレンは惣次《そうじ》の背中に声をかける。

「頼《たの》むで、相棒。絶対に負けんなや」

「大丈夫《だいじょうぶ》。勝ってくる」

そしてウレハとスイレンは惣次《そうじ》から遠ざかる。

二人が離《はな》れたのを背中で感じ、あらたまって埋呉《つちくれ》と惣次《そうじ》は向かい合う。

「えらく様変わりしたな、番狼《バンロウ》。俺も人の事は言えんが」

惣次《そうじ》は背筋を伸《の》ばし、腰《こし》の高さに大太刀《おおたち》を構えた。

この姿になっても、やはり目に傷は浮《う》かんだ。

「行くぞ、埋呉《つちくれ》。今度こそ、お前を倒《たお》す」

「無駄《むだ》だ。引き金は増えていない。即《すなわ》ち貴様の勝つ確率もゼロだ」

埋呉《つちくれ》はあくまでも冷静だ。

対する惣次《そうじ》はほの白く光る切っ先を、舞《ま》い散《ち》る桜吹雪《ふぶき》の中で埋呉《つちくれ》に向ける。かくして少女は銃口《じゅうこう》を睨《にら》み返し、敵意を漲《みなぎ》らせ、そよ風のような声で一言。


「尊厳《プライド》を、喰《く》い殺す」


惣次《そうじ》の体が猛烈《もうれつ》な加速を見せた。一撃《いちげき》を刀で受け止めた埋呉《つちくれ》の体勢が大きく崩《くず》れる。

──体が軽い。力が漲《みなぎ》る。今まで斬《き》った幼女達の力を結集してるからか。

「番狼《キサマ》のこの腕力《わんりょく》っ、速度っ、そして重《おも》さっ！　厄介《やっかい》だ！」

今まで冷静を誇《ほこ》った埋呉《つちくれ》の顔に動揺《どうよう》の色が浮《う》かんだ。体勢を崩《くず》しながらも、脇腹《わきばら》の機関銃《じゅう》で反撃《はんげき》──惣次《そうじ》の刃《やいば》はそれを難なくはじき返す。

刀は燕《つばめ》のように翻《ひるがえ》り、鋭《するど》い一太刀《ひとたち》を埋呉《つちくれ》の胸に浴びせた。

やはり硬《かた》い。だが、手応えはあった。

見れば埋呉《つちくれ》の胸に浅い傷がついている。

「……この体に傷をつけるか。忌々《いまいま》しい事実だが、出《だ》し惜《お》しみをして勝てる相手ではないようだな」

一旦《いったん》後ろに飛びのいた埋呉《つちくれ》は、大きく深呼吸をした。その体が発熱し、周辺で陽炎《かげろう》が揺《ゆ》れる。

埋呉《つちくれ》のプレッシャーがさらに増した。この男が、本気を出す。

「銃器《じゅうき》こそが歴然惨禍《さんか》の至高であることを今、この全身で証明してやろう」

肘《ひじ》、指先、膝《ひざ》、喉元《のどもと》、毛先、あらゆる部分から銃《じゅう》がハリネズミのように突出《とっしゅつ》。

「総身起爆《デトネイション》」

埋呉《つちくれ》はその全身よりありったけの弾丸《だんがん》を吐《は》き出《だ》した。殷々《いんいん》絶え間なく轟《とどろ》く銃声《じゅうせい》と、鉄と鉄の悲鳴がオオサカの夜を揺《ゆ》るがせる。

「弾幕発狂《クロスファイア》！」

嵐《あらし》のような弾幕《だんまく》が波打った。圧倒的《あっとうてき》密度で迫《せま》りくる数千の弾丸《だんがん》。埋呉《つちくれ》の体が熱で赤みを帯びるほどの火力が惣次《そうじ》を襲《おそ》う。

「骸鶲《むくろひよどり》ッ！」

惣次《そうじ》は弾幕《だんまく》を刃《やいば》で弾《はじ》きながら後退。強化された身体能力を持ってしても、近づく事すら許されない。大人《おとな》数千人を殺しても釣《つ》りがくるほどの火力。これが、埋呉《つちくれ》の本気。

――駄目《だめ》だ、防ぎ切れない。

自分の劣勢《れっせい》を悟《さと》った惣次《そうじ》。

その背中にスイレンの喝《かつ》が叩《たた》きつけられる。

「惣次《そうじ》！　強く、力強く、力強く跳《と》べ！」

その声が耳に届くと同時に、惣次《そうじ》は膝《ひざ》を深く折った。

――そうか、幼女の力を集めているのなら、これも使える筈《はず》だ。

惣次《そうじ》の瞳《ひとみ》に睡蓮《すいれん》の紋様《もんよう》が浮《う》かんだ。


「閃光脱兎《ジャンピングフラッシュ》ッ」


惣次《そうじ》は天高く飛び上がった。皮膚《ひふ》に冷たい風。臓腑《ぞうふ》に独特の浮遊《ふゆう》感。眼下に小さくなった埋《つち》呉《くれ》めがけ、隕石《いんせき》の如《ごと》く落下する。

「馬鹿なっ！」

一太刀《ひとたち》は埋呉《つちくれ》の回避《かいひ》運動に空を切る。だが、そこから全く隙《すき》を見せず跳躍《ちょうやく》と急降下の連続でジグザグを暗澹《あんたん》に刻み、あらゆる角度から斬撃《ざんげき》の雨を降らせていく。

「照準が定まらないなら、げぼ、その分攻撃《こうげき》の密度は薄《うす》くなる」

防御網《ぼうぎょもう》を掻《か》い潜《くぐ》った斬撃《ざんげき》の幾《いく》つかが、無敵を誇《ほこ》った埋呉《つちくれ》の皮膚《ひふ》に傷をつけた。

だが埋呉《つちくれ》も折れない。さらに弾幕《だんまく》を厚くして、反撃《はんげき》を試みる。

「俺は潰えぬ。この弾《たま》を全て吐《は》きつくしてでも、貴様を地獄《じごく》に叩《たた》き落と――なっ⁉」

突如《とつじょ》埋呉《つちくれ》は片膝《かたひざ》をつき、動きを止めた。見れば足元にとりついたカマキリが膝《ひざ》から下を解体している。

「この虫、一体どこら湧《わ》いて出た」

「アンタの組の若頭《わかがしら》の能力、変原自材《バネ・キット》だ。戦いの間に卵を産ませてもらった」

「これしきの窮地《ジャム》で動じるものか！」

一旦攻撃《いったんこうげき》を停止、素早《すばや》く足を別の銃器に組《く》み替《か》えて体勢を立て直す。生じた隙《すき》は０・１秒。

それは、超人《ちょうじん》と超人《ちょうじん》の戦いにおいては、あまりにも長い隙《すき》だった。

「好機一閃《いっせん》。その尊厳《プライド》、貰《もら》い受《う》ける！」

極限まで強化された身体能力は、数十の剣閃《けんせん》をその刀より解き放ち、弾幕《だんまく》を穿《うが》ちながら閃光脱兎《ジャンピングフラッシュ》で直進する。

斬《ざん》。

惣次《そうじ》の放った一撃《いちげき》が、硬質《こうしつ》化した埋呉《つちくれ》の胸を両断する。傷口から血の波が逆巻き、一目瞭然《いちもくりようぜん》の致命傷《ちめいしよう》となった。

自分の胸を深々と裂《さ》いた傷口に目をやり、埋呉《つちくれ》は微笑《びしよう》した。

「……認めてやろう。今のは、俺の命を締《し》めくくるのに、相応《ふさわ》しい一撃《いちげき》、だった」

埋呉《つちくれ》に刻まれた全身の傷から大量の羽根が舞《ま》い上《あ》がる。

盛大《せいだい》に舞《ま》う羽根の中で、埋呉《つちくれ》の肉体は消滅《しようめつ》した。

「勝った、勝ったのか……」

口から鋼鉄のように重い吐息《といき》が漏《も》れた。

勝利の喜びを戦いの疲労感《ひろう》が上回る。

無防備となった惣次《そうじ》の体を、誰《だれ》も攻撃《こうげき》しないことだけが勝利の証《あかし》だった。

そう、勝った。

勝ったのだ。あの悪魔《あくま》のような髄龍組《ずいりゆうぐみ》を、埋呉《つちくれ》を、惣次《そうじ》は倒《たお》したのだ。

「惣次《そうじ》君！」

ウレハが飛びついてきた。ウレハは惣次《そうじ》の胸の谷間に顔を埋《うず》め、記憶《きおく》にないほど強くその体を抱《だ》きしめる。

「惣次《そうじ》君、惣次《そうじ》君、惣次《そうじ》ッ。本当に、よかったぁ」

胸の中から蚊《か》の鳴く様な声が聞こえてくる。ウレハがこんな風に泣くのを初めて見た。

「ウレハ、色々隠《かく》しててゴメン。みんなを守りたくて、その、こんな感じになった」

胸のなかで、ウレハの首がスリスリ左右に振《ふ》れた。

ウレハは胸から顔を離《はな》して、一生懸命《いっしょうけんめい》笑う。その健気《けなげ》な笑顔《えがお》が、たまらなく愛おしい。

「大丈夫《だいじょうぶ》です。あなたがどんなに辛《つら》い思いをしてきたか、少しは分かるつもりです。だから謝らなくて大丈夫《だいじょうぶ》。そんなことで、あなたを否定したりしませんから。絶対に」

やっぱりウレハは優《やさ》しい。自分が番狼《バンロウ》だと分かっても、受け入れてくれる。そんな彼女が傷つかなくて、本当に良かった。本当に。

「ほんま、よう勝てたわ」

負傷した足を引きずりながら、スイレンが歩いてくる。

「それ、元に戻《もど》るんか？」

ウレハとスイレンの視線が、惣次《そうじ》の膨《ふく》らんだ胸に集中する。

「た、多分。埋呉《つちくれ》は一旦《いったん》元に戻《もど》ってたぽいし」

本当に戻《もど》るよな、と少し不安になった。

「埋呉《つちくれ》と言えば、アイツどないすんねん」

三人は埋呉《つちくれ》を振《ふ》り返《かえ》る。

例にもれず、埋呉《つちくれ》は幼女になっていた。

髪《かみ》は長く、小顔で、瞳《ひとみ》は無垢《むく》に輝《かがや》いている。以前の美しさが幼女の姿にも反映されていた。月光のような、瀟洒《しょうしゃ》な美しさだ。そして、その体には月見草《つきみそう》の刺青《いれずみ》が光《ひか》り輝《かがや》いている。

「おい、刺青《いれずみ》あるやん」

「斬《き》った時、奴《やつ》の過去が見えた。だから、きっと彼も特別な幼女になったんだろう」

「ということは、不死身ちゃうで。コイツはサキシマの連中を皆殺《みなごろ》しにしようとした奴や。ケジメつけさせるなら、ワシは止めんぞ」

幼女埋呉《つちくれ》は親指を吸い、ぽけー、とどこかを見つめている。かつての威厳《いげん》や殺気は、完全になくなっていた。

「俺にはあの子を殺せないよ。スイレンは？」

「ムリムリ。無抵抗《むていこう》のガキ殺したらホンマの意味でメンツが死んでまうわ」

一つ小さくため息をついて、スイレンは埋呉《つちくれ》に手を差《さ》し伸《の》べる。

「良かったなお前。無罪放免《ほうめん》やで」

スイレンが手を引くと、「うー」と言いながらスイレンにねっとりと抱《だ》き付《つ》いた。

「離《はな》れろや！　暑いやんけ！」

スイレンが好きなのか、抱《だ》き付《つ》いた後はうにうにと居心地良《いごこちよ》さそうにしている。

「あー、何しろ一件落着や」

「そうだな。まだ事後処理は残ってるけど、一度サキシマに帰ろう」

惣次《そうじ》とスイレンには、命を賭《と》してまで守《まも》り抜《ぬ》いた帰る場所がある。それは惣次《そうじ》が生まれた場所であり、友の元であり、そして家族の隣《となり》だった。

三人は、薄《うつす》らと茜《あかね》を帯びていく空を仰《あお》いだ。

夜が明ける。

長い長い、鉄の臭《にお》いのする夜が、ようやく明ける。

終章

惣次《そうじ》の体は元に戻《もど》り、慟哭《どうこく》が力を消耗《しょうもう》したせいで数日の間は只《ただ》の人になった。また、完治したかに思われていた傷も、致命傷《ちめいしょう》にならない程度には残った。

髄龍組《ずいりゅうぐみ》との抗争《こうそう》が終わって一週間。穏《おだ》やかに波打つオオサカ湾《わん》と、降り注ぐ柔《やわ》らかい日差し。サキシマには平穏《へいおん》が戻《もど》っていた。

「うぎゃああああああああぁ！」

暖炉荘《だんろそう》にスイレンの絶叫《ぜっきょう》が響《ひび》き渡《わた》る。一階食堂を走り回るスイレン。それを追いかけるのはネコミミフードのポンチョを持った惣次《そうじ》と、カメラモードのスマホを持ったウレハだった。

「惣次《そうじ》君、右に回り込んでください」「了解《りょうかい》」

二人は阿吽《あうん》の呼吸でスイレンを捕獲《ほかく》する。

「放せぇえ！　放すんやあああぁ！」

「大丈夫《だいじょうぶ》ですよ。スイレンちゃんの可愛《かわい》い姿を写真に収めたら解放してあげますから」

「そういうことだ。観念してこれを着ろ」

ニッコリと笑いながらスイレンに迫《せま》るウレハと惣次《そうじ》。

「お前ら悪魔《あくま》や。悪魔《あくま》やあぁ！」

二分後。

「なんでお前ら二人揃《そろ》ったら道徳死ぬん？」

ネコさんのポンチョを着せられていじいじするスイレンの姿があった。

「「かわいい！」」

ニコニコしながらカメラをパシャパシャするウレハ。暫《しばら》くすると、スイレンもひょいと体を起こし、ポンチョの裾《すそ》をひらひらさせたり、体を捩《よじ》って着心地《きごこち》を確認《かくにん》したりする。フードを被《かぶ》ってネコ耳をピコピコ。本当はかなり気に入っているようだ。

「意外といいでしょ」

「……お前ら、趣味《しゅみ》悪いぞ」

言いつつも悔《くや》しそうにコクリと頷《うなず》くスイレン。ウレハは自分の趣味《しゅみ》を無理やり押し付けたりしない。ちゃんとスイレンが可愛《かわい》いもの好きだということを知った上でやっている。

「これ、どこで買ったん？」

「私の手作りです。採寸し直して、後日差し上げます」

着心地《きごこち》などを確認《かくにん》してから、スイレンはポンチョをウレハに返した。

「お前といい惣次《そうじ》といい、どっちもええオカンしとるわ」

スイレンはどこか嬉《うれ》しそうだ。

「そういえば、惣次《そうじ》君、今夜ここで一緒《いっしょ》に夕食どうですか？」

「え、いいの？」

「はい。奮発してたくさんお肉買ったんで、今日は焼肉でもしちゃいましょう」

孤児《こじ》院の焼肉と、一般《いっぱん》家庭の焼肉は意味が異なる。孤児《こじ》一七人分の空腹を満たす程《ほど》の牛肉は、ただでさえ厳しい暖炉《だんろ》荘《そう》の家計に大ダメージを与《あた》える。

きっと、ウレハなりに惣次《そうじ》の無事を祝いたいのだろう。惣次《そうじ》はその心意気に頭を下げた。

「あ、ありがとう。楽しみに待ってる。先生も食べるよね？」

食堂端《はし》の室内遊び場にヒガンはいた。埋呉《つちくれ》も一緒《いっしょ》だ。

「もちろん。組長もいいよね」「あー、やー、ゆっゆっゆっ」

幼女埋呉《つちくれ》は涎《よだれ》を垂らしながら積み木をぶんぶんと振《ふ》る。ヒガンの精神年齢《ねんれい》は、もう埋呉《つちくれ》の面《めん》倒《どう》を見られるくらいに成熟していた。逆に埋呉《つちくれ》は言葉を話す気配すらない。ウレハの見立てではかなりの長期戦になるらしい。

「今から、スイレンと見回りをしてくるから、五時には帰って来《こ》れる、と思う」

「分かりました。うんと、お腹《なか》を空かせてから来てくださいね」

惣次《そうじ》はその場から立ち去ろうとする。

「あの、惣次《そうじ》君」

ウレハの声が、惣次《そうじ》を引き留める。

「ここはいつだって、惣次《そうじ》君の帰る場所です。だから、迷惑《めいわく》とか考えず、辛《つら》かったら頼《たよ》りにしてください。あなたが守った家族が、暖炉荘《ここ》には居ます」

それは、子供達であり、友達であり、そしてウレハの事だった。

「うん。これからは、もう少し甘えてみる」

惣次《そうじ》も優《やさ》しい笑顔《えがお》を返す。

ウレハはそんな惣次《そうじ》の首に手を回し、ひしと抱《だ》きしめた。

「死んだら許さないですよ」

急に抱《だ》き付《つ》かれたせいで、惣次《そうじ》は体を硬直《こうちょく》させた。色んな柔《やわ》らかいものが肌《はだ》にあたって、体温が急上昇《きゅうじょうしょう》する。その様子をヒガンがにやにやしながら眺《なが》めていた。この教師は、生徒の色恋沙汰《こいざた》が面白《おもしろ》くてたまらないらしい。

一方スイレンは腕組《うでぐ》みをしてイライラ足を踏《ふ》み鳴《な》らす。

「まどろっこしいな。はよ接吻《せっぷん》でもせえや」

キス!?　二人は同時に顔を真っ赤にする。

それを見ていたヒガンが、かつての吉岡《よしおか》のようにアッハッハと笑う。

惣次《そうじ》が命《いのち》懸《が》けで守った大切な場所。

暖炉荘《だんろそう》には今日も笑顔《えがお》が溢《あふ》れていた。


スイレンと惣次《そうじ》は、二人並んで海沿いの遊歩道を歩いていた。波は穏《おだ》やかで、そよ風の音が耳に心地《ここち》いい。惣次《そうじ》は伸《の》びをして、暖かい太陽の光を全身で浴びた。

「今のところは平和だね」

「せやな。髄龍組《ずいりゅうぐみ》を潰《つぶ》したおかげで、狼《おおかみ》の名前に箔《はく》がついたからな」

「ここから組の名前とかも決めなくちゃならないんだよな」

「他にもやる事は沢山《たくさん》あるぞ。人集めや資金調達、あとはルール作り。只《ただ》の犯罪者集団にしたくなかったら、ここはしっかりやらんとな」

そう言ってスイレンは空を仰《あお》いだ。つられて惣次《そうじ》も空を仰《あお》ぐ。

その視線の先には、タワービルがあった。

そこは二人が初めて出会った場所。

あの日から、惣次《そうじ》とスイレンの戦いは始まった。

きっとまた、夜がやって来る。冷酷で、容赦《ようしゃ》のない現実が太陽を覆い、鉄臭い夜風が惣次《そうじ》に襲い掛かるのだろう。だけど惣次《そうじ》は一人じゃない。絆《きずな》を交わした家族が肩を並べて戦ってくれる。だからこそ、心は現実を耐え忍ぶ。

惣次《そうじ》は空を見上げながら左手の小指を差し出す。スイレンは優しく微笑《ほほえ》み、そこに人差し指を絡めてきた。

「頼《たよ》りにしてるぞ、スイレン」

「ワシも頼《たよ》りにしてるで、お兄ちゃん」

本書に対するご意見、ご感想をお寄せください。

ファンレターあて先
〒 102-8177　東京都千代田区富士見 2-13-3
電撃文庫編集部
「陸道烈夏先生」係
「らい先生」係

読者アンケートにご協力ください!!

アンケートにご回答いただいた方の中から毎月抽選で10名様に「図書カードネットギフト1000円分」をプレゼント!!

二次元コードまたはURLよりアクセスし、
本書専用のパスワードを入力してご回答ください。

https://kdq.jp/dbn/　パスワード　crbye

●当選者の発表は賞品の発送をもって代えさせていただきます。
●アンケートプレゼントにご応募いただける期間は、対象商品の初版発行日より12ヶ月間です。
●アンケートプレゼントは、都合により予告なく中止または内容が変更されることがあります。
●サイトにアクセスする際や、登録・メール送信時にかかる通信費はお客様のご負担になります。
●一部対応していない機種があります。
●中学生以下の方は、保護者の方の了承を得てから回答してください。

本書は、アプリ「電撃ノベコミ」に連載された『タマとられちゃったよおおおぉ』(2021/12/28～2022/3/9更新分)を加筆・修正したものです。

この物語はフィクションです。実在の人物・団体等とは一切関係ありません。

電撃文庫

タマとられちゃったよおおおぉ

陸道烈夏《りくどうれっか》

2022年３月10日　初版発行

発行者　青柳昌行

発行　株式会社KADOKAWA
〒102-8177　東京都千代田区富士見2-13-3
0570-002-301（ナビダイヤル）

装丁者　荻窪裕司（META＋MANIERA）

印刷　株式会社暁印刷

製本　株式会社暁印刷

※本書の無断複製（コピー、スキャン、デジタル化等）並びに無断複製物の譲渡および配信は、著作権法上での例外を除き禁じられています。また、本書を代行業者等の第三者に依頼して複製する行為は、たとえ個人や家庭内での利用であっても一切認められておりません。

●お問い合わせ
https://www.kadokawa.co.jp/（「お問い合わせ」へお進みください）
※内容によっては、お答えできない場合があります。
※サポートは日本国内のみとさせていただきます。
※ Japanese text only

※定価はカバーに表示してあります。

©Rekka Rikudo 2022

ISBN978-4-04-914147-4　C0193　Printed in Japan

電撃文庫創刊に際して

文庫は、我が国にとどまらず、世界の書籍の流れのなかで〝小さな巨人〟としての地位を築いてきた。古今東西の名著を、廉価で手に入りやすい形で提供してきたからこそ、人は文庫を自分の師として、また青春の想い出として、語りついできたのである。

その源を、文化的にはドイツのレクラム文庫に求めるにせよ、規模の上でイギリスのペンギンブックスに求めるにせよ、いま文庫は知識人の層の多様化に従って、ますますその意義を大きくしていると言ってよい。

文庫出版の意味するものは、激動の現代のみならず将来にわたって、大きくなることはあっても、小さくなることはないだろう。

「電撃文庫」は、そのように多様化した対象に応え、歴史に耐えうる作品を収録するのはもちろん、新しい世紀を迎えるにあたって、既成の枠をこえる新鮮で強烈なアイ・オープナーたりたい。

その特異さ故に、この存在は、かつて文庫がはじめて出版世界に登場したときと、同じ戸惑いを読書人に与えるかもしれない。

しかし、〈Changing Times,Changing Publishing〉時代は変わって、出版も変わる。時を重ねるなかで、精神の糧として、心の一隅を占めるものとして、次なる文化の担い手の若者たちに確かな評価を得られると信じて、ここに「電撃文庫」を出版する。

1993年6月10日
角川歴彦